THE SUN
ALSO RISES

太阳
照常升起

海 明 威 作 品 精 选

Ernest Hemingway

〔美〕欧内斯特·海明威 著
吴建国 译

Ernest Hemingway
The Sun Also Rises

Simplified Chinese edition Copyright © 2024 by Shanghai 99 Readers' Culture Co., Ltd. All rights reserved.

图书在版编目(CIP)数据

太阳照常升起 /(美)欧内斯特·海明威著;吴建国译. —北京:人民文学出版社,2024
(海明威作品精选)
ISBN 978-7-02-018085-1

Ⅰ.①太… Ⅱ.①欧… ②吴… Ⅲ.①长篇小说-美国-现代 Ⅳ.①I712.45

中国国家版本馆 CIP 数据核字(2023)第 136068 号

责任编辑	胡司棋　刘佳俊
封面设计	钱　珺

出版发行	人民文学出版社
社　　址	北京市朝内大街 166 号
邮政编码	100705
印　　刷	山东临沂新华印刷物流集团有限责任公司
经　　销	全国新华书店等
字　　数	260 千字
开　　本	890 毫米×1240 毫米　1/32
印　　张	10.5
版　　次	2012 年 5 月北京第 1 版
印　　次	2024 年 1 月第 1 次印刷
书　　号	978-7-02-018085-1
定　　价	69.00 元

如有印装质量问题,请与本社图书销售中心调换。电话:010-65233595

目录

第一部 1
第二部 83
第三部 277
现实与灵魂间的沟通
　——海明威《太阳照常升起》的元话语解读　吴建国 305

本书献给哈德蕾①

和

约翰·哈德蕾·尼坎纳②

---

① 哈德蕾（Elizabeth Hadley Richardson，1891—1979），海明威的第一任妻子，1921年与海明威结婚，婚后不久即随海明威移居巴黎，1926年与海明威离婚。
② 约翰·哈德蕾·尼坎纳（John "Jack" Hadley Nicanor Hemingway，1923—2000），美国作家、著名环境保护主义者，海明威与其第一任妻子哈德蕾的唯一的儿子，乳名"邦贝"（Bumby），出生于加拿大多伦多，童年随父母移居巴黎，格特鲁德·斯泰茵（Gertrude Stein，1874—1946）和爱丽丝·B.托克拉斯（Alice B.Toklas，1877—1967）为其教父母。

"你们统统都是迷惘的一代。"
　　　　　　　——引自格特鲁德·斯泰茵的一次谈话[①]

"一代过去,一代又来;地却永远长存……日头出来,日头落下,急归所出之地……风往南刮,又向北转;不住地旋转,而且返回转行原道……江河都往海里流;海却不满;江河从何处流,仍归还何处。"
　　　　　　　——引自《圣经·传道书》[②]

---

① 据海明威在其遗作《流动的盛宴》(*A Moveable Feast*,1961)一书中所记载,此语源出自格特鲁德·斯泰茵前去修车的那家车行的老板:一名机修工在修理斯泰茵的劳斯莱斯轿车时,因其修车技术未能达到斯泰茵满意的程度,车行老板便朝他怒喝道:"你们全都是迷惘的一代。"斯泰茵后来在与海明威谈及此事时说:"你们就是这种人。你们全都是这种人……你们这些在这场战争中当过兵的所有的年轻人统统都是这种人。你们是迷惘的一代——une génération perdue。"海明威当初曾考虑采用此语作为本书的篇名。
② 引自《圣经·旧约全书·传道书》第一章第四节至第七节。其中,"日头出来"四字,在《圣经》钦定英译本中为 *The sun also ariseth*。海明威最后决定以此语作为本书的书名,但改成了现代英语的写法。译者在重译这部经典之作时,仍采用已有的定译作为本书的篇名。

第一部

第一章

罗伯特·科恩曾经拿过一次普林斯顿大学中量级拳击比赛冠军。不要以为这么个拳击冠军的头衔就会使我肃然起敬,但是对科恩来说,其意义还是非同小可的。他一点儿也不喜欢拳击,事实上,他是嫌恶拳击的,然而他还是不辞劳苦、十分卖力地习拳练艺,目的是要以此来抵消他在普林斯顿大学被人当作犹太人时所感受到的那种低人一等而又羞于启齿的心情。尽管他这人非常腼腆,也是个地地道道的正派小伙子,除了在健身房里练习拳脚,他从来不跟人打架斗殴,不过,他内心里还是有几分沾沾自喜的,因为他知道,他能把任何一个在他面前飞扬跋扈的人击倒在地。他是蜘蛛侠凯利①的得意门生。无论这些年轻绅士的体重是一百零五磅②,还是二百零五磅,蜘蛛侠凯利一律

---

① 蜘蛛侠凯利(Tommy "Spider" Kelly, 1867—1972),美国纽约著名职业拳击运动员,绰号"哈莱姆的蜘蛛侠",以出拳快和敢作敢为而著称,在其职业生涯中曾获得过"世界最轻量级职业拳击比赛"的冠军和"美国最轻量级职业拳击比赛"的冠军。
② 1磅约为0.45千克。

都把他们当做羽量级拳击运动员①来教。不过,这种教法似乎挺适合科恩的。他出拳的动作确实非常快。鉴于他有如此出色的拳艺,蜘蛛侠便不假思索地安排他与力量悬殊的强手交锋,结果却使他终身落下了一个被打扁了的鼻梁。这件事进一步增加了科恩对拳击的反感,但也在一定程度上给了他某种异样的满足感,因为他的鼻梁确实变得比以前好看些了②。在普林斯顿大学的最后一年里,他由于书读得太多,不得不戴上了眼镜。在他那个班上的同学中,我从来没有遇到过任何一个还能记得他的人。他们甚至都不记得他曾经当过中量级拳击比赛的冠军了。

我对所有说话坦率、头脑单纯的人一概都信不过,尤其是在听他们把自个儿的经历编得天衣无缝的时候,所以我始终抱有一种怀疑的态度,认为罗伯特·科恩也许根本就没有当过中量级拳击比赛的冠军,而且我老是觉得,他那张脸大概是被哪匹马儿踩踏过的,要不然就是他妈妈在怀胎时受到过什么惊吓或者看见过什么怪物,也有可能是他小时候自个儿不当心撞在某个物体上造成的,不过,我最终还是找人帮我从蜘蛛侠凯利那儿证实了他的这段经历。蜘蛛侠凯利不仅记得科恩。他还时常惦念着科恩后来的境遇呢。

就其父亲这一脉来看,罗伯特·科恩是纽约的一个极为富有的犹太家族的子弟,就其母亲这一脉来看,他又是一个有着极为悠久历史的名门世家的后裔。为了进普林斯顿大学,他在军事学校补习过,是该校橄榄球队的一名非常出色的边锋,在那里,谁也不曾让他意识到人与人之间居然还有种族之别。在他还没进普林斯顿大学的那段时间里,从来没有人使他感觉到自己是个犹太人,因而会跟其他人有所不同。他是个

---

① 羽量级拳击运动员(featherweight),又称"次轻量级拳击运动员",体重应在126磅(57公斤)以下。本书主人公科恩属于中量级,体重应不超过160磅(72.64公斤)。
② 这样一来,犹太人高鼻梁的明显特征就没那么显眼了。

为人正派的小伙子,一个待人友善的小伙子,而且生性非常腼腆,这一点也使他深感苦闷。他便用打拳来宣泄这种情绪,后来,他带着痛苦的自我意识和他那只被打扁了的鼻子从普林斯顿大学毕了业,并跟第一个待他不错的姑娘结了婚。他有五年婚史,生育了三个孩子,几乎花光了他父亲遗留给他的五万美元,而家产的其余部分都已归在了他母亲的名下,由于和一个有钱的妻子过着不幸的家庭生活,他渐渐变成了一个感情冷漠、性格相当别扭的人;正当他拿定主意要休掉他妻子的时候,她却抛弃了他,跟一个专画微型人像的画家离家出走了。虽然休掉妻子的想法已在他脑海中盘算了好几个月,可他并没有付诸行动,因为他觉得,要硬生生地把她从自己身边赶走未免过于残酷,因此,她的这一主动出走的行为对他反倒是一次大有裨益的冲击。

离婚手续总算办妥了,于是,罗伯特·科恩便动身去了西海岸。在加利福尼亚州,他偶然结识了一帮文人雅士,由于他那笔五万美元的遗产还略有剩余,因此,没过多久,他就掏钱去扶持一家文艺评论杂志了。这家杂志创刊于加利福尼亚州的卡尔梅勒市[1],但后来在马萨诸塞州的普罗旺斯敦市[2] 停刊了。在那段时间里,科恩纯粹是被当成一个后台老板来看待的,他的名字只是作为顾问委员会的一名成员出现在杂志的扉页上的,不料,他后来居然成了这家杂志唯一的编辑。花的可都是他的钱啊,再说,他发觉自己也喜欢上了当编辑所拥有的这种职权。当这家杂志因开销过大而难以维持时,他才不得不撒

---

[1] 卡尔梅勒市(Carmel),加利福尼亚中西部一小城市,濒临太平洋,在洛杉矶以北530公里、旧金山以南190公里处,以其秀丽的自然风光和深厚的文化底蕴而闻名遐迩,历来是文学艺术家们的钟情之地。据称,市内六成以上的房屋均为艺术家们的宅邸。
[2] 普罗旺斯敦(Provincetown),美国东北部新英格兰地区马萨诸塞州的一座历史文化名城,位于科德角半岛的尖端,因其风光秀丽的海滩、港湾、发达的旅游业、每年在此举办的各类文化艺术节,以及"同性恋村"而闻名。美国著名作家诺曼·梅勒(Norman Mailer)的长篇小说《硬汉不跳舞》(Tough Guys Don't Dance),即以此城为背景创作而成。

手不管了，他还为此而深感惋惜呢。

不过，在那段时间里，他还有不少别的事情要操心。他已被一位满心希望能随着这家杂志一起出人头地的女士牢牢攥在了手心里。她这人非常强悍，科恩即便想不被她攥在手心里也根本没法找到任何机会，何况他也深信自己已经爱上了她。当这位女士看出了苗头，认为这家杂志不大可能有出头之日时，她便开始有点儿嫌弃科恩了，而且还拿定主意，要趁现在还有东西可捞时，不妨就捞它一把是一把吧。于是，她极力怂恿说，他俩应当去欧洲，科恩可以在那儿搞创作嘛。他们果然来到了这位女士曾经念过书的欧洲，在那儿待了三年。在这三年期间，他们把头一年全用在旅行上了，后两年则住在巴黎。其间，罗伯特·科恩结交了两个朋友，一个是布雷多克斯，另一个便是笔者本人。布雷多克斯是他文艺圈子里的朋友，我则是和他一块儿打网球的朋友。

这位拿捏着科恩的女士名叫弗朗西丝，在第二年的年终即将到来之际，她忽然发觉自己的姿色已日渐衰退，对罗伯特的态度便有了大大的转变，由过去肆无忌惮地掌管和利用他，变成了一心一意地要他娶她。在此期间，罗伯特的母亲已经做出决定，要按月支付给他一笔生活费，每月大概有三百美元左右。在这两年半的时间里，我相信，罗伯特·科恩绝对没有注意过别的女人。他过得相当幸福，只感到有一点美中不足，同许多侨居在欧洲的美国人的感觉一样，他也巴不得这是在美国，他还发现自己是能写点儿东西的。他写了一部小说，尽管这部小说确实写得非常蹩脚，但也不完全像后来那些评论家所说的那么糟糕。他博览群书，玩桥牌，打网球，还在当地的一家健身馆里练习拳击。

我是在有天晚上我们三个人在一起吃了一顿晚饭之后，才第一次开始留意这位女士对科恩的态度的。我们那天是先在大路饭店[①]吃好晚饭，

[①] 大路饭店（L'Avenue Restaurant），巴黎市中心蒙田大道上的一家豪华饭店，常常名流云集。

然后才去凡尔赛咖啡馆①喝咖啡的。喝完咖啡之后,我们又接着喝了几杯白兰地②,之后我说,我得走了。科恩当时恰好谈起了我们俩周末去什么地方旅行一趟的事儿。他很想离开喧闹的城市去外面痛痛快快地散散心。我就建议说,我们不妨可以坐飞机去斯特拉斯堡③,再从那儿步行前往圣奥黛尔④,或者到阿尔萨斯⑤地区的别的什么地方去走走。"我在斯特拉斯堡有一个熟识的姑娘,她可以带我们去城里兜兜风。"我说。

有人在桌子底下踢了我一脚。我以为那是谁在无意间碰到我的,便接着往下说:"她在那里已经有两年了,那个城市凡是该了解的事情她全都了如指掌。她是个非常新潮的漂亮姑娘呢。"

我在桌子底下又挨了一脚,赶忙抬眼一看,原来是弗朗西丝,就是罗伯特的那位情人,只见她正撅着下巴颏儿、板着面孔呢。

"真该死,"我说,"为什么要去斯特拉斯堡呢?我们可以北上去布鲁日⑥,或者去阿尔登森林⑦嘛。"

科恩似乎如释重负了。我也没有再挨踢。我向他们道了声晚安,

---

① 凡尔赛咖啡馆(Cafe de Versailles),巴黎市中心的一家有名的咖啡馆。
② 此处原文为法语 fines,是一种法国产的普通白兰地。
③ 斯特拉斯堡(Strasbourg),法国东北部历史文化名城,阿尔萨斯省的省会,法国第三大城市,也是欧洲议会的所在地,坐落在莱茵河的左岸,与德国隔河相望,城中有众多教堂、古堡等名胜古迹。
④ 圣奥黛尔(Saint Odile),即位于法国阿尔萨斯地区的圣奥黛尔山(Mont St Odile),山上的圣奥黛尔修道院是阿尔萨斯地区的第二大天主教堂,修建于中世纪,为纪念阿尔萨斯圣女奥黛尔所建,是法国重要的宗教圣地之一。
⑤ 阿尔萨斯(Alsace),法国东北部一古行省,位于莱茵河的上游,东与德国、西与瑞士交界,有数十家国际性组织和机构集中驻扎在此,如今是欧盟最重要的政治、经济和文化中心地区之一。
⑥ 布鲁日(Bruges),比利时西北部一古城,比利时西佛兰德省的省会,15世纪以前一直是佛兰德地区纺织业的中心,是一座保存完好、为运河所环绕的中世纪城市,城中有诸多哥特式大教堂、圣母院等古建筑,素有"北方的威尼斯"之称。
⑦ 阿尔登森林(Ardennes),又称"阿尔登高地",是一为森林所覆盖的高地,其范围包括比利时东南部、法国东北部和卢森堡三国的部分地区,是两次世界大战中都曾发生过激烈交战的地方。

就起身走了出去。科恩说他要去买份报纸，可以顺便陪我走到大街的拐角处。"看在上帝的分儿上，"他说，"你刚才为什么偏要提起斯特拉斯堡的那个姑娘呢？你难道没看见弗朗西丝的脸色？"

"没有。我为什么要看她的脸色？即使我认识某个住在斯特拉斯堡的美国姑娘，这跟弗朗西丝究竟有什么相干？"

"反正都一样。随便是哪个姑娘。我是去不成的，就这么回事儿。"

"别犯傻啦。"

"你不了解弗朗西丝。随便哪个姑娘都不成。你难道真没看见她那副脸色？"

"唉，算啦，"我说，"我们还是去桑利斯①吧。"

"别生气嘛。"

"我不生气。桑利斯是个好地方，我们可以住在雄鹿大酒店②，可以去森林里远足一次，然后回家。"

"好，那就太平无事啦。"

"嗯，明天网球场上见吧。"我说。

"晚安，杰克。"他说罢，立即返身朝咖啡馆走去。

"你忘记买你的报纸啦。"我说。

"倒也真是的。"他陪我一起走向了拐角处的那间书报亭。"你当真不生气吗，杰克？"他转过身来，手里拿着那份报纸。

"是啊，我为什么要生气呢？"

"我们网球场上见。"他说。我目送他拿着报纸返身朝咖啡馆走去。我挺喜欢他的，可是弗朗西丝弄得他日子很不好过呢，这是明摆着的。

---

① 桑利斯（Senlis），位于巴黎以北40公里处，是一座历史悠久、有着深厚的文化底蕴的中世纪古城，以其哥特式建筑风格的桑利斯大教堂和众多保存完好的纪念碑而闻名，是巴黎人喜欢去旅游的城市。
② 雄鹿大酒店（the Grand Cerf），位于法国诺曼底地区的大森林中，是一座始建于17世纪、至今仍保留着其古典风格的豪华宾馆。

第二章

　　这年的冬天，罗伯特·科恩带着他那部小说远涉重洋去了美国，书稿很快就被一位相当有眼光的出版商接受了。我听说他这次出远门还引起了一场言辞激烈的争吵呢，在我看来，弗朗西丝就是因为这场争吵才失去他的。再说，由于在纽约那边有好几个女人向他献殷勤，回到巴黎时，他已经大大地变了。他比过去任何时候都更加热衷于美国，人也不再那么单纯、不再那样一本正经了。出版商们把他那部小说捧得很高，这片叫好声着实冲昏了他的头脑。再加上又有好几个女人主动投怀送抱，向他大献殷勤，于是，他的眼界就完全变了。有四年时间，他的视野绝对只局限在他妻子的身上。有三年，或者将近有三年，他从未正眼看过弗朗西丝以外的女人。我敢肯定，他这辈子从来就没有真正恋爱过。

　　由于在大学里过的那段日子实在太窝囊，他在心灰意懒之际匆匆就结了婚，等到回过神来，他才发现，自己在第一任妻子的眼里并非就是一切。于是，弗朗西丝就趁他正处于失意落魄之时一下子就把他牢牢攥在了手心里。虽说他至今还没有真正恋爱过，但他已经意识到，自己还算得上是一个有人格魅力、能让女人着迷的人。就凭有女人喜欢他并愿意跟他生活在一起这一点来说，怎么也不能简单地把它说成是老天爷所赐予的奇迹呀。这就使他变了个人，因此，再和他相处时也就不那么令人愉快了。还有，他在跟他纽约的那帮哥儿们一块儿玩输赢相当大的桥牌时，他曾下过大大超出他财力的赌注，他拿到了一手好牌，一下子赚了好几百块钱呢。这使他很为自己的牌技感到沾沾自喜，他曾几次谈起，一个人要是被逼到了万般无奈的地步，总归还可以靠打桥牌来谋生的。

接下来再说说另外一件事。罗伯特·科恩一直在拜读威廉·亨利·赫德逊①的作品。这件事乍听上去倒像是一桩清清白白、无可挑剔的好事情，殊不知科恩却把《紫色的国度》读了一遍又一遍。人要是过了青春期再来读《紫色的国度》是非常有害的。这本书描写一位完美无缺的英国绅士如何在一个极具浪漫色彩的国度里与众多少女发生性爱关系的种种奇情艳遇。故事纯属虚构，却编得绚丽多彩，自然风光的描写也非常出色。一个男人到了三十四岁这把年纪还拿这本书当生活指南是很不可靠的，就像一个同样年纪的男人带着一整套更加注重实际的阿尔杰②的作品从法国修道院直接来到了华尔街一样。我

---

① 威廉·亨利·赫德逊（William Henry Hudson，1841—1922），英国博物学家、作家。他出生于阿根廷，是一位多产的小说家、敏锐的观察家、大自然的热爱者。他的主要作品有《拉普拉塔河的博物学家》(The Naturalist in La Plata，1892)、《丘陵地带的大自然》(Nature in Downland，1900) 等。《紫色的国度》(The Purple Land，1885) 是赫德逊创作的一部长篇小说，故事的背景设置在 19 世纪的乌拉圭，描写一个名叫理查德·兰姆的英国青年在南美洲的乌拉圭、阿根廷等国的种种历险奇遇，以及他与当地若干名少女之间发生情感纠葛的浪漫故事。

② 霍雷修·阿尔杰（Horatio Alger Jr，1832—1899），19 世纪美国著名作家，极为多产，一生创作有一百多部长、短篇小说和一百多首诗歌。以青少年为对象，主要以贫儿发迹为题材，作品极为畅销，其主题"从衣衫褴褛走向受人敬重的上等社会"(from rags to respectability) 曾对"镀金时代"(Gilded Age) 的美国产生过重大而又深远的影响。

相信，科恩对《紫色的国度》里的每一个词语都不折不扣地领悟了，就像研读罗伯特·格雷厄姆·邓恩①的报告一样。请不要误解我这话的意思，他这人还是有所保留的，不过，总的说来，这本书在他眼里是大有道理的。使他躁动起来的也恰恰正是这本书。我并没有意识到这本书究竟使他躁动到了何等地步，直到有一天他忽然闯进了我的办公室。

"你好呀，罗伯特，"我说，"你是来给我鼓劲儿的吧？"

"你想不想去南美洲，杰克？"他问。

"不想去。"

"为什么不想去呢？"

"我也说不清。我从没想过要去南美洲。代价太高了。要是你想看南美人，在巴黎反正也能看个够。"

"他们算不上地地道道的南美人。"

"在我看来，他们就是地地道道的南美人。"

我有一星期的新闻通讯稿件要赶出来，好趁本班海铁联运的车船邮走，但是到现在才只写好了一半。

"你听到了什么丑闻没有？"我问。

"没有。"

"你那帮不可一世的朋友里难道没有一个在闹离婚的？"

"没有。你听着，杰克。要是咱俩的一应开销全都由我来处理，你愿意陪我去南美洲吗？"

"为什么要我去呢？"

"你会说西班牙语呀。再说，要是咱俩一块儿去，那一定会玩得

---

① 罗伯特·格雷厄姆·邓恩（Robert Graham Dun, 1826—1900），美国商人，商业信贷问题专家，1893年创办报告国际商情的周刊，名为《邓氏评论》(Dun's Review)，该周刊一直发行至今。

更尽兴。"

"不，"我说，"我就喜欢这个城市，夏天我要去西班牙。"

"我这辈子就盼着能有这么一次旅行。"科恩说。他坐了下来。"恐怕没等去成，我就老得走不动啦。"

"别说傻话啦，"我说，"你想去哪儿就能去哪儿。你有那么一大笔钱呢。"

"我知道。可我就是走不成啊。"

"打起精神来吧，"我说，"哪个国家还不都是电影里放的那样。"

可我真替他感到难过。他这日子过得苦不堪言呢。

"一想到我的生命消逝得如此迅速，而我却没有真正过上好日子，我就感到没法忍受。"

"除了斗牛士，谁也别指望能轰轰烈烈地过完一辈子。"

"我对斗牛士不感兴趣。那种生活很不正常。我想到南美腹地的乡野里去走走。我们的南美之行一定会很精彩的。"

"你有没有想过我们可以去英属东非打猎？"

"没有，这种事情不是我的所爱。"

"我愿意陪你一起去。"

"不去，这种事情提不起我的兴趣。"

"这是因为你从没读过这方面的书。有一本书里描写的全都是人家怎么跟那些皮肤黑得发亮的美貌公主谈情说爱的，去找来看看吧。"

"我要去南美洲。"

他具有一种很难说服的、犹太人所特有的、冥顽不化的特质。

"走吧，我们下楼去喝一杯。"

"你的活儿不干啦？"

"不干了。"我说。我们顺着楼梯走下去，直奔位于大楼底层的那家咖啡馆。要想打发朋友走，这就是最好的办法，这一点我早就发现了。一杯喝完之后,你只消说上一句:"哎呀,我得赶紧回去发几份电讯稿呢。"事情也就算摆平了。在新闻这个行当里,你应当显得从来都不在忙于工作,这是若干准则中极其重要的一条。因此,想出这一类不会有失风雅的脱身之法是非常要紧的。不管怎么说,反正我们下楼去了那家咖啡馆的吧台,要了一瓶威士忌和苏打水。科恩望了望沿墙脚边一溜摆放着的一箱箱酒瓶。"真是个好地方啊。"他说。

"这地方有的是酒。"我附和着说。

"你听着,杰克,"他俯身向前趴在吧台上,"你难道从来就没有产生过这种感觉,你的年华在悄悄地流逝,而你却没有及时行乐?你有没有意识到,你这一生几乎半辈子光阴已经过去了?"

"是啊,每隔一段时间这种感慨就会油然而生。"

"你知道吗,再过大约三十五年,我们就死掉啦,你知道吗?"

"胡说什么呀,罗伯特,"我说,"纯属一派胡言。"

"我可不是在开玩笑。"

"这种事情说归说,但是我不会为这种事情而发愁的。"我说。

"你真该好好想想才是。"

"我时不时地就会有好多事情要操心呢。我已经懒得再操心啦。"

"唉,我就想去南美。"

"听我说,罗伯特,跑到别的国家去也起不了多大作用。这些我都尝试过。你不可能单凭从一个地方挪到另一个地方就自我解脱了。这样做无济于事。"

"可是,你从没去过南美呀。"

"南美,见鬼去吧!假如你带着现在这种心情去了南美洲,结果肯定还是原封不动的老样子。巴黎是个挺不错的城市。你怎么就不能在巴黎重整旗鼓呢?"

"我讨厌巴黎,我讨厌这个拉丁区[①]。"

"那就别待在拉丁区呀。闲来无事的时候,你就自个儿四处去溜达溜达,看看能碰上什么新鲜事儿。"

"什么也碰不上的。有一天夜里,我就独自一人在外闲逛了一整夜,却什么事儿也没碰上,只有一个骑自行车的警察拦住了我,要查看我的证件。"

"巴黎城的夜晚不是很美吗?"

"我不喜欢巴黎。"

你现在明白问题出在哪儿了吧。虽说我很同情他,然而这并不是一件你采取了什么措施就能帮得上忙的事儿,因为你一插手马上就得面对他那两个冥顽不化的想法:一是南美能解决他的问题,二是他不喜欢巴黎。他的第一个想法是从一本书上得来的,我估计,他那第二个想法也来自于一本书。

"哎呀,"我说,"我得上楼去发几份电讯稿啦。"

"你当真非走不可吗?"

"是的,我得赶紧把这几份电讯稿发出去。"

"如果我上楼来,在办公室里随便坐一会儿,你介不介意?"

"不介意,跟我上去吧。"

他坐在外间看报纸,而那位编辑和出版商加上我则辛辛苦苦地工作了两个小时。之后,我把一页页打字稿整理好,在文章的开头一栏打上了我的名字,将稿件装进了两只用马尼拉纸[②]做成的大信封里,

---

[①] 拉丁区(the Latin Quarter of Paris),指巴黎市中心第五区和第六区之间的一个地段,位于塞纳河的左岸,巴黎大学的主校区即坐落在此,周围高校林立,是学生和文学艺术家们的居住、活动之地,有浓厚的学术气氛,20世纪20年代,此处的房租也较低廉。

[②] 马尼拉纸(manila),一种用马尼拉麻制成的包装纸。

再按铃叫一个听差的进来,让他把稿件送到圣拉扎尔车站[①]去。我走出办公室来到外间,只见罗伯特·科恩已经在那张大椅子里睡着了。他把头埋在两只胳膊上睡得正香呢。我不忍心叫醒他,但是我要锁门离开办公室了。我用手按了按他的肩膀。他晃了晃脑袋。"这件事我无能为力。"他说,头在胳膊弯里埋得更深了。"这件事我无能为力。说什么都不行。"

"罗伯特。"我说着,摇了摇他的肩膀。他抬起头来看了看。他笑了起来,朝我挤了挤眼睛。

"我刚才说出声来了吧?"

"说了几句。但是听不清楚。"

"上帝啊,做了个倒霉透顶的梦!"

"是打字机的催眠声催得你睡着的吧?"

"大概是的。昨天晚上我一夜没睡。"

"怎么啦?"

"一直在说话。"他说。

我能想象得出那种情景。我有个非常要不得的习惯,喜欢想象我那些朋友们在卧室里的各种场面。我们走出大楼,去纳波利咖啡馆喝开胃酒,去观赏傍晚时分林荫大道上人头攒动的街景。

[①] 圣拉扎尔车站(Gare St.Lazare),巴黎六大火车站之一,其吞吐量位居第二,建立于1837年,19世纪70至80年代期间,曾激发了众多印象派画家为之作画,留下了许多不朽之作,也是后来众多电影的拍摄背景。

第三章

这是一个暖春时节的夜晚。罗伯特走了之后,我仍坐在纳波利咖啡馆露台上的一张桌子旁,悠然自得地观赏着眼前的景致。此时,天色已渐渐暗淡下来,电灯广告牌一个接一个地亮了起来,指挥交通的红绿灯在交替闪烁着,人流熙来攘往。一辆辆单篷出租马车在拥堵得结结实实的出租汽车的阵容旁边"得得"地行驶着,"野鸡"[1]也在四处活动,她们有单身独行的,也有成双成对的,在寻觅晚餐。我注视着一个模样俊俏的姑娘从我的桌子边走了过去,并注视着她一步步走上了街头,直至从眼前消失,然后又接着去看另一个,过了一会儿,我看见先头那个又返身回来了。她再一次从我的桌子边经过时,我抓住了她的目光,于是,她便走了过来,落座在我的桌边。服务生跑上前来。

"喂,你想喝点儿什么呢?"我问。

"佩诺[2]。"

---

[1] 此处原文为法语俗语"poules",原意为"母鸡;雌鸡",引申意思为"举止轻佻的女郎",暗指"妓女"。

[2] 佩诺(Pernod),一种法国产的绿茴香酒。佩诺为该酒的商标名。

"这种酒小姑娘喝不好。"

"你才小姑娘呢。喂,服务生,来杯佩诺①。"

"给我也来杯佩诺吧。"

"怎么回事儿?"她问,"想乐一乐?"

"当然。你不想吗?"

"说不准。在本城谁也说不准。"

"你不喜欢巴黎?"

"对。"

"那你怎么不去别的地方呢?"

"哪儿有别的地方可去呀。"

"只要开心就好。"

"开心,见鬼!"

佩诺是一种绿莹莹的仿苦艾酒的饮品。兑上水就变成了乳白色。这种酒的味道颇似甘草糖,具有很好的提神作用,不过,喝多了也照样会使你浑身无力。我们坐在桌边喝着这种酒,姑娘板着脸,一副闷闷不乐的样子。

"喂,"我说,"你是不是要掏腰包请我吃顿饭呀?"

她咧嘴一笑,我立即明白她为什么故意板着脸不笑的原因了。倘若嘴闭着不笑,她确实是个相当漂亮的姑娘。我如数付了酒钱之后,我们走出酒吧,来到大街上。我喊来了一辆出租马车,车夫把车靠到人行道的路边石旁停下。我们安坐在慢慢腾腾、畅行无阻地轧轧行驶着的出租马车②的后排车厢里,顺着歌剧院大街③一路向前驶去,沿

---

① 此处原文为法语"Dites garcon, un pernod.",意为"喂,服务生,来杯佩诺。"
② 此处原文为法语"fiacre",意为"出租马车"。
③ 歌剧院大街(the Avenue de l'Opera),位于巴黎市中心的繁华地段,在卢浮宫与加尼尔宫之间,是游客最常光顾的景点之一,街道两旁林立着各大旅行社的办事机构、银行、纪念品商店、各国驻外机构等。

途的那些商店都已关门落锁了，但窗户里灯还亮着。这条大街很宽阔，路面亮光光的，却已几乎不见人影。出租马车驶过了纽约《先驱报》驻巴黎站，只见其橱窗里挂满了各式各样的时钟。

"那些钟都是派什么用的？"她问。

"用来显示美国各地的不同时间的。"

"别骗我。"

我们从歌剧院大街拐上了金字塔路①，穿过车水马龙的黎沃利路②，再穿过一道幽暗的大门，驶进了杜伊勒利花园③。她依偎在我身上，我用一只胳膊搂着她。她抬起头来，期待着我的亲吻。她伸手摸我，我推开了她的手。

"别介意。"

"怎么回事儿？你有病？"

"是的。"

"人人都有病。我也有病。"

我们驶出杜伊勒利花园，进入了灯火通明的大街，接着再跨过塞纳河，最后拐上了教皇路④。

"你要是有病，就不该喝佩诺酒。"

"你也不该喝。"

"我喝不喝没关系。女人无所谓。"

---

① 金字塔路（the Rue des Pyramides），巴黎旅游景点之一，与黎沃利路相交，为纪念拿破仑于1798年在埃及金字塔战役中大获全胜而命名。
② 黎沃利路（the Rue de Rivoli），巴黎最有名的商业大街之一，名店鳞次栉比，为纪念拿破仑于1797年在黎沃利战役中击败奥地利军队而命名。
③ 杜伊勒利花园（the Tuileries Garden），巴黎旧王宫，修建于16世纪，位于卢浮宫与协和广场之间，法国大革命后被改建为公共花园，如今已成为巴黎人举行庆祝活动、休闲、聚会、散步的场所。
④ 教皇路（the Rue des Saints Pères），巴黎一路名，位于巴黎第六区与第七区之间，十分幽静，是情侣们经常光顾的地方。

"怎么称呼你?"

"乔杰特。怎么称呼你呢?"

"雅各布。"

"这是个佛兰芒人[1]的名字嘛。"

"美国人也有。"

"你不是佛兰芒人吧?"

"不是,我是美国人。"

"好,我最讨厌佛兰芒人了。"

正在这时,我们到了餐馆。我喊车夫[2]停车。我们钻出车外,但乔杰特却不喜欢这个地方的外观。"这家餐馆不怎么样嘛。"

"可不是嘛,"我说,"你也许宁愿去'福艾约'餐馆吧。那你刚才干吗不让马车继续往前走呢?"

我起初搭上她是出于某种隐隐约约的情感上的需要,以为有个人陪着吃饭总归是件挺惬意的事儿。我已经有好长时间没跟"野鸡"一起共进晚餐了,已经忘了这将是一件多么无聊的事儿。我们走进餐馆,从坐在收银台旁的拉维涅太太面前走了过去,进入了一个小包间。在饭菜的作用下,乔杰特的情绪好了一点儿。

"这地方还算不错,"她说,"虽然不雅致,但饭菜还可以。"

"总比你在列日[3]吃得好些吧。"

"你是说布鲁塞尔吧。"

我们又要了一瓶葡萄酒,乔杰特就此开了句玩笑。她笑了笑,却露出了满嘴的坏牙齿,我们频频碰杯。"你不是个坏种,"她说,"遗

---

[1] 佛兰芒人(Flemish)为比利时两大民族之一。本书主人公为美国记者杰克·巴恩斯,杰克与雅各布均源自古希伯来人名"雅各"。
[2] 此处原文为法语"cocher",意为"车夫"。
[3] 列日(Liege),比利时东部列日省的省会城市。

憾的是，你这人有病。我们还是挺谈得来的。你这人到底是怎么回事儿呀？"

"我在战争中负伤了。"我说。

"唉，这场下流的战争啊。"

我们本来也许会继续谈下去的，会交换彼此对这场战争的看法，会一致认为这场战争实际上就是对人类文明的一场浩劫，而且这场战争说不定还是可以避免的。我厌烦透了。就在这时，隔壁的包间里恰好有人在叫我："巴恩斯！我说，巴恩斯！雅各布·巴恩斯！"

"有个朋友在叫我呢。"我解释了一下，便走了出去。

叫我的人是布雷多克斯，正和一帮人围坐在一张宽大的桌子边，在场的有：科恩、弗朗西丝·克莱恩、布雷多克斯夫人，还有好几位我不认识。

"你是来参加舞会的吧，对不对？"布雷多克斯问。

"什么舞会？"

"哎呀，就是跳舞呗。难道你不知道我们已经恢复舞会了？"布雷多克斯夫人插嘴说。

"你一定要来呀，杰克。大伙儿都去呢。"弗朗西丝在桌子的另一头说。她身材高挑，脸上挂着笑意。

"那当然，他会来的，"布雷多克斯说，"进来呀，跟我们一起喝咖啡吧，巴恩斯。"

"对。"

"把你的朋友也带过来吧。"布雷多克斯夫人笑着说。她是个加拿大人，浑身散发着加拿大人的那种优雅大方的社交风度。

"谢谢，我们马上就来。"我说。我返身回到小包间。

"你的朋友都是些什么人？"乔杰特问。

"作家和艺术家。"

"这种人塞纳河的这一边[1]多得是。"

"太多啦。"

"我看是。不过,他们中的有些人还是挺能挣钱的。"

"嗯,是的。"

我们吃完了饭、喝完了酒。"走吧,"我说,"我们跟那些人一块儿喝咖啡去。"

乔杰特打开她的手提包,对着小镜子往脸上补了补妆,又掏出唇膏把嘴唇重新抹了一遍,并整了整帽子。

"好了。"她说。

我们走进了那间宾朋满座的房间里,布雷多克斯和围坐在桌子边的那些男人都纷纷站了起来。

"请允许我向大家介绍一下,这位是我的未婚妻,乔杰特·莱布伦小姐。"我说。乔杰特如此这般地嫣然一笑,接着,我们便迎上去跟众人一一握手。

"你跟歌唱家乔杰特·莱布伦[2]是亲戚吧?"布雷多克斯夫人问。

"不认识[3]。"乔杰特回答说。

"可是,你们俩同名同姓呀。"布雷多克斯夫人真心诚意地坚持说。

"不,"乔杰特说,"根本不是那么回事儿。我姓霍宾。"

---

[1] 指巴黎的拉丁区。
[2] 乔杰特·莱布伦(Georgette Leblanc,1875—1941),法国著名歌剧、话剧演员和作家,是法国小说家莫里斯·莱布伦(Maurice Marie Emile Leblanc,1864—1941)的妹妹。她与比利时著名剧作家、诗人、诺贝尔文学奖得主莫里斯·梅特林克(Maurice Polydore Marie Bernard Maeterlinck,1862—1949)保持了多年的情人关系,在他创作的一系列话剧中担任主角,红极一时,并出演了若干部法国电影,晚年改行从事儿童文学和传记文学的创作。杰克·巴恩斯随口给妓女乔杰特加上了莱布伦这个姓氏,使她和那位著名演员同名同姓了。
[3] 此处原文为法语"Conais pas",意为"不认识;不知道"。

"可是，巴恩斯先生刚才在介绍你时，说的就是乔杰特·莱布伦小姐呀。他刚才确实就是这么说的嘛。"布雷多克斯夫人仍然坚持说，她一说法语就容易激动，很可能都不知道自己在说什么。

"他是个傻子。"乔杰特说。

"噢，这么说，刚才是在开玩笑咯。"布雷多克斯夫人说。

"对，"乔杰特说，"逗大家笑笑的。"

"你听到没有，亨利？"布雷多克斯夫人朝桌子那头的布雷多克斯大声说，"巴恩斯先生刚才在介绍他的未婚妻时称她是莱布伦小姐，其实她的姓氏是霍宾。"

"当然啦，亲爱的。她本来就是霍宾小姐嘛，我早就认识她啦。"

"啊，霍宾小姐。"弗朗西丝·克莱恩高声说，她的法语说得非常快，但她似乎并不像布雷多克斯夫人那样为自己脱口而出的正宗地道的法语而感到洋洋自得，一副语不惊人死不休的样子。"你来巴黎很久了吧？你喜欢这里的生活吗？你很爱巴黎吧，对不对？"

"她是谁？"乔杰特扭头对我说，"我非得搭理她不可吗？"

她转身朝弗朗西丝望去，只见她正笑吟吟地坐在那儿，双手交叠着，脑袋一动不动地昂在长长的脖子上，嘴唇微微向上噘起，一副随时准备继续谈话的模样。

"不，我不喜欢巴黎。这地方既奢侈，又龌龊。"

"是吗？我怎么觉得这地方特别干净呢。是整个欧洲数得着的最干净的城市之一。"

"我觉得它很脏。"

"好奇怪啊！不过，你来这儿的时间也许还不算太长。"

"我在这儿待的时间已经够长了。"

"不过，巴黎这地方有些人确实还是挺不错的。这一点必须承认。"

乔杰特扭头对我说:"你交的这些朋友挺不错的。"

弗朗西丝已经略有醉意,若不是咖啡上来了,她没准还要滔滔不绝地说下去。拉维涅接着又给我们上了利口酒①,喝完酒之后,大伙儿全都涌出餐馆,兴冲冲地去布雷多克斯的那家跳舞俱乐部了。

这个跳舞俱乐部其实就是个"用手风琴伴奏的大众舞厅"②,坐落在圣杰尼维耶夫山③上的大街上。每星期有五个晚上,住在"先贤祠"一带的劳动人民都会来这里跳舞。每星期只有一个晚上归跳舞俱乐部使用。星期一的晚上一律不开放。我们到达那儿时,屋子里还是空空的,只有一名警察坐在门边,老板娘则守在用波纹镀锌铁皮做的吧台的后面,此外还有老板本人。我们刚走进屋里,老板的女儿就下楼来了。屋子里有许多长条板凳,还有一排排桌子,屋子的尽头才是舞池。

"但愿人们能早点儿来。"布雷多克斯说。老板的女儿走上前来,目的是要打听我们想喝点什么。老板登上舞池旁边的一只很高的凳子,开始拉起了手风琴。他有一只脚脖子上拴着一串铃铛,一边拉手风琴,一边用脚打着拍子。每个人都跳起舞来。屋里太热,我们走出舞池时已是大汗淋漓了。

"我的上帝呀,"乔杰特说,"简直像闷在蒸笼里!"

"真热呀。"

"太热啦,我的上帝。"

"脱掉帽子吧。"

"这主意不错。"

---

① 利口酒(liqueurs),一种酒精含量较高的浓香型的甜酒,通常在饭后饮用。
② 此处原文为法语"bal musette",意为"用手风琴伴奏的大众舞厅;(或风笛舞会)"。
③ 圣杰尼维耶夫山(the Montagne Sainte Genevieve),位于塞纳河左岸的一座山峰,山上有先贤祠和圣杰尼维耶夫图书馆,山上的大街小巷遍布形形色色的酒吧和饭馆,是巴黎大学及附近几所大学的学生们的钟情之地。

有人来请乔杰特跳舞了,我便走向了吧台。屋里确实非常热,而手风琴的乐曲声在这闷热难当的夜晚倒也显得悦耳动听。我一边喝着啤酒,一边站在门口领受着街面上吹来的习习凉风。有两辆出租汽车沿着坡度很陡的街道一路驶下来。两辆车都停在了舞厅门前。一群年轻人,有的穿着针织紧身运动衫,有的穿着长袖衬衫,钻出了车外。借着门里射出的灯光,我能看见他们的手和他们刚刚洗过的烫着大波浪的卷发。站在门边的那个警察朝我看了看,微微笑了笑。他们走进了舞厅。在他们挤眉弄眼、指手画脚、七嘴八舌地往里走的时候,我借着灯光看清了他们白白净净的手、烫成大波浪的卷发、白白净净的脸。跟他们走在一起的竟然有勃莱特。她显得非常可爱,看样子她跟他们已经混得相当熟了。

他们当中有个人看见了乔杰特,张口便说:"嘿,真是咄咄怪事啊。这儿有个货真价实的婊子呢。我要去跟她跳舞了,雷特。看我的。"

那个高个子、黑皮肤、名叫雷特的说:"你别这么冒冒失失的。"

那个烫着大波浪的金发碧眼的年轻人回答说:"你就别操心啦,亲爱的。"勃莱特竟跟这帮人混在一起了。

我非常生气。也不知究竟是怎么回事儿,这种人总是让我很生气。我也知道,他们本来就是来寻欢作乐的,你应当宽容些才是,可我偏偏就想挥拳击倒他们一个,随便是哪一个,把他们那种目空一切、傻笑中透着泰然自若的嚣张气焰砸个粉碎。然而转念一想,我却沿着街面走了下去,在隔壁那家舞厅的吧台前买了一杯啤酒。这杯啤酒很不好喝,我便又要了一杯干邑白兰地[①]来祛除嘴巴里的那股啤酒味儿,没想到,这杯白兰地的味道却更加糟糕。等我回到舞厅时,舞池里已是人头攒动,乔杰特正和那个金发碧眼的高个子青年在跳舞,

---

[①] 干邑白兰地(cognac),法国科涅克地区出产的一种上等白兰地。

这人跳舞时很夸张地扭动着臀部，脑袋歪斜着，两眼朝上翻着。这一曲刚结束，他们当中的另一个人又上来请她跳。她已经被他们包下了。这时我才明白，他们一个个都会跟她翩翩起舞的。他们就是这种人。

我在一张桌子边坐了下来。科恩在那边坐着。弗朗西丝正在跳舞。布雷多克斯夫人领来了某个人物，并介绍给我说，他叫罗伯特·普伦蒂斯。此人是纽约人，但从芝加哥来，是小说界正冉冉上升的一位新秀。他说话带点儿英国口音。我问他要不要喝一杯。

"非常感谢，"他说，"我刚刚喝了一杯。"

"再来一杯嘛。"

"谢谢，那我就恭敬不如从命吧。"

我们把老板的女儿叫过来，每人要了一杯兑了水的白兰地[①]。

"有人告诉我说，你是堪萨斯城人。"他说。

"是的。"

"你觉得巴黎好玩吗？"

"好玩。"

"真的？"

我已经有了几分醉意。不是真正意义上的那种烂醉，而是恰好醉到了那种可以说话不计后果的地步。

"看在上帝的分儿上，"我说，"真的。难道你不这样认为？"

"嘿，你发起脾气来还真有些可爱呢，"他说，"我要是有你这种本事就好啦。"

我站起身来朝舞池走去。布雷多克斯夫人在身后紧跟着我。"别跟罗伯特一般见识，"她说，"他只不过是个毛孩子，你是知道的。"

"我没跟他一般见识，"我说，"我刚才只是觉得好像要呕吐了。"

[①] 此处原文为法语"fine a l'eau"，意为"兑了水的白兰地"。

"你的未婚妻正在大出风头呢。"布雷多克斯夫人眺望着舞池,舞池里,乔杰特正被那个高个子、黑皮肤、名叫雷特的家伙搂在怀里跳舞跳得正欢呢。

"是吗?"我说。

"相当拉风啊。"布雷多克斯夫人说。

科恩走上前来。"来吧,杰克,"他说,"咱俩喝一杯去。"我们朝吧台那边走去。"你这是怎么啦?你好像整晚都情绪激动的样子,什么事儿把你给惹火啦?"

"没什么事儿。只是眼前的整个这一幕让我感到恶心而已。"

勃莱特朝吧台走来。

"你们好啊,老朋友。"

"你好,勃莱特,"我说,"你怎么没灌得醉醺醺的呢?"

"绝对不会再喝得醉醺醺的啦。喂,怎么说也要给人家来杯白兰地加苏打水吧。"

她端着酒杯站在那儿,我发现罗伯特·科恩在打量她。他两眼直勾勾地望着她,如同他那位同胞看见上帝赐予他土地时准会显现出的那种表情一样[①]。当然,科恩要年轻多了。不过,他流露出的也是那种热切的、理所当然地充满着期待的表情。

勃莱特真他妈的好看极了。她穿着一件针织紧身套衫和一条苏格兰粗花呢裙子,头发是朝后梳着的,像个男孩子。流行于市的这种打扮全是她开的头。她身段的曲线凹凸有致,如同游艇的艇身,那件羊毛紧身套衫使得她的整个体型毕露无遗。

"你交往的这伙人真不赖呀,勃莱特。"我说。

[①] 指亚伯兰(上帝后来给他改名为亚伯拉罕)在得到耶和华赐予他迦南(今巴勒斯坦地区)时的情景。详见《圣经·创世记》第十二章。

"这些人难道不可爱吗？你不也一样嘛，亲爱的。你是在哪儿把她勾搭上的？"

"在纳波利咖啡馆。"

"度过了一个很开心的夜晚吧？"

"嘿，有趣极啦。"我说。

勃莱特哈哈一笑。"你这样做是不对的，杰克。这样做对我们大家都是一种侮辱。你瞧瞧那边的弗朗西丝，还有乔。"

她这话是说给科恩听的。

"这种事情属于交易管制的范围。"勃莱特说。她又是哈哈一笑。

"你头脑清醒得很嘛。"我说。

"对。我没醉吧？要是有谁愿意同我交往的这帮人待在一起，他也保险不会喝醉的。"

音乐声又响起来，罗伯特·科恩马上说："这一曲能让我来请你跳吗，勃莱特小姐？"

勃莱特朝他微微一笑。"这一曲我已经答应跟雅各布跳啦，"她笑着说，"你取的是个绝妙的圣经里的名字呀，杰克。"

"那就下一曲吧，好吗？"科恩问。

"我们马上就要走啦，"勃莱特说，"我们在蒙马特①有个约会。"

我一边跳舞，一边隔着勃莱特的肩膀望过去，只见科恩依旧在吧台边站着，两眼还在直勾勾地盯着勃莱特看。

"瞧那边，你又迷住一个人啦。"我对她说。

"别这么说嘛。可怜的家伙。我以前怎么就一直没发觉呢。"

"唉，算了吧，"我说，"依我看，你恐怕是多多益善吧。"

---

① 蒙马特（Montmartre），巴黎城北部一地区，位于塞纳河右岸的高地上，海拔130米，最高处的圣心教堂为全巴黎的最高点。该地区夜总会林立，也是艺术家们的云集之地，莫奈、毕加索、梵高等著名艺术家都曾在此建有画室或宅邸。

"别说这种不着边际的傻话啦。"

"你不就喜欢这样嘛。"

"唉,好啦。我即使喜欢,又能怎么样?"

"不能怎么样。"我说。我们踏着手风琴的音乐声跳起舞来,有人弹起了班卓琴。屋里虽然很热,但我感到很快活。我们从乔杰特身边擦了过去,跟她在一起跳舞的已经换成了他们当中的另一个人。

"她什么地方迷住了你,才使你把她给带来的?"

"说不清,反正我把她带来了。"

"你这家伙越来越浪漫啦。"

"不,是出于无聊。"

"现在呢?"

"不了,现在不了。"

"我们离开这儿吧。会有人好好照顾她的。"

"你真想走?"

"我要是不想走,我能要你走吗?"

我们走出了舞池,我去墙边的衣帽架上取下我的外套,并把它穿在身上。勃莱特站在吧台边。科恩在和她攀谈。我在吧台前停下,想向他们讨要一个信封。老板娘找来了一个。我从口袋里掏出一张面额为五十法郎的钞票,把它放进信封里,封好口,然后把信封递给了老板娘。

"如果和我一起来的那位姑娘问起了我,烦请你把这个交给她,好吗?"我说,"如果她跟那帮先生中的哪一位一起走了,那就烦请你帮我把这个保管一下,好吗?"

"一言为定,先生①,"老板娘说,"你这就要走吗?走这么早?"

"是的。"我说。

---

① 此处原文为法语"C'est entendu, Monsieur",意为"一言为定,先生。"

我们起身朝门外走去。科恩还在一个劲儿地跟勃莱特说话。她朝他道了声晚安,随即便挽起了我的胳膊。"晚安,科恩。"我说。在外面的大街上,我们四处张望着想找辆出租汽车。

"你会白白丢掉你那五十法郎的。"勃莱特说。

"啊,是的。"

"怎么不见出租汽车呢。"

"我们可以走到先贤祠去,然后再叫一辆。"

"走吧,我们先到隔壁那家酒吧去喝一杯,可以在那儿打发一个人帮我们去叫一辆出租汽车嘛。"

"你连走到马路对面这几步路都不肯走啊。"

"能省点儿力气,就省点儿力气呗。"

我们走进隔壁那家酒吧,我随即便打发一个服务生去叫出租汽车了。

"嗯,"我说,"我们总算甩开他们啦。"

我们站在高高的波纹镀锌铁皮做的吧台边,彼此都没说话,只是默默地望着对方。那名服务生回来了,说出租汽车已经等在门外了。勃莱特使劲儿捏了捏我的手。我给了那名服务生一个法郎,随后,我们就走出了酒吧。"我应当叫司机往哪儿开呢?"

"哦,跟他说,就在附近随便兜兜吧。"

我吩咐司机开到蒙特苏里公园① 去,然后就钻进了车内,嘭的一声关了车门。勃莱特仰靠在车厢的角落里,两眼紧闭着。我上了车,坐在她身边。出租汽车颠了一下便向前驶去。

"啊,亲爱的,我一直过得很凄惨啊。"勃莱特说。

---

① 蒙特苏里公园(Parc Montsouris),巴黎城内的一个开放式公园,位于塞纳河左岸,公园内绿草茵茵,树种和禽鸟繁多,环境幽静,并矗立着众多的雕塑,自19世纪以来一直保留着英国园林的风格。

第四章

出租汽车驶上了那座山冈，穿过灯火通明的广场，随后便钻进了黑暗之中。车子仍在爬坡，但没一会儿就开上了平地，行驶在圣埃蒂纳·杜·蒙特教堂[①]后面的一条僻静的街道上，平稳地顺着这条柏油马路径直往下驶去，经过一片小树林和停着公共汽车的康特雷斯卡普广场[②]，接着又拐上了鹅卵石路面的穆菲塔德大街[③]。大街两旁，灯火通明的各色酒吧和夜市商场鳞次栉比。我们原本是分开坐着的，但车子在古老的路面上一路颠簸着，使我们紧紧挤在了一起。勃莱特的帽子已经脱掉。她的脑袋向后仰靠着。我借着夜市商店的灯光打量着她的脸蛋，但车子里随即又暗了下来，

[①] 圣埃蒂纳·杜·蒙特教堂（St. Etienne du Mont），巴黎城内的一座著名教堂，位于先贤祠附近，教堂内的公墓里安葬着法国许多宗教界的名人。
[②] 康特雷斯卡普广场（Place de la Contrescarpe），位于巴黎劳动阶层住宅区的中央地段，有众多咖啡馆，历来是文学艺术家们的钟情之地，也是外来人员的避风港，广场的南面即为穆菲塔德大街，是巴黎有名的市场街之一。
[③] 穆菲塔德大街（Rue Mouffetard），位于巴黎城第五区，是巴黎城内历史最为悠久、也最为繁华的商业步行街之一，大大小小的餐馆、商店、咖啡屋比比皆是。

等我们再次钻出黑暗、驶上戈贝林大街①时，我才清楚地看见了她的整个脸庞。这条街道的路面被破开了，工人们正借着亮得耀眼的乙炔灯的灯光在电车轨道上干活儿。勃莱特的脸蛋很白，她脖子的修长轮廓也清楚地显现在耀眼的灯火下。街面上又暗淡下来，我立即吻了上去。我们的嘴唇紧紧贴在了一起，可是她马上就扭过头去，身子紧靠在车座的角落里，想尽量躲得远远的。她向下耷拉着脑袋。

"别碰我，"她说，"请你别碰我。"

"怎么啦？"

"我受不了这个。"

"哦，勃莱特。"

"你别这样。你应该明白。我受不了这个，就这样吧。啊，亲爱的，请你谅解！"

"难道你不爱我？"

"不爱你？只要你一碰我，我的整个身子简直就要化成果冻啦。"

"难道我们什么也做不成吗？"

她这时已直起身来。我用一只胳膊搂住她，她仰面斜靠在我的身上，我们就这样十分平静地依偎着。她用她那特有的神情直愣愣地注视着我的眼睛，那种神情会使你疑惑她是否真的在发自内心地用自己的眼睛看你。仿佛等世界上别人的眼睛全都一个个不再睁开看了，她那双眼睛还会一刻不停地看下去。她就这样定定地望着我，仿佛这世上没有一样东西她会不用这种眼神来看待，然而事实上，她不敢正视的东西却多得很。

"这么说，我们真他妈的什么也干不成啦。"我说。

---

① 戈贝林大街（Avenue des Gobelins），巴黎城内的一条老街，位于穆菲塔德大街的尽头，是一条笔直的林荫大道，修建于18世纪。

"我不知道,"她说,"我不想再受这种折磨了。"

"我们最好还是彼此躲得远远的。"

"可是,亲爱的,我不能见不到你。这种煎熬你并不完全明白。"

"是的,可是到头来还不总是变成这种样子。"

"都是我不好。可是,我们难道不是在为我们所做的这一切付出代价吗?"

她一直在定定地注视着我的眼睛。她的目光变幻不定,时而深不可测,时而又显得十分淡定。此时此刻,你简直可以望穿她的双眼,一直望到她的心灵深处。

"一想到我已经让好多小伙子为我吃足了苦头,我这心里就感到很不是滋味。我现在是在偿还这笔债呢。"

"别尽说傻话啦,"我说,"再说,落在我身上的这种遭遇本来就很荒唐可笑。我根本就没把它放在心上。"

"啊,是的。这我相信,你不会在意的。"

"算啦,这种事情我们就别再说啦。"

"我自己也曾笑话过这事儿呢,有过那么一回。"她望着别处躲开了我,"我哥有个朋友,从蒙斯①回到家中时也是这副样子。战争仿佛是个天大的笑话。小伙子们啥事儿也不懂,是这样吗?"

"是的,"我说,"大家都一样,什么事儿也不懂。"

我对这个话题已经十分厌倦,不想再谈了。曾几何时,我也许不止一次地从各种不同的角度考虑过这件事,也包括这种情况,某些创伤,或者残疾,会成为别人取笑逗乐的对象,然而对那个负了伤或者

---

① 蒙斯(Mons),比利时西南部一古城,比利时海诺特省的省会,自中世纪起就一直是兵家必争之地。在第一次世界大战中,英军于1914年8月下旬在此地与德军发生第一次激烈交战,英军被迫撤离,此城为德军所占领,直至第一次世界大战接近尾声时,此城才被加拿大军团解放。

有残疾的人来说,这依然是个十分严重的问题。

"这事儿真好笑,"我说,"非常好笑。当然,谈情说爱也有很多乐趣。"

"你真这样看的?"她的目光又显得十分淡定了。

"我指的不是那种乐趣。从某种意义上说,这是一种令人欢愉的感觉。"

"不,"她说,"我觉得这是人间地狱般的折磨。"

"彼此相见总归是一件令人高兴的事情。"

"不。我可不这样认为。"

"难道你不想和我见面?"

"我不得不这样。"

此时,我们像两个陌生人一样坐着。右边是蒙特苏里公园。那边有家饭店,饭店里有个养鳟鱼的水池,你可以坐在那里眺望公园的景色,不过那家饭店此时已经关门打烊了,黑洞洞的。司机朝我们扭过头来。

"你想去哪儿?"我问。勃莱特把头一偏。

"哦,去'雅士'吧。"

"雅士咖啡馆,"我对司机说,"蒙帕纳斯大街①。"出租汽车绕过那尊守卫着驶向蒙特鲁奇地区②的有轨电车的贝尔福狮像③,径直朝前

---

① 蒙帕纳斯大街(Boulevard du Montparnasse),巴黎蒙帕纳斯区的一条双向主干道,位于塞纳河左岸,"蒙帕纳斯"意为"缪斯山"(缪斯是古希腊神话中掌管文艺和科学的九位女神之一),因此,巴黎的大学生们常来此吟诵诗歌。该地区的众多咖啡馆、饭店和酒吧也闻名遐迩。

② 蒙特鲁奇地区(Montrouge),巴黎城南郊一市镇,距巴黎市中心约4公里,人口稠密,是欧洲人口最稠密的地区之一。"蒙特鲁奇"在拉丁语里的意思为"红山",因该地区的土壤为红色而得名。

③ 贝尔福狮像(Lion de Belfort),法国雕塑家弗列得利克·巴多尔蒂(Frederic Auguste Bartholdi,1834—1904)的代表作之一,美国纽约的自由女神像也出自巴多尔蒂之手。贝尔福狮像竣工于1880年,为纪念普法战争而作,整个狮身完全由红砂石构成,长22米,高11米,为该地区主要景观。

开去。勃莱特两眼直视着前方。车子一驶上拉斯帕埃尔大街①，蒙帕纳斯大街上的灯光就映入了眼帘，勃莱特说："如果我要你做某件事，你该不会大惊小怪吧？"

"别犯傻啦。"

"趁我们还没到那儿，你再吻我一次。"

等出租汽车一停稳，我便下了车，把车钱付了。勃莱特钻出车外，并随手戴上了她那顶帽子。她从车上一下来就把一只手伸给了我。她的手在发抖。"喂，我这样子是不是显得太狼狈了？"她压低了她头上的那顶男式毡帽，迈步朝咖啡馆里走去。咖啡馆里，靠在吧台上、坐在桌子边的大多数都是刚才在舞会上碰到的那伙人。

"小伙子们，你们好，"勃莱特说，"我想喝一杯。"

"哎，勃莱特！勃莱特！"那个身材瘦小的希腊人从人堆里朝她挤过来，他是个画肖像的画家，自诩公爵，但人人都叫他齐齐。"我有好事儿要告诉你呢。"

"你好，齐齐。"勃莱特说。

"我想让你结识一位朋友。"齐齐说。一个胖子迎了上来。

"米比波波勒斯伯爵，这位就是我的朋友阿什莱夫人。"

"你好！"勃莱特说。

"哎哟，尊贵的夫人，请问，你在巴黎玩得开心吗？"米比波波勒斯伯爵问，他胸前那条表链上挂着一枚麋鹿的牙齿。

"相当开心。"勃莱特说。

"巴黎城好得没法说啦，"伯爵说，"不过，我猜想，你在伦敦那边肯定也有许多特别好玩儿的地方。"

---

① 拉斯帕埃尔大街（Boulevard Raspail），巴黎城内一南北向林荫大道，以法国著名化学家、政治家弗朗斯瓦·拉斯帕埃尔（Francois Vincent Raspail，1794—1878）的名字命名。

"哦,是的,"勃莱特说,"好玩儿的地方多得很。"

布雷多克斯在那边的一张桌子旁朝我喊起来。"巴恩斯,"他说,"过来喝一杯。你那个女朋友刚刚跟人大吵过一架,吵得可凶呢。"

"为什么事儿吵起来的?"

"因为老板娘的女儿说了句什么。好一场劈头盖脸的对骂啊。她这方面可在行了,你是知道的。她使出了自己的拿手好戏,还逼着老板娘的女儿也使出来看看呢。啊唷,吵得真是不可开交啊。"

"最后是怎么收场的?"

"哦,有个人送她回家去了。那姑娘长得真不赖呀。骂人的话也是一套一套的,可精通呢。别走啊,坐下来喝一杯吧。"

"不行,"我说,"我得开溜了。看见科恩没有?"

"他陪弗朗西丝回家了。"布雷多克斯夫人插嘴说。

"可怜的家伙,他好像情绪很低落。"布雷多克斯说。

"我敢肯定,他情绪低落得很呢。"布雷多克斯夫人说。

"我得开溜啦,"我说,"晚安。"

我对站在吧台边的勃莱特说了声再见。伯爵正在掏钱买香槟。"你愿意陪我们喝杯葡萄酒吗,先生?"他问。

"不啦。非常感谢。我得走了。"

"真的要走?"勃莱特说。

"对,"我说,"我头痛得很厉害。"

"我明天来看你?"

"直接来编辑部吧。"

"恐怕不行。"

"那就算了。我来找你吧,你说在哪儿?"

"五点钟左右,随便在哪儿都行。"

"那就说定了,在河对岸找个地方吧。"

"好。五点钟我在柯丽荣宾馆[1]等你。"

"可别失约噢。"我说。

"别担心,"勃莱特说,"我可从来没让你失望过,对吗?"

"有迈克的消息吗?"

"今天来了一封信。"

"晚安,先生。"我对伯爵说。

我走出咖啡馆,来到外面的人行道上,并顺着这条人行道朝圣米歇尔大街[2]走去,一路上,只见洛东达咖啡馆门外的那些桌子旁边依然人头攒动、座无虚席,而马路对面的那家多姆咖啡馆则把桌子一直排放到了人行道的边缘。那边的一张桌子旁有个人在朝我招手,我看不出那人是谁,便自顾往前走去。我想早点儿到家。蒙帕纳斯大街上已是冷冷清清。拉维涅餐馆则已店门紧闭,丁香园咖啡馆[3]门前,人们正在把一张张桌子摞起来,准备关门打烊了。我从奈伊元帅[4]的雕像前走了过去,雕像矗立在刚刚吐出新叶的栗树丛中,笼罩在弧光灯的灯光下。有一个已经枯萎的绛紫色花环斜靠在雕像的基座上。我停下脚步,仔细辨认着镌刻在石碑上的字迹:波拿巴主义者党支部[5]所

---

[1] 柯丽荣宾馆(Hotel de Crillon),位于巴黎香榭丽舍大街,协和广场两座石砌双子楼中的一座,另一座为法国海军总部,建于1758年,是世界上历史最为悠久的豪华宾馆之一。
[2] 圣米歇尔大街(Boulevard Saint Michel),巴黎拉丁区的两条主干道之一,南北向,另一条为东西向的圣日耳曼大街。
[3] 丁香园咖啡馆(La Closerie des Lilas),坐落在蒙帕纳斯大街与圣米歇尔大街相交的路口上,是一个名人荟萃的地方。本书作者在20世纪20年代初叶到达巴黎时,常来这家咖啡馆消磨时光。本书的创作即在此完成。这家咖啡馆里至今仍保留着一张"海明威之椅",椅背上的铜牌刻着海明威的名字。
[4] 迈克尔·奈伊(Michel Ney,1769—1815),法国陆军元帅,拿破仑手下的主要将领之一,曾随拿破仑多次出征,屡立战功,在1815年滑铁卢战役中担任法军骑兵部队的指挥,滑铁卢战役兵败后,他被贵族院以通敌谋反罪执行枪决了。
[5] 波拿巴主义者(Bonapartist),"波拿巴主义"在法国历史上有两层含义:从严格意义上说,指意图恢复波拿巴皇族统治下的法兰西帝国的主张;从广义上说,指一切支持中央集权和贵族专制统治的政治派别活动及其政治组织。路易·拿破仑于1851年发动军事政变上台后,为纪念奈伊元帅,在巴黎天文台广场竖立了他的雕像。

建,某年某月某日;具体日期我已经忘了。这尊雕像看上去煞是威武,奈伊元帅足登高筒马靴,在七叶栗子树碧绿的新叶嫩枝丛中高擎着手中的利剑。我的寓所就在这条马路的对面,沿圣米歇尔大街走下去几步路就到了。

门房里还亮着灯,我敲了敲门,女看门人把我的邮件递给了我。我向她道了声晚安,便上楼去了。拿到手的是两封信和几份报纸。我借着餐室里的煤气灯的亮光看了看。两封信都是从美国寄来的。其中一封是一张银行的结账单。结账单上显示的是:结余为2432.60美元。我取出支票簿,扣除自本月一号以来所开出的那四张支票的总金额,结果发现我还有一笔数额为1832.60美元的盈余。我在结账单的反面写下了这个数目。另一封信是一份结婚请柬。阿洛伊修斯·科尔比先生和夫人郑重宣布了他们的女儿凯瑟琳的婚事——我既不认识这位姑娘,也不认识即将与她结为夫妇的那个男人。这份结婚请柬想必已经发遍全城了。这个名字有点儿怪怪的。我敢断言,任何一个取名叫阿洛伊修斯的人我都忘不了。这是个挺地道的天主教的名字。请柬的抬头上印有一个顶饰。就像齐齐也有一个希腊公爵的头衔一样。还有那位号称伯爵的人。勃莱特也有一个头衔呢,叫阿什莱夫人。让勃莱特见鬼去吧。你就见鬼去吧,阿什莱夫人!

我点亮了床头的灯,关掉了那盏煤气灯,然后打开了那几扇宽大的窗户。床离窗户很远,我退到床边坐下,解开衣服,任由窗户开着。窗外有一列夜班车正行驶在有轨电车的轨道上,列车从窗前呼啸而过,把各色蔬菜运往各大市场。每当夜间睡不着,这噪音就显得特别恼人。我一边脱衣服,一边在床边大衣柜的镜子里打量着自己的形象。这是一种典型的法国人布置房间的做法。我估计,也挺实用的。浑身上下,怎么偏偏就伤在这个最伤不得的部位呢。我估计,伤在这种地方会让人觉得好笑的。我穿上睡衣,钻进了被窝。我有两份斗牛报,便拿过来拆开了封皮。一份是橙色的,另一份是黄色的。这两份报纸很可能会报道相同的新闻,所以,无论我先看哪一份,都会使另一份变得索然无味。相比之下,《牛栏报》要更有特色,于是,我先看起了这一份。我一口气把它从头至尾看了一遍,包括"读者小信箱"和"字谜与笑话"这两个栏目。我吹灭了灯。兴许这下我能入睡了。

我的思维竟然开始活跃起来。这块已成痼疾的心病又在作祟了。唉,在意大利那种被人当作笑柄的前线如此这般地负了伤,还溃逃,这种事情也太不光彩啦。在意大利的那家医院里,我们这一类人简直可以组成一个社团了。当时还得了个颇为滑稽的意大利语的名号呢。我不知道其他那些人后来怎么样了,那些意大利人。那是在米兰那家"总医院"①的庞蒂住院大楼里。隔壁那幢大楼就是臧达楼。医院的院子里有一尊庞蒂的雕像,也有可能是臧达的雕像②。这就是那位上校联络官来探望我的地方。真是滑稽,这大概可以算得上是头等滑稽的事情了。我当时全身绑着绷带,但是他们把我的情况告诉了他。于是,他就发表了一通精彩无比的宏论:"你,一个外国人,一个英国人(任何一个外国人在他眼里都是英国人),奉献出了比生命更加宝贵的东西呢。"多么绝妙的言辞啊!我真想把他这番宏论装裱起来挂在我的办公室里。他一点儿也没笑。我猜想,他是在设身处地地替我着想呢。"多么不幸!多么不幸啊!③"

我觉得,我过去从来就没有意识到这一点。现在我要尽量装着若

---

① 此处原文为意大利语"Ospedale Maggiore",意为"总医院",位于米兰市中心,原名"大房子医院",建于15世纪,是当地最早的医院之一,如今已是米兰大学的所在地。
② 这两尊雕像均为意大利文艺复兴时期著名建筑师、雕塑家、建筑学家安东尼奥·菲拉雷特(Antonio Filarete,1400—1469)在设计这家医院时留下的作品。
③ 此处原文为意大利语"Che mala fortuna! Che mala fortuna!",意为"多么不幸!多么不幸啊!"

无其事的样子,只求不要给别人制造出无端的烦恼。后来,他们用船把我运到了英国,要不是因为碰上了勃莱特,我也许永远都不会有任何烦恼的。依我看,她只不过是想追求她不可能拥有的东西罢了。唉,人就是这种德性。让人统统见鬼去吧!天主教会倒是有一种绝妙的办法来处理这一切的。不管怎么说,反正有一番忠告。这事儿就别再想啦。啊,那是一番绝好的忠告呢。今后就尽量忍着点儿吧。尽量忍着点儿吧。

我睡不着,躺在床上胡思乱想、心猿意马。接着,我无法控制自己了,便开始思念起勃莱特来,其他一切杂念也就随之烟消云散了。我思念着勃莱特,思绪不再四处奔突乱窜,有点儿开始一波一波地荡漾起来。就在这时,我突然开始哭泣起来。过了一会儿,心情慢慢地平复了,我躺在床上,听着沉重的电车在窗外隆隆驶过,沿街而去,随后,我渐渐进入了梦乡。

我一觉醒来。外面有人在争吵。我侧耳听了听,发觉有个声音听着耳熟。我穿上晨衣,赶忙朝门口走去。看门人在楼下大声嚷嚷着。她火气很大。我听见提到了我的名字,便朝楼下喊了一声。

"是你吗,巴恩斯先生?"看门人喊道。

"对。是我。"

"这里来了个这么不讲理的女人,她把整条街都吵醒了。深更半夜的这种时候来,哪会有什么好事情!她说她一定要见你呢。我告诉她你已经睡了。"

这时候,我听见了勃莱特的说话声。刚才正处于半睡半醒的状态,我满以为是乔杰特来了呢。我弄不明白到底是怎么回事儿。她不可能知道我的住址啊。

"请你让她上来吧,好吗?"

勃莱特走上楼来。我看得出,她已经喝得醉醺醺的了。"这事儿干得真荒唐,"她说,"惹出了这么大的一场争吵。我说,你没在睡觉吧,对不对?"

"你以为我在干什么?"

"不知道。现在是几点?"

我看了看时钟。此时已是四点半了。"糊里糊涂的,连几点钟都不知道了,"勃莱特说,"我说,你能不能让人家坐下来呀?别生气啦,亲爱的。刚刚跟那位伯爵分手。是他送我来这儿的。"

"他这人怎么样?"我边说边拿出了白兰地、苏打水和两只玻璃酒杯。

"只要一点点儿,"勃莱特说,"别不安好心,想把我灌醉。那位伯爵吗?嗯,人挺不错的。他是个性情中人,跟我们挺投缘的。"

"他是伯爵吗?"

"来吧,祝你健康。反正我觉得他是,这你知道。不管怎么说,能称得上伯爵吧。多懂得人情世故啊。这一套不知他是从哪儿学来的。他在美国开了好多家连锁糖果店呢。"

她抿了一口杯中的酒。

"你想想,他说自己的糖果店都开成连锁店啦。好像是这么说的。把各家糖果店都串并起来了。他跟我谈了点儿这方面的情况。真有意思。不过,他跟我们这些人挺投缘的。嗯,是挺投缘的。毫无疑问。这一点总归人家还是能看出来的。"

她又抿了一口酒。

"我干吗要大吹大擂地讲这些个事儿呢?你不会太在意吧,是么?他正在资助齐齐呢,这你知道。"

"齐齐当真也是个公爵吗?"

"反正我没怀疑过。是希腊公爵,这你知道呀。是个烂透了的画家。我还是比较喜欢那个伯爵。"

"你跟他去了什么地方?"

"嗯,什么地方都去了。他刚才把我送这儿来了。要给我一万美元呢,让我陪他去比亚里茨①。这笔钱值多少英镑?"

"两千左右吧。"

"好大一笔钱呢。我对他说,这事儿我不能干。他在这种事情上倒挺大方的。我对他说,我在比亚里茨熟人太多了。"

勃莱特哈哈大笑起来。

"我说,你这酒喝得也太慢啦。"她说。我刚才只是在慢慢呷着白兰地加苏打水。于是我就猛灌了一大口。

"这就对啦。太有意思了,"勃莱特说,"后来他要我陪他去戛纳②。我就对他说,我在戛纳的熟人也多得很。又说蒙特卡洛③。我告诉他说,我在蒙特卡洛的熟人也多得很。我告诉他说,我走到哪儿都有太多的熟人。这也是真话嘛。于是,我就叫他送我到这儿来了。"

她望着我,一只手撑在桌子上,一只手举着酒杯。"你别这样瞅着我嘛,"她说,"我对他说,我在爱着你呢。这也是真的。别这样瞅着我啦。他这人也真有涵养。明天晚上他要用汽车接我们出去吃饭呢。想不想去呀?"

"为什么不想去?"

"我现在该走啦。"

"为什么?"

"就是想来看看你的。傻得要命的念头呢。要不要穿上衣服跟我

---

① 比亚里茨(Biarritz),法国西南部一城市,位于比斯开湾,濒临大西洋,与西班牙的巴斯克地区接壤,是一处极其奢华的海滨度假胜地。
② 戛纳(Cannes),法国东南部一城市,濒临地中海,为著名海滨度假胜地,每年有国际电影节在此举办。
③ 蒙特卡洛(Monte Carlo),摩洛哥公国的四大城市之一,濒临地中海,为著名海滨度假胜地,以赌博业和一年一度的蒙特卡洛汽车拉力赛的最后一站而闻名。

下楼去？他的车子就停在街那头。"

"那个伯爵吗？"

"就他本人。还有一个穿制服的司机。要带着我四处去兜兜风呢，然后在布洛涅公园①里吃早饭。有好几大篮子酒食呢。全都是柴黎饭店里弄来的。还有成打的瓶装菊花酒②呢。你馋不馋？"

"我上午还得工作呢，"我说，"跟你相比，我现在已经大大落伍啦，追不上你了，跟你们也玩儿不到一块儿了。"

"别扯了。"

"没办法。"

"好吧。给他带句好听点儿的口信？"

"随你怎么说都行。务必要带到。"

"再见啦，亲爱的。"

"别那么伤感。"

"你真让我感到难过。"

我们亲吻道别了，勃莱特浑身哆嗦了一下。"我还是走为上策啊，"她说，"再见吧，亲爱的。"

"你也不一定非走不可呀。"

"是啊。"

我们在楼梯口再次亲吻在一起，随后，我叫看门人打开了门，她躲在门后面嘟嘟囔囔地不知说了句什么。我返身上楼，站在敞开的窗户前注视着勃莱特在弧光灯下沿着大街一步步朝停靠在路边的那辆大型豪华型轿车走去。她钻进了车内，车子随即就开走了。我转过身来，环顾四周。桌子上放着一只空玻璃酒杯，另一只玻璃酒杯里还剩

---

① 布洛涅公园（Bois de Boulogne），位于巴黎城西郊，环境幽雅，每逢周末，各种休闲活动比比皆是，夜间则是巴黎最有名的红灯区之一。
② 菊花酒（Mumm），一种德国出产的烈性啤酒。

下半杯白兰地加苏打水。我把两只玻璃杯都拿进了厨房,把那半杯酒倒进了水槽里。我关上餐室里的煤气灯,踢掉脚上的拖鞋,钻进了被窝。就是这个勃莱特,想到她我就直想哭。我脑海里浮现出最后一眼目睹她沿着大街一步步走过去并钻进了那辆轿车时的情景,当然,不一会儿,我的心情便又糟透了。在大白天里,我很容易就能做到对什么都不动感情,但是到了夜间,那就完全是另外一码事儿了。

第五章

　　早晨,我沿着圣米歇尔大街朝索芙洛大街①走去,想去那儿喝咖啡,吃奶油圆球蛋糕。这是一个晴朗的早晨。七叶栗子树在卢森堡公园②里盛开着。街巷里有大热天的清晨所特有的那种凉爽宜人的感觉。我一边喝着咖啡,一边看着报纸,接着又点起了一支香烟。卖花女们正陆陆续续从市场上过来,有的已经在忙着整理她们一天要出售的花束了。川流不息的大学生们有的是去法学院的,有的是去巴黎大学文理学院的。过往的电车和上班的人流使得这条街道热闹非凡。我登上一辆环城公共汽车,乘车去玛德莱尼教堂③,人就站在车后的平台上。我在玛德莱尼教堂下了车,沿着嘉布遣会修士大

---

① 索芙洛大街(La rue Soufflot),位于巴黎第五区,毗邻巴黎大学主校区,与圣米歇尔大街相连,靠近卢森堡公园和先贤祠,有众多咖啡馆和饮食店。
② 卢森堡公园(Jardin du Luxembourg),巴黎第二大公园,位于巴黎第六区,免费向公众开放。园内有一百多座法国历史上著名人物的雕像和纪念碑。
③ 玛德莱尼教堂(L'eglise de la Madeleine),位于巴黎第八区,是一座历史悠久的罗马天主教堂,其南面便是协和广场。

街①走到巴黎歌剧院②的门口，然后再向北，朝编辑部走去。我路过了一个卖跳蛙的人，接着又路过了一个卖玩具拳击手的人。我侧身绕开了他，免得踩在那根用来操纵玩具的操纵线上，给他当助手的那个女孩正用那根线操纵那个玩具呢。她人虽站在那儿，眼睛却在望着别处，那根线的线头就攥在她叠合着的双手里。那人正在一个劲儿地向两位游客兜售他的玩具。有三名游客停下了脚步，驻足观望着。我走在一个推着小推车的人的身后，只见他在往人行道上刷着 CINZANO③ 这个字样，字母还是湿漉漉的。沿途的行人都是赶着去上班的。上班真是件令人快乐的事情。我穿过马路，拐了个弯，走进了编辑部。

在楼上的办公室里，我把法国的各家晨报浏览了一遍，吸了支烟，然后坐到打字机前，把整整一个上午的活儿都弄脱手了。到十一点钟时，我乘出租汽车去了凯道赛④，进去之后就和十几名记者坐在一起，听法国外交部的喉舌发布消息，发言人是《新法兰西评论》⑤派的一位年轻的外交官，戴着一副角质眼镜，讲话和回答问题的时间总共只有半个小时。法国参议院议长当时正在里昂发表讲话呢，或者，说得更确切一些，他那时正在返程途中。有几个人提了一些问题，不过，那只是说给他们自己听的，还有两三个问题是由那些想了解真相的几家新闻社的记者们提出来的。没有任何新闻可言。从凯道赛返回时，我跟乌尔赛和克鲁姆三人合租了一辆出租汽车。

---

① 嘉布遣会修士大街（Boulevard des Capucines），巴黎四大著名林荫大道之一，为东西向，得名于嘉布遣会修道院一位美丽修女的名字，道路原与巴黎城墙相平行，法国革命城墙被毁后拓宽。
② 歌剧院，此处指巴黎歌剧院（Paris Opera；又称 Palais Garnier），巴黎城内历史悠久、具有巴洛克风格的建筑物，建于 1875 年，是建筑史上的经典建筑物之一。
③ CINZANO 是一种意大利出产的味美思酒的商标名。
④ 凯道赛（Quai d'Orsay），巴黎塞纳河左岸的一条河滨大道，为法国外交部所在地。
⑤ 《新法兰西评论》(La Nouvelle Revue Francaise)，法国著名文学刊物之一，由法国思想前卫的知识分子创办于 1909 年，在法国文化界影响很大，原为月刊，现已改为季刊。

"你每天晚上都在干什么?"克鲁姆问,"我怎么就从没见你出来溜达过呢。"

"哦,我现在住到拉丁区那边去了。"

"改天晚上我也过来看看。丁戈咖啡馆。那可是个绝佳的去处呀,对不对?"

"对。这家,或者新开张的那家雅士咖啡馆。"

"我早就想过去看看了,"克鲁姆说,"可是,有老婆、有孩子拖累着呢,你也知道那是个什么情况。"

"还打网球吗?"乌尔赛问。

"唔,不打啦,"克鲁姆说,"可以说,今年一年,我连一次都还没打过呢。我一直想抽空去玩儿一回,可是,一到星期天就下雨,再说,网球场也总是那么拥挤。"

"英国人星期六都不上班的。"乌尔赛说。

"那帮家伙真有福气,"克鲁姆说,"嗯,实话告诉你吧。总有一天,我会不当这个新闻社的记者的。那时候,我就有充裕的时间去乡下四处走走啦。"

"这才是值得一做的事情呢。住到乡下去,再弄辆小汽车。"

"我一直在考虑这事儿呢,打算明年买辆车。"

我敲了敲车窗玻璃。司机把车停了下来。"我到啦,我就住在这条街上,"我说,"进屋来喝一杯吧。"

"不啦,谢谢你,老兄。"克鲁姆说。乌尔赛摇了摇头。"我得把今天上午那人在新闻发布会上讲话的内容整理出来呢。"

我把一枚两法郎的硬币塞进了克鲁姆的手中。

"你这家伙真是不可理喻呀,杰克,"他说,"这趟算我的。"

"反正都是编辑部出钱。"

"不行。这个钱我来出。"

我挥挥手告别了他们。克鲁姆从车窗里探出头来。"星期三吃午饭时见。"

"一言为定。"

我乘电梯上楼去了办公室。罗伯特·科恩正等着我呢。"你好,杰克,"他说,"出去吃午饭么?"

"好哇。我来看看有没有什么新的消息。"

"去哪儿吃呢?"

"哪儿都行。"

我正翻看着写字台上的东西。"你想去哪儿吃?"

"韦泽尔怎么样?那里的冷盘挺好吃的。"

在那家饭店里,我们点了冷盘和啤酒。那个专门负责斟酒的服务生送上了啤酒,大杯的,杯子外面结满了水珠,很冰。小吃有十几种不同花色。

"昨儿晚上有没有什么开心的事儿?"我问。

"没有。我看没有。"

"那本书写得怎么样啦?"

"很烂。这第二部我算没法写下去了。"

"谁都会碰到这种情况的。"

"嗯,这我明白。不过,还是挺让我发愁的。"

"还在想着去南美的事儿吗?"

"我念念不忘的就是这事儿。"

"哎呀,那你为什么还不动身呢?"

"因为弗朗西丝呗。"

"哎呀,"我说,"那你就带她一起去呗。"

"她不肯去南美。这种事情她才不喜欢呢。她喜欢的是人多热闹的地方。"

47

"那就叫她见鬼去吧。"

"我做不到。我得还她的人情债呢。"

他把一碟黄瓜片推在一边,把一碟腌渍鲱鱼拉到面前。

"你对勃莱特·阿什莱夫人的情况了解多少,杰克?"

"阿什莱是她夫家的姓。勃莱特是她的本名。她是个好姑娘,"我说,"她目前正在闹离婚,并打算跟迈克·坎贝尔结婚。迈克眼下在苏格兰那边。怎么啦?"

"这个女人特有魅力。"

"是吗?"

"她身上就是有那么一种气质,一种很优雅的气质。她好像绝对是一个天生丽质的人,而且为人也很直率。"

"她非常好。"

"我不知道该怎么形容她那种气质,"科恩说,"依我看,这就是教养吧。"

"听你这口气,似乎对她喜欢得很。"

"的确如此。即使你说我爱上了她,我也不会感到奇怪的。"

"她是个酒鬼,"我说,"她跟迈克·坎贝尔正在热恋之中,马上就要嫁给他啦。迈克迟早会发大财的。"

"我就不信她真的会嫁给他。"

"为什么不信?"

"我也说不清。我就是不信。你认识她很久了吧?"

"是的,"我说,"我在战争中负伤住院时认识的,她恰好就在那家医院里工作,是志愿者救护队[①]的一名护士。"

[①] 志愿者救护队(Voluntary Aid Detachment,即 V.A.D.),1909 年在国际红十字会协助下在英国成立的战地救护组织,完全由志愿者所组成,人数曾一度达七万余众,三分之二以上为年轻女护士,主要在红十字会各大医院工作,在两次世界大战中发挥了重要的救死扶伤作用。

"她那时肯定还是个小姑娘吧。"

"她现在三十四岁。"

"她是什么时候嫁给阿什莱的?"

"在战争期间。那时候,她真心相爱着的人刚刚因为那场痢疾一命呜呼了。"

"你这话颇有点儿挖苦人的意思嘛。"

"对不起。我并不是故意的。我只不过想告诉你这些事实罢了。"

"我就不信她会随随便便嫁给一个自己不爱的人。"

"算了吧,"我说,"这种事情她已经干过两次啦。"

"我不相信。"

"行啦,"我说,"要是你不愿听到这些答案,你就别问我这么一大堆愚蠢的问题呀。"

"我并没有问你这个。"

"是你向我来打听勃莱特·阿什莱的情况的。"

"我可没叫你败坏她的名声。"

"哈,真是活见鬼了。"

他忽地一下从桌子旁边站了起来,脸变得煞白,气急败坏地站在摆满一碟碟小吃的桌子后面。

"坐下吧,"我说,"别犯傻啦。"

"你得收回你刚才这句话。"

"嘈,别再耍补习学校时的那套把戏啦。"

"收回这句话。"

"行。怎么着都行。勃莱特·阿什莱的情况我一点儿也不知道。这下总行了吧?"

"不行。不是那回事儿。是你说我活见鬼的那句话。"

"噢,那就不是活见鬼吧,"我说,"坐下别走。这顿饭我们才刚刚开始吃呢。"

科恩脸上又露出了笑容,并且坐了下来。看来他还是乐意坐下来的。他如果不坐下来,会干出什么傻事儿来呢?"这么难听的话你居然也能说得出口啊,杰克。"

"很抱歉。我这人就是口无遮拦。即使说了些很不中听的话,心里也绝不是那个意思。"

"这我知道,"科恩说,"你其实算是我最要好的朋友呢,杰克。"

愿上帝保佑你吧,我暗暗寻思。"我刚才说的那番话你就别往心里去啦,"我说出口来,"对不起。"

"没关系。现在没事儿啦。我刚才也只是一时生气。"

"那就好。我们另外再弄点儿吃的吧。"

吃完午饭后,我们沿着大街漫步到和平咖啡馆,在那儿喝起了咖啡。我能感觉到,科恩还想再次提起勃莱特的事儿,但是我把话题岔开了。我们聊了一通别的事情,然后我就离开了他,回编辑部去了。

第六章

五点钟,我准时在柯丽荣宾馆里等着勃莱特。她还没到,于是,我便坐下来,并提笔写了几封信。这几封信写得都不太好,不过,我希望柯丽荣宾馆的这些信笺信封能对此有所弥补。勃莱特还是没露面,于是,六点差一刻左右,我便下楼去了酒吧间,跟酒吧服务生乔治一起喝了杯杰克·罗斯[①]。勃莱特也没到这个酒吧间来,所以临出门前我又去楼上找了她一遍,然后叫了一辆出租汽车去雅士咖啡馆。过塞纳河的时候,我看见一长串空载的驳船正被拖着顺流而下,船身浮得很高,快要驶近桥洞时,船夫们都牢牢把持着操舵的大桨。塞纳河风光宜人。在巴黎,每次过桥都让人觉得心旷神怡。

出租汽车绕过那尊摆着打旗语姿势的旗语发明者的塑像,拐向了拉斯帕埃尔大街,我仰靠在座位上,任由汽车驶过这段路程。行驶在拉斯帕埃尔大街上总

[①] 杰克·罗斯(Jack Rose),一种高档鸡尾酒的名称,用烈性苹果酒、石榴汁糖浆、柠檬汁或酸橙汁调制而成,呈玫瑰色,在20世纪二三十年代极为风行。

是让人感到沉闷。整个这条街很像巴黎——里昂——地中海那条公路上的枫丹白露①与蒙特罗②之间的那一段，每当走上这段路，我就老是觉得乏味、死板、沉闷，直到走过去为止。我估计，旅途中的这些使人感到死气沉沉的地段都是由人脑里产生的某些联想所造成的。巴黎还有几条街道跟拉斯帕埃尔大街一样丑陋。这条街我若是步行走过去是根本不会在意的。但是乘车走在这条街上却让我感到没法忍受。也许是因为我曾经看过描写这条街的哪本书的缘故吧。罗伯特·科恩对巴黎的一切印象就是这么得来的。我不知道科恩究竟看了什么书才对巴黎如此不欣赏。大概是受了门肯③的影响吧。我相信，门肯是非常厌恶巴黎的。许多年轻人的好恶观都是从门肯那儿搬来的。

出租汽车在洛东达咖啡馆门前停了下来。不管你在塞纳河的右岸叫哪个出租汽车司机带你去蒙帕纳斯的哪家咖啡馆，他们总是送你到"洛东达"。从现在起再过十年，很可能就会是"多姆"咖啡馆。反正"雅士"也离此很近。我穿过"洛东达"门前的那些令人沮丧的餐桌，朝"雅士"咖啡馆走去。咖啡馆里面的吧台前站着几个人，而咖啡馆外面，孤零零地坐着的人竟是哈维·斯通。他面前已经摆了一大堆杯托，他也该刮刮胡子了。

"坐下吧，"哈维说，"我一直在找你呢。"

"什么事？"

"没什么事儿。只是想找你。"

---

① 枫丹白露（Fontainebleau），巴黎卫星城之一，位于巴黎东南部，距巴黎市中心55.5公里，是巴黎占地面积最大的一座卫星城。
② 蒙特罗（Montereau），巴黎卫星城之一，位于卢瓦雷省，为旅游胜地。
③ 门肯（Henry Louis Menchen, 1880—1956），美国著名文学评论家、作家和新闻记者，文笔犀利，在一系列杂文、小说和文学评论中讽刺美国社会奉为神明的一切价值观念，针砭时弊，深得年轻人的喜爱。他在《美国语言》（1919）一书中强烈反对欧洲文化在美国的支配地位。

"又出去看赛马啦?"

"没有。星期天以来再没去了。"

"有没有听到美国那边的什么消息?"

"没有。毫无音信。"

"怎么回事呢?"

"不知道。我已经跟他们断了联系啦。我已经跟他们彻底断绝来往了。"

他探过身来,直视着我的眼睛。

"你愿意听我说点儿什么吗,杰克?"

"说吧。"

"我已经有五天啥也没吃啦。"

我脑子里飞快地闪现出过去的一幕。就在三天前,在那家"纽约"酒吧里,哈维用摇扑克骰子的手段赢了我两百法郎呢。

"怎么回事啊?"

"没钱呗。钱还没汇来,"他顿了顿,"说来也真怪呀,杰克。我一碰上这种情况就只想独自一个人待着。我就想闷在自己的房间里。我真像一只猫啊。"

我摸了摸自己的口袋。

"一百法郎够解你的燃眉之急么,哈维?"

"够了。"

"走吧。我们去吃吧。"

"不急。先喝一杯再说。"

"还是先去吃吧。"

"不。到了这种地步,吃不吃,我都不在乎啦。"

我们喝了一杯。哈维把我的杯托摞在了他的那堆上。

"你认识门肯吗,哈维?"

"认识。为什么要问这个？"

"他是个什么样的人？"

"他是个挺不错的人。他的某些话说得也非常有趣。上一回我和他共进晚餐时，我们说起了霍芬海姆。'问题就在于，'他说，'他是个穿吊带袜的磕头虫。'这是个挺不错的说法。"

"这的确是个挺不错的说法。"

"门肯的才智如今已经枯竭啦，"哈维接着说，"他已经写出的那些东西全都是他所熟悉的东西，可他如今所涉及的东西却都是他不熟悉的。"

"我猜想，他这人还是挺不错的，"我说，"可我就是读不下去他写的那些东西。"

"哦，他写的东西如今已经没人看啦，"哈维说，"除非是那些在亚历山大·汉密尔顿学院念过书的人。"

"嗯，"我说，"那倒也不失为一件好事情。"

"那还用说嘛。"哈维说，于是，我们坐在那儿沉思了一会儿。

"再来杯波尔多红葡萄酒？"

"好啊。"哈维说。

"瞧，科恩来了。"我说。罗伯特·科恩正在过马路。

"这个白痴。"哈维说。科恩朝我们的桌子走来。

"喂，你们这帮游手好闲的家伙。"他说。

"喂，罗伯特，"哈维说，"我刚刚在杰克这家伙面前说你是个白痴呢。"

"你这话是什么意思？"

"马上说出来。不许思考。假如你能够想干什么就干什么，那你最愿意干什么？"

科恩开始思考起来。

"不许想。马上说出口来。"

"我不明白,"科恩说,"到底是怎么回事儿?"

"我的意思是,你最愿意干的是什么。你脑子里首先想到的是什么。不管这个想法有多愚蠢。"

"我不知道,"科恩说,"我想,我大概最愿意再去玩橄榄球吧,用我现在所学到的这身技巧。"

"我错看你了,"哈维说,"你不是白痴。你只是个智力发育受到抑制的病例。"

"你这人说话也太放肆啦,哈维,"科恩说,"总有一天人家会把你的脸揍扁的。"

哈维·斯通哈哈大笑起来。"你可以这样想。但是人家才不会呢。因为我对这事儿是无所谓的。我又不是拳击手。"

"要是真有人揍了你,你就会觉得有所谓了。"

"不,不会有这种事情的。这就是你酿成大错的原因所在。因为你智商不够。"

"住口,不许再这样污蔑我。"

"说真的,"哈维说,"你说什么我都不在乎。你在我眼里什么也不是。"

"行啦,哈维,"我说,"再来杯波尔多吧。"

"不喝了,"他说,"我要上街吃东西去了。回头见,杰克。"

他走出门外,沿街而去。我注视着他在一辆辆出租汽车的间隙中横穿马路朝大街对面走去,他那矮小、壮硕、充满自信的身形缓缓移动在车水马龙之中。

"他老是惹我生气,"科恩说,"我真受不了他。"

"我喜欢他,"我说,"我对他还是挺有好感的。你犯不着跟他闹出一肚子气来。"

"这我知道,"科恩说,"他只不过让我感到心烦而已。"

"今天下午又在写书吗?"

"没有。我写不下去。比我第一本书要难写多了。我写得灰头土脸,正备受煎熬呢。"

他初春时节从美国回来时的那种意气风发、踌躇满志的派头早已不见了踪影。曾几何时,他对自己的写作还是那样地信心十足,只不过胸中老是怀着那些想要寻找奇遇的渴望罢了。如今,那种稳操胜券的派头早已消失殆尽了。不知何故,我老是有这种感觉,我还没有把罗伯特·科恩这个人物交代清楚。最根本的原因是,在他爱上勃莱特之前,我还从来没有听到他说过一句与众不同、能使他超凡脱俗的话来呢。他在网球场上是一道亮丽的风景线,他体格健美,而且一直保持着匀称的体型;他擅长玩桥牌,而且具有一种大学生才有的幽默风趣的气质。如果在大庭广众之中,他的谈吐一点儿也不突出。他穿着我们在学校念书时叫作马球衫的那种衬衫,现在兴许还叫这个吧,但是他并不像职业运动员那样显得年轻。我认为,他对自己的衣装并不十分讲究。他的外表在普林斯顿大学就已定了型。他的内心世界则是在那两个女人的长期训导之下铸成的。他身上始终带有一种可爱的、大男孩般的高兴劲儿,无论那两个女人怎么训导也没能把它给训掉,我没能好好表现出来的大概也就是他身上的这种气质。他打网球的时候特喜欢争强好胜。打个比方吧,他喜欢争强好胜的劲头一点儿也不亚于伦格仑①。不过话还得说回来,他输了球倒也并不气恼。自从他爱上勃莱特之后,他在网球场上就开始一败涂地了。以前根本没法跟他较量的人都能打败他。他倒也非常大度,从来不予计较。

---

① 苏珊娜·伦格仑(Suzanne Rachel Flore Lenglen, 1899—1938),法国著名网球运动员,1914 年至 1926 年间曾获得 31 场网球锦标赛冠军,是法国历史上第一位网球女明星,也是国际体坛上的第一位女明星。

不管怎么说,我们此时正坐在"雅士"咖啡馆的露台上,哈维·斯通也刚刚穿过马路。

"我们到'丁香园'那边去吧。"我说。

"我有个约会。"

"几点?"

"弗朗西丝约好在七点十五分到这里。"

"瞧,她来了。"

弗朗西丝·克莱恩正从马路对面朝我们走来。她是个身材很高的姑娘,走起路来大摇大摆的。她朝我们挥了挥手,并笑了笑。我们注视着她穿过马路。

"你好,"她说,"很高兴能在这儿看见你呀,杰克。我一直想找你谈谈呢。"

"你好,弗朗西丝。"科恩说。他笑了笑。

"喔唷,你好呀,罗伯特。原来你在这儿呀?"她接着说,劈里啪啦地说得极快。"这日子我算过够了。这一位"——她把头朝科恩那边摆了摆——"连中饭也不肯回家吃了。"

"我没说定要回去啊。"

"哦,我知道。但是你怎么跟厨娘连声招呼也没打呢。再说,我自己跟波拉也有一个约会,可她没待在她那个办公室里。我就去里茨饭店① 等她了,结果她根本就没去,当然啦,我身上带的钱也不够在里茨饭店用午餐——"

"那你怎么办?"

"嗨,出来呗,没话说的,"她装作挺开心的样子说,"我向来守

---

① 里茨饭店(Hotel Ritz),巴黎顶尖级的豪华宾馆,位于巴黎市中心,建于1898年,也是世界上最豪华、价格最昂贵的宾馆之一。

约。现如今已经没人守约啦。我也该学乖点儿了。你怎么样,杰克,还好吗?"

"很好。"

"你带来参加舞会的那个姑娘真漂亮,可你后来却跟那个叫勃莱特的姑娘走了。"

"你不喜欢她?"科恩问。

"我觉得她长得迷人极了。你说呢?"

科恩没敢吭声。

"喂,杰克。我有话要跟你说。请你跟我去一趟'多姆'咖啡馆好吗?你就待在这里吧,行不行,罗伯特?请吧,杰克。"

我们穿过蒙帕纳斯大街,在多姆咖啡馆门前的一张桌子边坐了下来。一个报童拿着《巴黎时报》走上前来,我买了一份,翻开看了看。

"什么事呀,弗朗西丝?"

"哦,没什么,"她说,"就是他想抛弃我了。"

"你这话是什么意思?"

"唉,他起先逢人就说,我们要结婚了,于是,我就告诉了我母亲和所有的至亲好友,可是他现在又不干了。"

"怎么回事呢?"

"他铁了心了,说他还没有享受够人生的乐趣呢。他当初去纽约的时候,我就料到这事儿迟早要变卦。"

她抬起头来,一边用她那双万分明亮的眼眸望着我,一边搜肠刮肚、前言不搭后语地说着。

"要是他不想干,我是不会嫁给他的。我当然不愿嫁给他啦。我现在说什么也不愿跟他结婚了。可是,这事儿对我来说未免也太晚了点儿,我们已经等了三年了,再说,我也刚刚办完离婚手续。"

我啥也没说。

"我们本来还打算好好庆贺一番呢,这下倒好,我们吵成了这副模样。简直如同儿戏啊。我们闹得可凶了,他还哭哭啼啼的,恳求我要放理智些,但是他说,他就是不能结婚。"

"倒霉透了。"

"可以这样说,就是倒霉透了。到如今,我在他身上已经白白浪费了两年半的青春啦。我真不知道现在是否还有哪个男人肯娶我。两年前,要是我愿意嫁给谁,我就能嫁给谁,在戛纳那边的时候。那时候,所有想娶个漂亮又时尚的姑娘好好过日子的老家伙全都像疯了似的围着我转呢。现在就甭想啦,恐怕一个也找不到了。"

"说真的,你现在还是可以想嫁给谁就嫁给谁的。"

"不,这话我不信。再说,我也很喜欢科恩。我还想生几个孩子呢。我总想着我们会有孩子的。"

她万般妩媚地望着我。"我这人从来就不大喜欢孩子,但是我也不愿想象我会一辈子没有孩子。我始终认为,我会有孩子的,有了孩子我也会喜欢他们的。"

"科恩已经有孩子了。"

"嗯,是的。他有孩子了,他也有钱,他还有个富妈妈呢,他还写过一本书呢,可是,谁也不肯出版我的东西,根本没有人愿意出版。我写的东西也不差呀。我也没有拿过一笔稿费。我本来是可以得到一笔赡养费的,可是我用最快捷的方法把离婚手续给办妥了。"

她又万般妩媚地望着我了。

"这样做是不对的。这件事既是我自己的过错,但也不完全是。我早就该学乖点儿了。我现在只要一提这事儿,他就哭哭啼啼,说他不能结婚。他怎么就不能结婚呢?我会做个好妻子的。我是个很好相处的人。我不会干扰他的事情的。一切都无济于事啦。"

"真是件遗憾透顶的事儿啊。"

"是啊,本来就是件遗憾透顶的事儿嘛。可是,说这些又有什么用呢,是不是?走吧,我们回那家咖啡馆去吧。"

"可不是嘛,这种事情我一点儿也帮不上忙。"

"是的。可是,你千万别让他知道我跟你说了这番话。我知道他想干什么。"这时候,她才第一次收起了她那万般妩媚、得意洋洋的神情。"他就想一个人回纽约去,在那儿等着他的书出版,书一出版,他就好博得一大帮时髦小妞儿的欢心了。他向往的就是这个。"

"她们不见得就喜欢那本书。我觉得他也不至于那样。真的。"

"你对他的了解哪像我这样深啊,杰克。他想干的就是这个。我明白着呢。这就是他不愿和我结婚的原因。他想在今年秋天去独享大功告成的喜悦呢。"

"还要回那个咖啡馆去么?"

"要啊。走吧。"

我们从桌子边站起身来——服务生根本就没有给我们送酒来——拔脚穿过马路朝"雅士"走去,科恩依然坐在那张大理石桌面的餐桌旁,隔着那张桌子朝我们微笑着。

"哎,你有什么好笑的?"弗朗西丝问他,"感到开心得很吧?"

"我在笑你和杰克呢,原来你们俩之间也有不少秘密呀。"

"哼,我对杰克说的话根本就不是什么秘密。这件事大家很快都会知道的。我只不过想给杰克一个体面的说法罢了。"

"是哪件事呢?是你要去英国的事儿吗?"

"对,就是有关我要去英国的事儿。噢,杰克!我忘记告诉你了。我打算去英国。"

"那简直太好啦!"

"是啊,那些非常高贵的名门望族都是用这种方式来解决问题的。

罗伯特就想打发我走呢。他打算给我两百英镑,好让我去探望朋友啊。这样不是挺美吗?我那些朋友们对这事儿还一点儿都不知道呢。"

她转过身去朝科恩笑了笑。科恩这时却笑不出来了。

"你起先只想给我一百英镑的,对不对,罗伯特?是我硬要他给我两百英镑的。他确实非常慷慨。你难道不是这样的人吗,罗伯特?"

我真不明白罗伯特·科恩怎么能受得了人家当着他的面把话说得这么难听。世上往往有这样一种人,你是不能当面奚落他的。他们给你的感觉是,你只要一说诸如此类的话,他们就会暴跳如雷,仿佛天当场就要塌下来一样。但是这个科恩却在乖乖儿地领受着。瞧,这一切就发生在我眼前,而且我甚至连想出面去阻拦的冲动都没有。不过,这些话跟后来越说越出格的那些话比起来,就只能算作善意的玩笑了。

"你怎么能说这种话呢,弗朗西丝?"科恩打断了她。

"你瞧他说的。我要去英国啦。我要去拜访朋友啦。有谁愿意去拜访对你并不欢迎的朋友哇?哦,他们总归会勉强接待我的,这没问题。'你好吗,亲爱的?我们已经好久没见面啦。你那亲爱的妈妈还好吗?'是啊,我那亲爱的妈妈现在还好吗?她把她所有的积蓄都投进了法国的战争公债。是啊,她就是这样干的。像她那样干的人大概也算世上无双了。'还有,罗伯特怎么样啦?'或者小心翼翼地绕着弯儿来打听罗伯特的情况。'你可得小心又小心呀,千万别去提他,亲爱的。可怜的弗朗西丝已经受尽了苦难,她的这段经历也真够惨的。'是不是很有趣呀,罗伯特?你不觉得这样很有趣吗,杰克?"

她转过身来朝我粲然一笑,还是那种得意洋洋、万般妩媚的笑。有个听众在场听她这样诉说,她感到满意极了。

"你又打算去哪儿混呢,罗伯特?是我自己不好,都怪我。完全是我自己的过错。我当初逼你甩掉杂志社的那个小秘书时,我就该料想到,你也会用同样的手段甩掉我的。这件事杰克不知道。我该不该告诉他呢?"

"别说了,弗朗西丝,看在上帝的分儿上。"

"不,我就要告诉他。罗伯特当初在杂志社有个小秘书。那真是个美貌盖世的甜妞儿啊,他那时认为她漂亮极了,后来我杀了过来,他认为我也漂亮极了。于是,我就逼着他把那小妞儿赶走了。后来,他趁杂志社搬迁之机,把她从卡尔梅勒带到了普罗旺斯敦,可是他连回西海岸的路费都没给她。这一切全都是为了讨好我。那时候,他认为我还是很美的。你说对不对呀,罗伯特?

"你可千万不要误解我这话的意思呀,杰克,他跟那个女秘书的关系纯属柏拉图式的精神恋爱。甚至连精神恋爱都算不上。其实根本就谈不上有什么关系。只不过是她模样俊俏让人家心动而已。他那样做的目的也仅仅是为了让我高兴。唉,照我看,以刀剑为生者,必死在刀剑之下①。这句话是不是很有文采呀?你写第二部书的时候,一定要记住把我这句话写进去啊,罗伯特。

"你知道么,罗伯特正在为他的一部新作搜罗素材呢。对不对呀,罗伯特?这就是他要离开我的原因。他一口咬定,我这人是上不了镜头的。你知道,在我们共同生活的这段日子里,他成天忙得不得了,都是为了写他这本书,把我们俩的事儿忘了个一干二净。瞧,他现在又要出去采风,去寻找新的素材了。好啊,我也巴不得他能够找到某些妙趣横生的素材呢。

"你听着,罗伯特,亲爱的。让我来奉劝你几句吧。你大概不会听不下去吧,对吗?不要跟你身边的那些年轻女子们吵架。尽量不

---

① 典出《圣经·新约全书·马太福音》第二十六章第五十二节:"耶稣对他说,收刀入鞘吧。凡动刀的,必死在刀下。"

要。因为你一吵架就会哭,然后就会自怨自艾,痛心疾首,根本就不记得对方都说过些什么。你这副样子永远也不会记得人家跟你讲过的话的。要学会克制,要保持冷静啊。我知道,这一点特别难做到。可是,请你记住,这样做是为了文学。为了文学,我们都该做出些牺牲嘛。你看看我。我马上就要毫无怨言地去英国了。这一切还不都是为了文学。我们大家都该扶持青年作家嘛。你说对不对呀,杰克?可是,你已经不算青年作家啦。你说呢,罗伯特?你已经三十四岁啦。不过,在我看来,你这个岁数对一个大文豪来说依然还算是年轻的。你看看哈代①。看看安纳托尔·法朗士②。他前不久刚刚去世。可是,罗伯特却偏偏又要妄自菲薄,觉得自己成不了什么大器。这话是他的几个法国朋友对他说的。他自己看不大懂法文书籍。跟你比起来,他哪儿算得上一个出色的作家呀,你服他吗,罗伯特?你以为他也是要去寻找素材呀?你猜猜他当初不肯跟他的那些情妇们结婚时,他都跟她们说了些什么?我不知道他当时是不是也像这样哭哭啼啼的?啊,我想起来了,曾经有过这样一件事儿。"她抬起一只戴着手套的手挡在自己的嘴唇上。"我知道罗伯特不愿跟我结婚的真正原因了,杰克。我刚刚想起来的。有一回在'雅士'咖啡馆里,神明忽然现身,给我送来了一个启示。你说神奇不神奇?有朝一日,那里也应当挂上一块铜牌。就像卢尔德城③一样。你想听听吗,罗伯特?我就说给你听听

---

① 托马斯·哈代(Thomas Hardy, 1840—1928),英国著名小说家和诗人,作品多涉及人们对苦难生活和命运捉弄的反抗,主要作品有《卡斯特桥市长》(1866)、《德伯家的苔丝》(1891)、《无名的裘德》(1896)等。本书故事发生在1925年,哈代仍健在。

② 安纳托尔·法朗士(Anatole France, 1844—1924),法国著名作家,1921年度诺贝尔文学奖获得者,代表作有《企鹅岛》(1908)等。法朗士于1924年10月12日逝世,在本书故事发生前不久。

③ 卢尔德城(Lourdes),法国西南部一小镇,位于比利牛斯山的山脚下。据称,在1858年,十四岁的牧羊女玛丽·贝尔纳德·苏庇鲁在一山洞前连续几次看到圣母马利亚显灵,并尊嘱掘地,得一清泉,泉水能治百病。此后,该地便成为天主教的主要朝圣地之一,贝尔纳德也被封为"圣贝尔纳德"。

吧。简单得很。让我感到纳闷儿的是，我自己怎么就从没想到呢。哎呀，你知道么，罗伯特一直心心念念地想有个情妇呢，如果他不跟我结婚，喔唷，那他就有一个现成的情妇啦。小女子已经当了他两年多的情妇啦。你明白是怎么回事了吧？如果他和我结了婚，他一直这样信誓旦旦地说要跟我结婚的，那他的整个浪漫史也就宣告结束了。你不觉得我很聪明吗，居然悟出了这么深刻的道理？事实也是这样的。你瞧瞧他的脸色，看看是不是真的。你要去哪儿呀，杰克？"

"我得进去找一下哈维·斯通。"

科恩抬起头来，看着我走进了屋内。他脸色煞白。他为什么还坐在那里不走呢？他为什么要乖乖地坐在那里继续听她如此这般地奚落呢？

我站在吧台边朝外面望去，我可以透过窗玻璃看见他们。弗朗西丝还在滔滔不绝地继续教训着他，每问一遍"是不是这样啊，罗伯特？"时，脸上总是挂着灿烂的微笑，两眼紧盯着他那张脸。或许她这时已经不这样问了。没准她又说起了别的什么事情吧。我对吧台服务生说，我什么喝的也不要了，说罢，就从旁边的那扇便门溜了出去。临出门时，我又回头看了一眼，隔着两道厚厚的窗玻璃，我看见他们还在那里坐着。她仍在不停地数落着他。我顺着一条僻静的小巷朝拉斯帕埃尔大街走去。沿街驶来了一辆出租汽车，我上了车，告诉了司机我的住址。

第七章

我刚要迈步上楼,看门人在她的小屋里敲了敲门上的玻璃,我刚停下脚步,她就走出屋来。她有几封信件和一份电报要交给我。

"这是你的邮件。刚才有位夫人来过这里,她想见你。"

"她有没有留下名片?"

"没有。她是跟一位先生一起来的。她就是昨晚来过的那位。我总算看出来了,她这人非常好。"

"陪她来的是不是我的一个朋友?"

"我不认识。那个男的从没来过这里。他是个大块头。块头非常非常大。她人非常好。非常非常好。昨天晚上,她可能有点儿那个了——"她把脑袋歪过来垫在一只手上,然后上上下下地摇晃了几下。"我就实话实说吧,巴恩斯先生。昨天晚上,我觉得她并不怎么斯文。昨天晚上我怎么都觉得她不是个正派女人。可是,你听我把话说完嘛。她确实非常非常和蔼可亲①。她出身于非常高贵的人家。那种气质还是能看出

---

① 此处原文为法语"très, très gentille",意为"非常非常和蔼可亲"。

来的。"

"他们没留下什么口信吗?"

"有。他们说,他们一小时过后还会再来的。"

"要是他们来了,就请让他们上楼来吧。"

"好的,巴恩斯先生。那位夫人,那位夫人看来不是个一般的人物。也许脾气有点儿古怪,但是,来头不小,来头不小啊! ①"

这位看门人,在她成为这儿的一名看门人之前,在巴黎跑马场的赛道边上经营着一个专卖酒水的摊位。她的营生要靠场子里②的那些常客,可她的眼睛却老是瞟着过磅处③围栏四周的那些人,她还无比自豪地在我面前夸耀说,她一眼就能看出常来我这儿做客的那些宾朋好友中哪些人很有教养,哪些人出身于名门望族,哪些人是赛马迷④,赛马迷这个词她是用法语说的,重音落在"迷"这个音节上。最为麻烦的一点是,如果来找我的人根本不属于她这三类人当中的任何一类,那他们就很有可能会被告知,巴恩斯先生不在家,他家里没人。我有一个朋友,是个长得面黄肌瘦的画家,在杜齐纳尔太太眼里,此人显然既不很有教养,又非出身豪门,也不是个赛马迷,这位朋友后来专门给我写了一封信,问我能不能给他弄张入门证,也好让他能偶尔在晚上过来看看我。

我上楼去公寓了,但心里一直在纳闷儿,不知勃莱特用了什么手段把这看门人搞定的。电报是比尔·戈顿拍来的,电报中说,他即将

---

① 此处原文为法语俗语 "quelqu'une, quelqu'une!",意为 "有地位、有身份的人物;了不起的人物"。

② 此处原文为法语 "pelouse",意为 "跑马场中央的草坪";引申意义为 "跑马场草坪上的常客"。

③ 此处原文为法语 "pesage",意为 "赛马师体重过磅处四周的围地"。按规定,参加赛马的骑师在比赛前必须在过磅处逐一称量体重,贵族阶层的绅士淑女们常跑到那边去观看,评头品足,作为一种时髦的社交活动。

④ 此处原文为法语 "sportsmen",意为 "赛马迷"。

乘"法兰西号"到达。我把邮件放在桌上,返身走进卧室,脱去衣服,冲了个淋浴。我刚擦干全身,就忽然听见门铃响了。我穿上浴衣,趿上拖鞋,赶忙去开门。来人正是勃莱特。她身后站着那位伯爵。他捧着一大束玫瑰花。

"你好,亲爱的,"勃莱特说,"你难道不打算放我们进屋吗?"

"请进。我刚才正在洗澡呢。"

"你真是个有福之人啊。还洗澡呢。"

"只是冲个淋浴。坐吧,米比波波勒斯伯爵。你想喝点什么?"

"我不知道你是不是喜欢鲜花,先生,"伯爵说,"我不揣冒昧地给你带来了这些玫瑰花。"

"来,把花给我吧。"勃莱特接过花来,"给我在这里面灌上点儿水,杰克。"我在厨房间里把那只大陶罐灌满了水,勃莱特就手把那束玫瑰花插进陶罐,搬进餐室,放在那张桌子的正中央。

"哇噻,我们痛痛快快地玩了整整一天呢。"

"你一点儿也不记得跟我在'柯丽荣'还有一场约会的事儿了吧?"

"不记得啦。我们有过约会吗?我准是喝糊涂了。"

"你那会儿相当醉了,亲爱的。"伯爵说。

"我没有醉到那种地步吧?这位伯爵绝对像块砖头一样,是个挺实在的大好人。"

"你果真博得那个女看门人的欢心了。"

"我必须跟她搞好关系呀。我塞给了她两百法郎呢。"

"别再干这种傻事啦。"

"是他的。"她说,并朝伯爵点了点头。

"我觉得我们应该给她一点儿小意思,弥补一下昨天晚上的事儿嘛。昨天晚上确实也很晚了。"

"他真了不起,"勃莱特说,"过去的事情他样样都记得。"

"你也一样啊,亲爱的。"

"你想想看,"勃莱特说,"有谁愿意伤那个脑筋啊?喂,杰克,我们可不可以来杯酒啊?"

"你来呗,我进去穿衣服。你知道酒在哪儿。"

"那当然。"

在我穿衣服的当儿,我听见勃莱特叮叮当当地摆上了几只玻璃酒杯,随后又打开了一瓶苏打水,接着又听见他们在说话。我坐在床上,不急不忙地穿着衣服。我感到很疲惫,心情也糟透了。勃莱特款款走进卧室,手里端着一杯酒,并径直坐在床上。

"怎么啦,亲爱的?是不是觉得头有点晕啦?"

她冷冷地吻了吻我的前额。

"啊,勃莱特,我深深地爱着你啊。"

"亲爱的。"她说。接着就问:"你要我马上打发他走吗?"

"不。他这人心肠不坏。"

"我这就去打发他走。"

"不。别这样。"

"就要这样。我这就去打发他走。"

"你不可以这样做。"

"我怎么不可以这样做?你就待在这儿别动。他对我已是一片痴心啦,我告诉你。"

她旋即走出了房间。我面朝下趴在床上。我感到很难受。我听见他们在说话,我不想听也不行。勃莱特走进房间,又坐到了床上。

"我可怜的心上人啊。"她抚摸着我的头。

"你跟他怎么说的?"我趴在那儿,别过脸去躲开了她。我有意躲着不去看她。

"打发他弄香槟去了。他特别喜欢买香槟这种差事。"

后来她说:"你感觉好些了吗,亲爱的?头晕好点儿了吗?"

"好点儿了。"

"安心躺着吧。他到河对岸去了。"

"难道我们不能生活在一起吗,勃莱特?难道我们不能就这样住在一起吗?"

"我认为不行。我肯定会瞒着你跟别人发生关系的。你会受不了的。"

"我现在能承受了。"

"这是两码事。是我不好,杰克。我这人天生就这样。"

"我们能不能离开这儿,到乡下去住一段日子?"

"那也没什么用。如果你想去,我会跟你去的。但是我不可能安安静静地住在乡下的。我做不到,即使和我真正心爱的人在一起也不行。"

"我明白。"

"这不是很糟糕吗?我说我爱你,可是说了也没用呀。"

"你知道我是爱你的。"

"我们不谈这个吧。废话越说越无聊。我要离开你了,再说,迈克尔[①]也快回来啦。"

"你为什么要走?"

"为你好。也为我好。"

"你什么时候走?"

"尽快吧。"

"去哪儿?"

[①] "迈克尔"是"迈克"的全称,"迈克"则是爱称。

"圣塞瓦斯提安①。"

"我们能不能一起去?"

"不能。我们刚刚谈通了,你怎么又犯糊涂了呢。"

"我们从来就没有一致过。"

"唉,你心里和我一样清楚。别固执啦,亲爱的。"

"唉,好吧,"我说,"我知道你说得对。我只是情绪低落,我一情绪低落,就会像傻瓜一样胡说八道。"

我坐起来,探过身去,摸到床边的鞋子,然后穿上了鞋子。我挺直身躯站立起来。

"别摆出这副模样嘛,亲爱的。"

"你要我摆出哪副模样来?"

"唉,别犯傻啦。我明天就要走了。"

"明天?"

"是的。我刚才没说明白吗?我要走了。"

"那就让我们再喝一杯吧。伯爵就要回来了。"

"好吧。他也该回来了。你知道,他特别热衷于买香槟酒。在这件事上,他是根本不论价钱的。"

我们走进餐室。我拿起那瓶白兰地,为勃莱特斟了一杯,也为我自己斟了一杯。那边的门铃响了起来。我起身去开门,来人果然是那位伯爵。他身后跟着那位司机,提着一大筐香槟酒。

"我该吩咐他把这筐子酒放在哪儿呢,先生?"伯爵问。

"放在厨房间里吧。"勃莱特说。

"放在那里边,亨利,"伯爵指了指,"回头再下楼去取些冰块

---

① 圣塞瓦斯提安(San Sebastian),西班牙历史文化名城,位于西班牙北部,濒临比斯开湾,距法国很近,从前为西班牙皇室的避暑胜地,现为闻名遐迩的海滨度假胜地。

70

来。"他站在那儿,不放心似的照看着司机把那筐酒搬进了厨房门里面。"我想,你会觉得这是上等葡萄酒的,"他说,"我知道,如今在美国,人们不大有机会品尝到上等葡萄酒了①,这酒是我从一个做酿酒生意的朋友那儿搞来的。"

"呵,你什么行当里都有熟人呀。"勃莱特说。

"这位朋友是栽植葡萄的。他有几千英亩的葡萄园呢。"

"他叫什么名字?"勃莱特问,"是弗夫·克利科②吗?"

"不,"伯爵说,"是穆默。他是一位男爵。"

"简直太有趣了,"勃莱特说,"我们大家都有头衔。你怎么连个头衔也没有呢,杰克?"

"你就放心吧,先生,"伯爵把他的一只手搭在我的胳膊上,"头衔并不能给一个男人带来任何好处。绝大多数情况下只能使你多花钱。"

"噢,这我就不懂了。头衔有时候还是挺管用的。"勃莱特说。

"我从来不知道头衔究竟能给我带来什么好处。"

"那是因为你没有恰到好处地利用它。我的头衔给我带来了极大的荣誉呢。"

"你请坐,伯爵,"我说,"让我把你的手杖放好吧。"

伯爵正两眼直勾勾地望着坐在桌子对面煤气灯光下的勃莱特。她正叼着一支烟卷,并将烟灰弹落在地毯上。她发现我注意到她这个动

---

① 美国国会于 1919 年 1 月 16 日通过了宪法第 18 号修正案——禁酒法案(Prohibition),禁止制造、售卖乃至运输任何酒精含量超过 0.5% 以上的饮料。该法案于 1920 年 1 月 17 日凌晨 0 时正式开始生效。直至 1933 年美国国会颁布了宪法第二十一条修正案,该禁酒令才被正式撤销。

② 弗夫·克利科(Veuve Clicquot)既是法国一家香槟酒酿造公司的名字,也是这种高档香槟酒的商标名。该公司原由法国葡萄商菲利普·克利科·穆伦创办于 1772 年,后由其儿子的遗孀接任,克利科夫人于 1811 年研发并推出了新型精制香槟酒,并注册冠名为弗夫·克利科。"veuve"在法语里意为"寡妇;遗孀"。

作了。"我说,杰克,我并不想弄脏你的地毯。你就不能给人家拿只烟灰缸来吗?"

我找来了几只烟灰缸,把它们一溜儿排开。司机上楼来了,拎着一桶加盐的冰块。"放两瓶在里面冰着,亨利。"伯爵喊道。

"还有什么吩咐吗,先生?"

"没有了。在楼下车子里等着吧。"他转过身来面对着勃莱特和我,"我们要不要开车出去兜兜,到布洛涅公园吃饭去?"

"随你的便,"勃莱特说,"我什么也吃不下了。"

"我向来喜欢享用档次高的美味佳肴。"伯爵说。

"要我把酒拿进来吗,先生?"司机问。

"行。拿进来吧,亨利。"伯爵说。他掏出一个很厚实的猪皮烟盒,朝我递了过来。"想尝尝真正的美国雪茄吗?"

"谢谢,"我说,"等我把这支香烟抽完吧。"

他用拴在表链一端的金质小刀切去雪茄头。

"我喜欢抽真正通气的雪茄,"伯爵说,"我们平常抽的雪茄有一半都是不通气的。"

他点燃雪茄,一边一口口猛喷着雪茄烟,一边直勾勾地望着桌子对面的勃莱特。"等你离了婚,阿什莱夫人,你那个头衔就没啦。"

"是啊。真遗憾。"

"别遗憾,"伯爵说,"你用不着头衔。你浑身上下都透着高贵的气质呢。"

"谢谢。你可真会说话。"

"我可不是在开你的玩笑,"伯爵喷出一大口浓烟,"在我迄今为止所见过的人当中,就数你最具有这种高贵的气质。一句话,你的高贵气质是与生俱来的。"

"谢谢你说得这么中听,"勃莱特说,"我妈咪知道了准会高兴的。

你能不能把这话写出来，我好附在信里给她寄去？"

"我跟她也会这么说的，"伯爵说，"我可不是在开你的玩笑。我从不跟人开玩笑。开人玩笑者必树敌。这是我常挂嘴边的话。"

"你说得对，"勃莱特说，"你说得太对了。我老是跟人开玩笑，所以我在这世上连一个朋友也没有。除了这位杰克。"

"你别开他的玩笑吧。"

"本来就是嘛。"

"那你现在呢，"伯爵问，"你是在开他的玩笑吧？"

勃莱特望望我，眉梢眼角都现出了鱼尾纹。

"不是，"她说，"我才不跟他开玩笑呢。"

"明白了，"伯爵说，"你不是在开他的玩笑。"

"说这些简直太无聊了，"勃莱特说，"把那香槟酒来点儿怎么样？"

伯爵伸过手去，把装在那只亮光光的冰桶里的酒瓶转了一圈。"这酒还没有冰好呢。你老是要不停地喝，亲爱的。你为什么不能就这样说说话呢？"

"我已经啰啰嗦嗦说了一大通话啦。我刚才已经把心里话全都告诉杰克了。"

"我倒真想听你实实在在地谈谈呢，亲爱的。你跟我说话时，从来都不把话说完，总是说半句留半句的。"

"留下那半句好让你来说呀。谁愿意谁就接着说呗。"

"这种说话的方式倒是挺有意思的，"伯爵伸过手去，把酒瓶又转了一圈，"可我还是愿意听你时不时地唠唠叨叨。"

"你看他傻不傻？"勃莱特问。

"瞧，"伯爵拿起一瓶酒来，"我看这瓶酒已经冰好了。"

我拿来一条毛巾，他把酒瓶擦干，举起来。"我就爱喝大瓶装的香槟酒①。这种酒口感要好一些,就是冰镇起来挺费事的。"他拎起酒瓶仔细端详着。我摆上了玻璃酒杯。

"我说,你可以开瓶啦。"勃莱特提醒他说。

"是,亲爱的。我这就把它打开。"

确实是顶呱呱的上等香槟酒。

"我说,这才叫酒呢,"勃莱特举起酒杯说,"我们总该有句祝酒词吧。来吧,'为王室干杯'。"

"这么好的酒用来祝酒未免也太高档了吧,亲爱的。你喝这样的酒是不能大动感情的。那样的话,你就品不出这酒的味儿来啦。"

勃莱特的酒杯已经空了。

"你应该写一本论酒的专著才对,伯爵。"我说。

"巴恩斯先生,"伯爵回答说,"我喝酒纯粹是为了品尝酒中的滋味,以酒为乐。"

"那就让我们再品尝一点儿吧。"勃莱特把她的酒杯往前一推。伯爵小心翼翼地给她斟上了酒。"喝吧,亲爱的。这杯你品尝得慢一点儿,要不然你会喝醉的。"

"喝醉?喝醉?"

"亲爱的,你的醉态真迷人。"

"你听听这人说的。"

"巴恩斯先生,"伯爵边说边斟满了我的酒杯,"她可真是我迄今为止所认识的唯一的一位喝醉了也照样那么迷人的淑女呢。"

"你没见过什么大世面吧,对不对?"

"不对,亲爱的。我见得多了。我已经阅人无数,饱经沧桑啦。"

"喝你的酒吧,"勃莱特说,"我们都经历过风风雨雨。我敢说,

---

① 一种容量为 2 夸脱的大瓶香槟酒(Magnums)。

这位杰克经历过的事情恐怕一点儿也不会比你少。"

"亲爱的,我相信巴恩斯先生是个见过大世面的人。你别以为我不是这么想的,先生。但是我也是个见多识广的人啊。"

"你当然是个见多识广的人啦,亲爱的,"勃莱特说,"我刚才只不过是信口胡诌逗你们玩儿的。"

"我经历过七次战争、四场革命呢。"伯爵说。

"当兵打仗吗?"勃莱特问。

"有过几次,亲爱的。我身上还中了几处箭伤呢。你们见过箭伤吗?"

"让我们见识见识吧。"

伯爵站起身来,解开他西装马甲上的纽扣,接着又解开衬衣。他掀起那件贴身穿着的内衣,一直撩到胸脯上,然后亮相似的站立在那儿,灯光下,他的胸脯黑乎乎的,大肚皮上的肌肉一块块地鼓凸着。

"你们看到没有?"

在他最下面一排肋骨的沿线下方有两处隆起的白色伤疤。"你们看看后腰上箭头穿出去的地方。"在他后腰部位偏上一点儿的地方同样也有两个隆起的疤痕,有一根手指头那么粗。

"哇噻。那些个伤疤还真像那么回事儿呢。"

"完全穿透了。"

伯爵在把衬衣塞好。

"你在哪儿受的这些伤?"我问。

"在阿比西尼亚[①]。那时候我才二十一岁。"

"你那时是干什么的?"勃莱特问,"是在军队里服役吗?"

[①] 阿比西尼亚(Abyssinia),埃塞俄比亚的旧称。

"我当时恰好去那儿做买卖呢,亲爱的。"

"我跟你说过的,他和我们是一路人。我说过没有?"勃莱特扭过头来对我说,"我爱你,伯爵。你是个可爱的宝贝。"

"你说得我非常开心啊,亲爱的。不过,这并不是你真心实意的话。"

"别说傻话了。"

"你瞧,巴恩斯先生,正因为我经历了那么多的坎坷,我今天才能如此尽情地享受人生的一切。你不觉得人生就是这么一回事儿吗?"

"是啊。绝对是这么回事儿。"

"我知道,"伯爵说,"这就是秘诀。你必须掌握人生的这些价值观。"

"你的那些价值观难道从来就没有出过什么问题吗?"勃莱特问。

"没有。再也不会出问题啦。"

"从来就没有坠入过情网?"

"常常坠入情网呢,"伯爵说,"我这人老是坠入情网。"

"坠入情网与你那些价值观之间有没有什么联系?"

"谈情说爱在我的价值观里也占有一席之地的。"

"你根本就没有什么价值观。你不过是一具行尸走肉,如此而已。"

"不,亲爱的。你这话不对。我根本不是行尸走肉。"

我们喝了三大瓶香槟酒,伯爵把他那只装酒的筐子留在我的厨房间里了。我们在布洛涅公园里的一家饭店吃了饭。这顿饭很高档。美食在伯爵的那些价值观里绝对占有极重要的位置。美酒也一样。伯爵在用餐时举止很优雅。勃莱特的举止也很优雅。这是一次很愉快的聚餐。

"你们想去哪儿?"饭后,伯爵问。我们是这家饭店里唯一的一桌还没有离开的客人。那两名服务生站在那边,身子靠在门上。他们要回家了。

"我们不妨上山去吧,"勃莱特说,"我们不是刚吃了一顿极丰盛的宴席吗?"

伯爵满脸笑意。他非常开心。

"你们俩都是非常好的人。"他说。他又抽起了雪茄。"你们怎么不结婚呢,你们两个挺般配的?"

"我们想过我们自己的生活。"我说。

"我们有我们的事业,"勃莱特说,"走吧。我们赶快离开这儿吧。"

"再来杯白兰地。"伯爵说。

"到山上去喝吧。"

"不。就在这里喝,这里清静。"

"去你的,还有你那个'清静',"勃莱特说,"你们男人到底对'清静'有什么感想?"

"我们喜欢清静,"伯爵说,"就像你喜欢热闹一样,亲爱的。"

"行啊,"勃莱特说,"我们就喝一杯吧。"

"总管[①]!"伯爵喊了一声。

"来啦,先生。"

"你们这里最陈的白兰地是哪一年的?"

"1811年的,先生。"

"给我们来一瓶。"

"哇噻。别摆阔气啦。叫他退掉吧,杰克。"

"你听着,亲爱的。花钱买陈酿白兰地比买任何别的古玩都

[①] 此处原文为法语"Sommelier",意为"饭店负责饮料的总管"。

值得。"

"你收藏了不少古玩吧？"

"满满一屋子呢。"

我们终于登上了蒙马特山。泽利咖啡馆里拥挤不堪，烟雾腾腾，人声嘈杂。你一进门就听到音乐声震耳。勃莱特和我跳起了舞。舞池里人头攒动，挤得我们几乎挪不开步子。那个黑人鼓手在朝勃莱特挥手致意。我们被夹在人堆里，只能在他面前原地不动地踏着舞步。

"你——好——吗？"

"挺好。"

"那——就——好。"

能看到的唯独只有他那一口耀眼的白牙和两片厚嘴唇。

"他是我很要好的朋友，"勃莱特说，"一位非常出色的鼓手。"

音乐停了，我们朝伯爵所坐的那张桌子挤过去。这时，音乐声又响了起来，我们只好接着跳舞。我朝伯爵望了望。他正坐在桌边抽雪茄。这一曲又停了。

"我们过去吧。"

勃莱特立即朝那张桌子挤去。音乐声又响起来，我们再次挤在人堆里跳着舞。

"你的舞跳得真烂啊，杰克。迈克尔是我认识的人当中跳得最好的。"

"他确实很棒。"

"他有他的优点。"

"我喜欢他，"我说，"我对他挺有好感的。"

"我打算嫁给他了，"勃莱特说，"真滑稽。我已经有整整一星期没想起他了。"

"你没给他写信吗？"

"我才不呢。我从不写信的。"

"我敢肯定他给你写信了。"

"那当然。信也写得非常好。"

"你们打算什么时候结婚？"

"我怎么知道？等我们一办完离婚手续吧。迈克尔想叫他妈妈拿钱出来举办婚礼。"

"我能帮你什么忙么？"

"别犯傻吧。迈克尔家的人钱多得堆成山了。"

这一曲又停了。我们走向了那张桌子。伯爵站了起来。

"非常好，"他说，"你们刚才跳得非常、非常好。"

"你不跳舞吗，伯爵？"我问。

"是的。我太老啦。"

"嗨，得了吧。"勃莱特说。

"亲爱的，我要是能从跳舞中得到乐趣，我会跳的。我喜欢看你跳。"

"那太好了，"勃莱特说，"改日我要专门跳给你看。哇噻，你那位小朋友齐齐呢？"

"实话告诉你吧。我资助那小子不假，但是从我个人感情上来说，我不想让他老在我身边转悠。"

"杰克也宁愿你这样。"

"他让我心里发毛。"

"唉，"伯爵耸了耸双肩，"至于他将来怎么样，谁也说不准。可是，不管怎么说，他父亲是我父亲的至交。"

"走吧。我们跳舞去。"勃莱特说。

我们跳起舞来。场子里拥挤不堪，密不透风。

"啊，亲爱的，"勃莱特说，"我好苦啊。"

79

我心头倏地掠过一种异样的感觉,这一切以前全都发生过。"一分钟前你还挺开心的呀。"

那名鼓手大声唱着:"你不能同时脚踏两只船——"

"一切都烟消云散了。"

"什么事儿啊?"

"不知道。我只感到心情糟透了。"

"……"那鼓手单调反复地唱着。随后又抡起鼓槌。

"想走了吗?"

我忽然感觉像在做一场噩梦,噩梦中的所有景象都在反复重演,这一切我已经备受煎熬地挺过来了,然而现在我还得从头再来一遍。

"……"那鼓手柔声唱着。

"我们走吧,"勃莱特说,"你别往心里去。"

"……"那鼓手声音高亢地唱起来,并朝勃莱特咧嘴笑了笑。

"好吧。"我说。我们从人群中挤出来。勃莱特去了盥洗室。

"勃莱特想走了。"我对伯爵说。他点了点头。"她想走了?那好哇。你们就用我的车子吧。我想在这里再待一会儿,巴恩斯先生。"

我们握手告别。

"今晚过得真愉快,"我说,"希望你能允许我略表心意。"我从口袋里拿出一张钞票。

"巴恩斯先生,别寒碜我了。"伯爵说。

勃莱特穿戴整齐地走了过来。她亲了一下伯爵,并伸手按住他的肩膀,不让他站起来。我们刚出门,我回头一看,已经有三位姑娘坐在他桌子边了。我们上了那辆大轿车。勃莱特把她下榻的宾馆地址告诉了司机。

"不,你别上去了。"她站在宾馆门口说。她已经按过门铃,门这时开了。

"真的不上去了？"

"对。请回吧。"

"晚安，勃莱特，"我说，"你心情糟透了，我感到很不安。"

"晚安，杰克。晚安，亲爱的。我不会再和你相见了。"我们站在门边亲吻着。她把我推开。我们再一次亲吻。"啊，别这样！"勃莱特说。

她迅速背过身去，并匆匆走进了宾馆。司机开车绕道把我送回到我的住处。我给了他二十法郎，他伸手碰了碰帽檐，然后说："晚安，先生。"便随即开车走了。我按了按门铃。门开了，我直奔上楼，倒床便睡了。

第二部

第八章

我没有再跟勃莱特见面,直到她从圣塞瓦斯提安旅行归来。她从那儿寄来过一张明信片。明信片的背景是一幅孔查海滩①的风景画,上面写着:"亲爱的。非常清静,也有益于健康。请代向诸位好友问好。勃莱特。"

我也没有再和罗伯特·科恩见面。我听说弗朗西丝已动身去了英国,在此期间,我收到过科恩的一封短信,信中说,他打算到乡下去住两三个星期,具体去哪儿尚未拿定主意,不过,他要我别忘了我们去年冬天曾经谈过的想去西班牙作一次钓鱼旅行的计划。他在信中说,我可以随时和他取得联系,只要通过他的银行经纪人就行。

勃莱特已经走了,科恩也不会再拿他的那些麻烦事儿来打扰我,我也乐得不用再去打网球了。要干的工作实在太多,我得去赛马场看看,得约朋友吃饭,还得挤出时间在办公室里加班加点地提前赶出些东西

---

① 孔查(Concha),位于西班牙圣塞瓦斯提安市,是西班牙著名海滨度假胜地,距市区很近,风光秀丽,尤以白沙细浪的海滩闻名遐迩,常常游人如织。

来，好交给我的秘书去处理，这样，我就可以腾出时间在六月底和比尔·戈顿一起去西班牙了。比尔·戈顿到了巴黎，在我的寓所里住了两三天，然后就动身去了维也纳。他兴致很高，并啧啧称赞说，美国国内一片大好。纽约好得不得了。那里有规模宏大的戏剧节，有一大批新出现的年轻有为的轻量级拳击手。他们中的随便哪一个都大有希望成长起来，增强体重，最终击败邓普希[①]。比尔非常开心。他新近出版的一本书使他赚了一大笔钱，而且还会有大笔稿酬源源不断地来。他在巴黎这几天，我们过得很愉快，之后他就去了维也纳。他三个星期之后回来，那时我们将动身去西班牙，去领略一下钓鱼的乐趣，然后去参加潘普洛纳的狂欢节[②]。他来信说，维也纳是个好地方。后来又从布达佩斯寄来一张明信片："杰克，布达佩斯真是个好地方。"再后来，我接到了一份电报："周一回。"

星期一晚上，他果然来到了我的住处。我听见他乘坐的出租汽车停在楼下的声音，便走到窗前，朝他喊了一声；他挥了挥手，拎着几只旅行包就上楼来了。我去楼梯口迎接他，接过其中的一只旅行包。

"嗯，"我说，"我收到你的来信了，知道你这趟旅行挺快活的。"

"快活得很呢，"他说，"布达佩斯绝对是个好地方。"

"维也纳呢？"

"不怎么样，杰克。不怎么样啊。似乎比过去略好一点。"

"此话怎讲？"我正在拿酒杯和一瓶苏打水。

[①] 邓普希（William Harrison "Jack" Dempsey，1895—1983），美国职业拳击手，从1919年至1926年连续蝉联世界重量级拳击冠军，以其出拳勇猛的风格和击打力量而风靡拳坛，曾创下百万美元门票的纪录。

[②] 潘普洛纳（Pamplona），西班牙北部一城市，旧时为纳瓦拉王国的首都，现为纳瓦拉地区的首府，以每年的7月在此举行的圣福明狂欢节而闻名，最具特色的庆祝活动之一是让牛群在城内大街上狂奔。在狂欢节期间，还举行诸多宗教庆典活动，人们在街头载歌载舞，通宵狂欢。

"我醉倒过,杰克。醉得不省人事呢。"

"这倒是一桩怪事。还是来一杯吧。"

比尔揉了揉他的额角。"简直不可思议啊,"他说,"你根本不知道是怎么回事儿。突然之间就醉倒了。"

"醉了很久吗?"

"四天,杰克。醉了整整四天呢。"

"你去了什么地方?"

"不记得了。给你写过一张明信片。这件事倒是记得清清楚楚。"

"还干过别的什么事儿吗?"

"说不大准了。一切皆有可能。"

"说下去。说来听听吧。"

"记不得啦。我能回忆多少就给你讲多少吧。"

"接着说。喝了这杯,想想看。"

"也许还能回忆出一点儿来吧,"比尔说,"我记得好像去看过一场职业拳击比赛。维也纳的一场非常精彩的职业拳击比赛。有个黑鬼参加了。那个黑鬼我倒是记得很清楚。"

"接着说。"

"是个挺棒的黑鬼。长得很像'老虎'弗劳尔斯[1],只是块头有他四个那么大。突然之间,观众纷纷乱扔起东西来。我可没有。黑鬼刚把当地的一名小伙子击倒在地。黑鬼举起了他的拳击手套。准备发表获胜感言呢。是个仪表堂堂的黑鬼。刚要开口发言。岂料,那个当地的白种小伙子冷不丁地一拳朝他打来。他当即挥拳把那白种小子结结

---

[1] "老虎"弗劳尔斯,真名西奥多·弗劳尔斯(Theodore Flowers,1895—1927),美国历史上第一位获得中量级拳击比赛冠军的非裔美国人,原先在费城造船厂工作,1918年开始职业拳击生涯,是位虔诚的宗教教徒,据说,他每个回合开始前都要背诵基督教经文第144条。

实实地击倒在地。然后观众都开始摔椅子砸板凳了。黑鬼搭我们的车一起回家。他连衣服都没法去拿。披着我的外套。总算回想起整个情景啦。那一夜也真是热闹。"

"后来呢?"

"我借了几件衣服给那黑鬼,然后就陪着他四处奔走,想方设法要拿回他应得的那笔钱。人家说,因为场子给砸了,黑鬼现在反倒欠他们钱了。也不知是谁当的翻译?是我吗?"

"大概不是你吧。"

"你说得对。根本不是我。是另外一个家伙。记得我们当时称那翻译为本地出的一位哈佛的高材生呢。现在想起来了。他是学音乐的。"

"后来怎么样?"

"不大妙啊,杰克。不公正的事情天底下无处不在。拳赛承办人坚持说,黑鬼答应过要让当地那个白种小子赢的。口口声声说是黑鬼违反了合同。不可以在维也纳击倒维也纳的拳击手呀。'我的上帝啊,戈顿先生,'黑鬼说,'我在拳击台上整整有四十分钟根本就没有认真还过手,只是在一味地忍让,想方设法让他赢。那白种小子准是在挥拳打我时没打着,却反而伤了他自己。我根本就没有出手打他。'"

"你们多少要到点儿钱了吗?"

"一个子儿也没要到啊,杰克。我们只拿回了那黑鬼的衣服。有人把他的手表也拿走了。这黑鬼真是了不起。跑到维也纳来真是个莫大的错误。这地方不怎么好啊,杰克。不怎么好。"

"那黑鬼后来怎么样了?"

"回科隆[①]去了。现在就住在那儿。已经结婚了。有老婆孩子了。

[①] 科隆(Cologne),德国西北部工业城市和大学城,位于莱茵河畔,以其中世纪的大教堂而闻名。

要给我写信,还要把我借给他的钱寄还给我呢。这黑鬼挺仗义的。但愿我给他的地址没弄错。"

"你大概不会弄错吧。"

"行啦,我们吃饭去吧,"比尔说,"除非你还要我再谈些这趟旅行的见闻。"

"接着说嘛。"

"我们还是吃饭去吧。"

我们走下楼来,出了大门,在温煦的六月的黄昏中沿着圣米歇尔大街向前走去。

"我们去哪儿呢?"

"想去岛上①吃饭吗?"

"当然。"

我们沿着圣米歇尔大街往前走着。在圣米歇尔大街与登费尔特·洛歇罗路相交的十字路口坐落着一尊长衣飘拂的双人塑像。

"我知道这两个人是谁,"比尔瞥了一眼这座纪念碑,"发明药物学的两位绅士。别想拿巴黎的事情来糊弄我。"

我们继续向前走去。

"瞧,这是一家专门剥制和出售动物标本的商店,"比尔说,"想不想买一个?来只漂亮的狗标本吧?"

"走吧,"我说,"你这醉眼惺忪的家伙。"

"挺漂亮的狗标本呢,"比尔说,"肯定会使你的寓所满堂生辉的。"

---

① 巴黎城区的塞纳河中央有两座天然形成的岛屿,西面那座为斯德岛(Île de la Cité),中世纪时的巴黎城即坐落在此,现仍为巴黎的中心城区,著名的巴黎圣母院即坐落在该岛的东端;位于东面那座为圣路易岛(Île Saint-Louis),面积较小,旧时为牲畜和羊毛市场,岛上有五座桥梁连接塞纳河的两岸,与巴黎城区相通。此处指的是后者。

"走吧。"

"你就买一个狗标本嘛。我可买可不买。可是,听我说,杰克。你就买一个狗标本嘛。"

"走吧。"

"等你把它买到手之后,这世上的任何一样东西你都不会要啦。简单的等价交换。你给人家钱。人家给你一个狗标本。"

"等回来的时候买一个吧。"

"好吧。买不买由你。反正下地狱的路上铺满了该买而没有买的狗标本。以后可别怪我没说。"

我们继续前行。

"你怎么忽然一下子对狗这么感兴趣了?"

"我向来对狗感兴趣。向来特喜欢动物的标本。"

我们停了下来,喝了一杯酒。

"我确实爱喝酒,"比尔说,"你以后不妨也偶尔试试嘛,杰克。"

"你曾经赢过我一百四十四点呢。"

"你不要因为这一点而感到气馁嘛。永远不要气馁。这是我成功的秘诀。我从来没有气馁过。从来没有在大庭广众之下气馁过。"

"你先前是在哪儿喝的酒?"

"顺路在'柯丽荣'宾馆停留了一下。乔治给我调制了几杯'杰克·罗斯'鸡尾酒。乔治这家伙很了不起。知道他的成功秘诀吗?永不气馁。"

"你大约三杯佩诺酒下肚之后就会气馁了。"

"不会在大庭广众之下气馁的。我一感到快不行了就自个儿悄悄溜走。在这方面,我就像只猫。"

"你什么时候碰见哈维·斯通的?"

"在'柯丽荣'宾馆里。哈维刚好有点儿撑不住了。整整三天没吃东西啦。什么也不肯吃。像只猫似的溜走了。伤心得很呐。"

"他不会有事儿的。"

"太好了。不过,但愿他不要老是像只猫一样溜掉。弄得我好不放心。"

"今晚我们打算干什么?"

"干什么都一样。只要我们别挺不住就行。你估计他们这儿有煮鸡蛋吗?如果他们这儿有煮鸡蛋,我们何必要跑那么远的路到岛上去吃呢。"

"那哪儿成啊,"我说,"我们就是要正儿八经地吃顿饭的。"

"只不过是个建议,"比尔说,"要不要现在就走?"

"走吧。"

我们又沿着圣米歇尔大街继续往前走去。一辆出租马车从我们身边驶了过去。比尔朝它看了看。

"看见那辆出租马车没有?我要把那辆出租马车制作成标本送给你作圣诞礼物。我打算给我所有的朋友都送动物标本。我是个博物学作家嘛。"

一辆出租汽车驶过来,有人在车里朝我们招手,接着又敲敲车窗叫司机停车。出租汽车打倒车停靠在人行道边上。车里坐着的人正是勃莱特。

"好一个美人儿啊,"比尔说,"想强行拐走我们吧。"

"喂!"勃莱特说,"喂!"

"这位是比尔·戈登。这位是阿什莱夫人。"

勃莱特朝比尔嫣然一笑。"哇噻,我刚刚回来。连澡都还没来得及洗呢。迈克尔今晚就到。"

"好啊。来吧,跟我们一块儿吃饭去,然后我们一起去接他。"

"我得先把自己弄弄干净才行啊。"

"嗨，废话少说！走吧。"

"必须先去洗个澡才行。他九点之前是到不了的。"

"那就先来喝一杯，然后再去洗澡吧。"

"这也未尝不可。你这话倒也不赖。"

我们上了出租汽车。司机回过头来看了看。

"哪家酒店最近就停在哪儿吧。"我说。

"我们不妨去'丁香园'吧，"勃莱特说，"我可喝不下那些很烂的白兰地。"

"去'丁香园'。"

勃莱特转身朝着比尔。

"你来这个伤风败俗的城市已经很久了吧？"

"今天刚到，从布达佩斯来。"

"布达佩斯怎么样？"

"好极啦。布达佩斯非常迷人。"

"你问问他维也纳怎么样。"

"维也纳嘛，"比尔说，"那是个不可思议的城市。"

"非常像巴黎吧。"勃莱特朝他嫣然一笑，笑得眉梢眼角全是鱼尾纹。

"一点儿不假，"比尔说，"很像此时此刻的巴黎。"

"好事儿全让你赶上了。"

我们坐在"丁香园"外面的露台上，勃莱特要了一杯白兰地加苏打水，我也要了一杯，比尔要的还是佩诺酒。

"你还好吗，杰克？"

"好得很，"我说，"我这段时间过得很愉快。"

勃莱特打量着我。"我像个傻瓜一样出去跑了一趟，"她说，"谁离开巴黎，谁就是一头蠢驴。"

"你这趟玩得开心吗?"

"嗯,还行吧。挺有意思的。不过也不是特别好玩。"

"见着熟人没有?"

"没有,几乎没碰到一个熟人。我根本就没出过门。"

"没去游泳吗?"

"没有。啥事儿也没干。"

"听上去很像维也纳嘛。"比尔说。

勃莱特眯缝着眼睛瞥了他一眼,眼角现出了鱼尾纹。

"这么说,维也纳也是这种样子啊。"

"完全跟维也纳一个样儿。"

勃莱特又朝他嫣然一笑。

"你这位朋友真不错呢,杰克。"

"他还行吧,"我说,"他是个专门制作动物标本的。"

"那是在另一个国家干的事儿,"比尔说,"再说,那些个动物也都是死的。"

"再喝一杯,"勃莱特说,"然后我就得赶紧走了。务必让服务生去叫辆出租汽车。"

"那边排着一长溜呢。就在大门口。"

"好吧。"

我们喝完这杯酒之后,就送勃莱特上了出租汽车。

"记住,你十点左右到'雅士'去。叫他也去。迈克尔会准时去那儿的。"

"我们会去的。"比尔说。出租汽车发动了,勃莱特朝我们挥了挥手。

"好一个漂亮妞儿啊,"比尔说,"她人真好。迈克尔是什么人?"

"她马上要嫁的那个人。"

93

"罢了，罢了，"比尔说，"我每次结识到一个好女人，总是恰好撞在这种节骨眼儿上。我该送他们什么东西才好呢？你觉得他们会喜欢一对赛马标本吗？"

"我们还是去吃饭吧。"

"她当真是什么某某夫人吗？"比尔在出租汽车里问，我们正在前往圣路易岛的途中。

"哦，当然是啊。良驹登记册里记载得清清楚楚呢。"

"罢了。罢了。"

我们在位于小岛北端的勒孔特太太的饭店里吃大餐。饭店里座无虚席，挤满了美国人，我们只好站在那儿等座位。有人把这家饭店列进了"美国妇女俱乐部"的宣传册，称它为巴黎沿河码头边的一家格调古雅、却尚未被美国人光顾的饭店。于是，我们就不得不等了四十五分钟才等来了一张桌子。比尔1918年曾在这家饭店里用过餐，而且是在停战协定刚刚宣布之际，因此，勒孔特太太一见到他就格外忙不迭地招呼过来。

"就是没法帮我们安排一张桌子，"比尔说，"不过，这女人倒挺大方的。"

我们这顿饭很丰盛，有烤鸡肉、新上市的青豆、土豆泥、色拉，以及一些苹果馅儿饼和干奶酪。

"你把全世界人都招揽来啦。"比尔对勒孔特太太说。她扬起一只手。"嗐，我的上帝啊！"

"你要发大财喽。"

"但愿如此。"

喝完咖啡和白兰地之后，我们要来了账单，账单的格式依然跟过去一模一样，用粉笔写在一块石板上，这无疑是这家饭店"格调古雅"的特色之一，我们付了账，握手告别，然后就走出了饭店。

"你从此不想再来这儿了吧,巴恩斯先生。"勒孔特太太说。

"同胞太多了。"

"午餐时间来吧。那时候没有这么多人。"

"好。我下次一定来。"

我们沿着奥尔良码头那一侧的环岛河滨大道漫步在林荫下,枝繁叶茂的树木俯瞰着河面。河对岸是正在拆毁的一些老房子留下的断壁残垣。

"他们要开辟出一条大街了。"

"他们会这么干的。"比尔说。

我们继续漫步,在环岛河滨大道上向前走去。河面上一片漆黑,一艘客轮①驶过来,船上灯火通明,只见那客轮正速度很快而又声息全无地往上游驶去,消失在大桥下。河的下游是巴黎圣母院,蹲伏在那儿守望着夜空。我们沿着贝蒂纳码头边的跨河人行木桥朝塞纳河左岸走去,在桥上停留了片刻,眺望着塞纳河下游的巴黎圣母院。站在桥上看,只见整个岛上黑魆魆的,那片屋宇巍然耸立在夜空下,那片林木也影影绰绰。

"瞧这景色多壮观呀,"比尔说,"上帝啊,我真想回去了。"

我们倚在桥的木栏杆上,眺望着塞纳河上游的那些大桥上的灯光。桥下的水流平缓而漆黑。河水流过桥墩竟悄无声息。有一个男人带着一个姑娘从我们身边走了过去。他们彼此紧紧相拥着往前走去。

我们跨过人行木桥,走上了勒穆瓦纳大主教路。这是一条坡度很陡的路,我们沿着这条路一直走到康特雷斯卡普广场。弧光灯的灯光穿过浓密的树叶映照在广场上,树荫下停着一辆正要开动的环城公共汽车。音乐声从"快乐的黑人"咖啡馆门内飘了过来。透过"业余爱

---

① 此处原文为法语"bateau mouche",意为"塞纳河上的小型观光游轮"。

好者"咖啡馆的窗户,我能看见里面那个长长的用波纹镀锌铁皮做的吧台。外面的露台上有些工人在喝酒。在"业余爱好者"咖啡馆敞开式的厨房里,有个姑娘正在油锅里炸薯条。那里还有一铁锅炖肉。那姑娘用勺子舀了一些放在一只盘子上,递给了站在一旁的一个老头儿,老头儿手里提着一瓶红葡萄酒。

"要不要去喝一杯?"

"不,"比尔说,"我暂时不需要。"

我们离开了康特雷斯卡普广场,折向右边,走进了那些平坦、狭窄的街道,街面两侧的房屋高大而又古老。那些房屋有的突向街面。有的则往里面缩进。我们走上了"铁锅"路,并沿着这条路继续往前走去,直到走上笔直的南北向的圣雅克路,然后再顺着圣雅克路径直往南走,经过前有庭院、围着铁栅栏的瓦尔德格拉斯教堂①,走向了皇家港大街。

"你有什么打算?"我问,"到那家咖啡馆去见见勃莱特和迈克吧,行不?"

"怎么不行?"

我们沿着皇家港大街一路向前走去,直到这条街的路名变成了蒙帕纳斯大街,然后再一路往前,经过"丁香园""拉维涅""达穆伊",以及那些小咖啡馆,接着再穿过马路到了对面的"洛东达",再走过它门前的那些亮着灯火的餐桌,直奔"雅士"咖啡馆走去。

迈克尔从餐桌间向我们迎来。他的脸晒黑了,但气色很好。

"嗨——嗨,杰克,"他说,"嗨——嗨!嗨——嗨!你好吗,老

---

① 瓦尔德格拉斯教堂(Church of the Val de Grâce),位于巴黎城第五区,是巴黎最具巴洛克风格的建筑物,始建于1645年,1667年竣工,第一次世界大战期间被改建为野战医院。战争结束后,法国政府为了让后人记取战争的残酷教训,在此设立了一个整形外科博物馆,陈列着众多留有外科整形修复痕迹的被战争所损毁的人脸和人的断肢残躯的蜡像。

伙计？"

"你看上去身体挺棒嘛，迈克。"

"噢，当然啦。我的身子骨棒得吓人呢。除了散步，我啥事儿也没有。整天就是散步。每天陪我母亲喝茶的时候顺便喝一杯酒。"

比尔去了吧台。他已经站在那儿跟勃莱特聊上了，勃莱特坐在吧台边的一只高脚凳上，两腿交叉着。她竟然没穿长筒袜。

"见到你真高兴啊，杰克，"迈克尔说，"我有点儿醉了，你知道。觉得很稀奇吧，是吗？你注意到我的鼻子没有？"

他鼻梁上有一块已经干了的血污。

"让一个老太太的旅行包给撞破的，"迈克说，"我本来想伸手帮她拿几个旅行包的，不料，那几个包全砸在我头上了。"

勃莱特在吧台边拿着她的香烟盒朝他做了个手势，又挤了挤眼睛，眼角笑出了鱼尾纹。

"一个老太太，"迈克说，"她的旅行包全砸在我头上了。我们进去见见勃莱特吧。我说，她可真是个万人迷啊。你真是一位可爱的夫人啊，勃莱特。你这顶帽子是从哪儿弄来的？"

"朋友买了送给我的。你不喜欢吗？"

"这顶帽子太难看。要弄顶好帽子戴戴嘛。"

"嗬，我们现在有这么多钱啦，"勃莱特说，"我说，你还不认识比尔吧？你真是一位可爱的东道主啊，杰克。"

她转过身去朝着迈克。"这位就是比尔·戈顿。这位醉汉就是迈克·坎贝尔。坎贝尔先生是一位债务还没还清的破产者。"

"我还不至于这么糟吧？你知道，我昨天在伦敦碰到我过去的合伙人了。就是把我拖下水的那位朋友。"

"他都说了些什么？"

"给我买了杯酒。我当时的想法是，我不如就喝了它吧。我说，

97

勃莱特，你可真是个可爱的万人迷啊。你不觉得她很美吗？"

"美。长着这么个鼻子？"

"这是个很可爱的鼻子呢。来，把鼻子对着我。她是不是一个可爱的万人迷？"

"我们是不是该把这个人留在苏格兰？"

"哇噻，勃莱特，我们早点儿回去睡觉吧。"

"别说话这么不检点，迈克尔。别忘了，这吧台边还有不少女士呢。"

"她是不是一个很惹火的万人迷？你看是不是，杰克？"

"今儿晚上有一场职业拳击比赛呢，"比尔说，"想不想看看去？"

"职业拳击比赛？"迈克说，"谁上场？"

"莱杜对某某人吧。"

"他的拳术很精湛的，我是说莱杜，"迈克说，"我真想看看去，真的"——他竭力想打起精神来——"可是我不能去啦。我跟这个万人迷的东西已经有约在先了。我说，勃莱特，一定要弄顶新帽子戴戴啊。"

勃莱特拉下毡帽遮住一只眼睛，在帽檐下粲然一笑。"你们两个赶紧去看那场拳击比赛吧。我得带着这位坎贝尔先生直接回家了。"

"我没醉，"迈克说，"也许有那么一点儿了。我说，勃莱特，你真是个可爱的万人迷啊。"

"你们赶紧看拳击比赛去吧，"勃莱特说，"坎贝尔先生已经越来越难伺候了。你怎么忽然一下子变得这么多情啦，迈克尔？"

"哇噻，你真是个可爱的万人迷啊。"

我们道了晚安。"很抱歉，我去不了啦。"迈克说。勃莱特纵声大笑起来。我临出门时回头看了看。迈克一只手放在吧台上，正探过身去贴向勃莱特，嘴里在说着什么。勃莱特相当冷淡地望着他，不过她眼角还是带着笑意的。

走到外面的人行道上,我说:"你真想去看这场拳击比赛吗?"
"当然,"比尔说,"如果我们不必走着去的话。"
"迈克已经被他这个女朋友弄得神魂颠倒啦。"我在出租汽车里说。
"唉,"比尔说,"你可不能这么不近情理地责怪他呀。"

第九章

莱杜对基德·弗朗西斯的那场拳击比赛是在6月20日夜间举行的。这是一场精彩的拳击比赛。拳击比赛后的第二天早晨,我收到了罗伯特·科恩寄来的一封信,信是从昂代①写来的。他在信中说,他这段时间过得很清静,游泳,偶尔打打高尔夫球,经常玩桥牌。昂代有一片景色秀丽的海滩,不过,他渴望着原先说定的钓鱼之行能早日启程。他问我何时才能南下,如果我能帮他买一根双股的渔线,等我过来时,他会把钱如数付给我的。

同一天上午,我从办公室给科恩发了一封信,告诉他我和比尔将于25日动身离开巴黎,如有变化另行电告,并约他在巴荣纳②见面,我们可以从那里乘长途公共汽车翻过大山前往潘普洛纳。同一天晚上七点钟左右,我顺路在"雅士"咖啡馆停留了一下,想进

---

① 昂代(Hendaye),法国历史文化名城,位于法国西南边陲的比利牛斯山麓,隔边境线与西班牙海滨城市伊伦相望,为大西洋沿岸著名旅游城市和海滨度假胜地。
② 巴荣纳(Bayonne),法国西南部比利牛斯山麓历史文化名城,坐落在尼维河与阿杜河的交汇处,与昂代在同一省内,属巴斯克方言区,也是大西洋沿岸的港口城市和旅游胜地。

去看看迈克尔和勃莱特。他们不在那儿,我便径直去了"丁戈"。他们果然正坐在里面的吧台前。

"你好,亲爱的。"勃莱特朝我伸出一只手。

"你好,杰克,"迈克说,"我明白,我昨晚确实醉了。"

"你哪儿会醉呀,"勃莱特说,"那是丢人现眼的事儿。"

"喂,"迈克说,"你什么时候去西班牙?要是我们跟你一块儿去,你会介意吗?"

"那是求之不得的好事情哩。"

"你当真不介意?我去过潘普洛纳,你知道。勃莱特非常想去。你肯定我们不会成为遭人嫌的累赘吧?"

"别像个傻瓜似的胡说八道啦。"

"我有点儿醉了,你知道。不醉我也不会这样问你了。你肯定不介意吗?"

"哎呀,你就再别问啦,迈克尔,"勃莱特说,"人家现在当着面儿怎么能说介意呢?我回头再问问他吧。"

"反正你是不会介意的,是吗?"

"如果你不是存心要惹我生气,那你就别再问了。比尔和我 25 日早晨动身。"

"顺便问一下,比尔去哪儿啦?"勃莱特问。

"他出城去了,这时正跟几个朋友一块儿在香蒂利① 吃饭呢。"

"他是个好人。"

"岂止是个好人,"迈克说,"好得不得了呢,你知道的。"

"你不会记得他的。"勃莱特说。

---

① 香蒂利(Chantilly),法国北部一古城,位于巴黎东北部,距巴黎市中心 23.9 公里,因其壮观的赛马场和随处可见的马厩而闻名,是一座活生生的赛马博物馆,城内有诸多历史文化名胜。

101

"我记得。他这个人我记得清清楚楚呢。听着,杰克,我们 25 日晚上动身。勃莱特早晨是起不来的。"

"确实起不来!"

"如果我们的钱汇来了,你又肯定不介意的话。"

"钱会汇来的,这没问题。我负责去办。"

"告诉我,需要什么样的钓鱼用具,我叫他们寄过来。"

"弄两三根带卷轴的钓竿,还有钓线,再弄些蝇形鱼钩。"

"我不钓鱼的。"勃莱特说。

"那就弄两根钓竿吧,比尔用不着买了。"

"好吧,"迈克说,"我给管家发个电报。"

"简直太好了,"勃莱特说,"西班牙!我们一定会玩得很尽兴的。"

"25 日。这天是星期几?"

"星期六。"

"我们务必把一切都准备好。"

"我说,"迈克说,"我要去理发店啦。"

"我必须去洗个澡,"勃莱特说,"陪我走到宾馆去吧,杰克。好人做到底嘛。"

"我们住的这家宾馆最妙不可言了,"迈克说,"我看就是个妓院!"

"我们一进门就把旅行包寄存在'丁戈'这儿,这家宾馆的工作人员马上就问我们开房间是不是只用一个下午。听说我们要在宾馆里过夜,他们好像大喜过望似的,高兴得不得了呢。"

"我认为这家宾馆就是个妓院,"迈克说,"我哪能不知道。"

"咳,别唠叨个没完啦,你赶紧理发去吧。"

迈克走了出去。我和勃莱特继续坐在吧台边。

"再来一杯?"

"行啊。"

"我需要再喝一杯。"勃莱特说。

我们顺着德兰博路向前走去。

"我这次回来后到现在一直还没见过你呢。"勃莱特说。

"是的。"

"你还好吗,杰克?"

"还好。"

勃莱特看看我。"我说,"勃莱特说,"这次旅行罗伯特·科恩也去吗?"

"去的。怎么啦?"

"你不觉得这次旅行会使他有些难堪吗?"

"怎么会呢?"

"你以为我这次是跟谁一起去圣塞瓦斯蒂安的?"

"恭喜你啊。"我说。

我们一路向前走去。

"你怎么说这种话呢?"

"我不知道。你希望我说什么?"

我们继续往前走,然后拐了个弯。

"他表现得也相当不错,不过后来有点儿兴味索然了。"

"是吗?"

"我本来满以为这对他会有好处的。"

"你可以从事社会公益事业啦。"

"别这么刻薄。"

"岂敢。"

"你当真不知道?"

"真的不知道,"我说,"我大概压根儿就没想过这事儿。"

"你觉得这次旅行会不会使他感到过于难堪?"

"那得看他是怎么想的,"我说,"写封信告诉他,说你也要去。他可以随时决定不去嘛。"

"我这就给他写信,好让他来得及退出这次旅行。"

一直到6月24日的晚上,我才跟勃莱特再次相见。

"你收到科恩的回信没有?"

"当然收到啦。他对这次旅行可热心了。"

"我的上帝!"

"我自己倒觉得这事儿相当奇怪了。"

"他说他迫不及待地要来看我呢。"

"他会不会以为你是单独一个人去?"

"不会。我告诉过他,我们大家都去的,是结伴而行。迈克尔也在其中。"

"他可真行啊!"

"可不是嘛!"

他们预计他们的那笔汇款第二天就能到。我们约好在潘普洛纳会合。他们将直接去圣塞瓦斯蒂安,然后从那儿乘火车去潘普洛纳。大伙儿将在潘普洛纳的蒙托亚宾馆里相见。如果他们最迟到星期一还没有到达,我们就自行前往山区的布尔戈特①,开始钓鱼。去布尔戈特有长途汽车。我写下了一份详细的行程安排,这样,他们就能按图索骥找到我们了。

我和比尔从道塞火车站登上了清晨时分发车的那趟早班火车。这

---

① 布尔戈特(Burguete),西班牙北部一城镇,位于纳瓦尔省境内。海明威在1924年和1925年间去西班牙比利牛斯山中的伊拉蒂河上钓鱼时,即居住在此城中。如今,海明威曾居住过的那幢小屋仍保留完好,供游人观瞻。

天的天气很好，也不算太热，一出城就是一派令人赏心悦目的田园风光。我们走进列车后面的餐车，在那里吃了早餐。离开餐车时，我向乘务员索要第一批就餐券。

"前四批连一张也没有啦，等着发第五批的吧。"

"怎么会有这种事情？"

这趟列车上历来只供应最多两批午餐，而且每批总是有不少座位空着的。

"早已全部预定出去啦，"餐车乘务员说，"只有第五批了，三点半供应。"

"这下问题严重了。"我对比尔说。

"给他十法郎。"

"请收下吧，"我说，"我们想在第一批用餐。"

乘务员把那十法郎收进自己的衣袋。

"谢谢你，"他说，"我建议先生们买些三明治吧。前四批的所有座位早在铁路公司的办事处那儿就统统预定完了。"

"你前途无量啊，老兄，"比尔用英语对他说，"要是给你五法郎，我估计你大概要建议我们跳火车了。"

"你说什么？[1]"

"见鬼去吧！"比尔说，"做几块三明治，再来瓶葡萄酒。你告诉他，杰克。"

"有劳你送到隔壁那个车厢去。"我详细描述了一遍我们的座位在哪里。

我们这节车厢里还有一对夫妇和他们年幼的儿子。

"我估计你们是美国人，对不对？"那男的说，"旅途愉快吗？"

---

[1] 此处原文为法语"Comment？"，意为"你说什么？"。

"快活得很呢。"比尔说。

"你们就该这样享乐。旅游要趁年轻啊。我和孩子他妈一直想过来走走,可是我们不得不左等右等,就是不能成行。"

"如果你真想过来,十年前就能来了,"他妻子说,"你老是说什么:'要先在美国观光!'应当说,我们观光过的地方已经不少啦,不是这儿,就是那儿。"

"咳,这趟列车上的美国人还真不少呢,"丈夫说,"光是从俄亥俄州代顿[①]来的人就占了七节车厢。他们是去罗马朝圣的,现在要南下去比亚里茨和卢尔德[②]朝圣了。"

"原来是这样,他们就是这号人。来朝圣的。这帮该死的清教徒。"比尔说。

"你们这两个小伙子是美国什么地方人?"

"我是堪萨斯城人,"我说,"他是芝加哥人。"

"你们俩都要去比亚里茨吗?"

"不。我们要去西班牙钓鱼。"

"嗯,我从来不喜欢玩这个,本人不爱这个。不过,我家乡那边倒是有不少喜欢外出钓鱼的人。我们蒙大拿州有几处绝佳的钓鱼场所呢。我带孩子们去过,不过,我对这项活动一点儿也不感兴趣。"

"你那几趟出去一点儿没有少钓啊。"他妻子说。

他朝我们眨了眨眼睛。

"你知道娘们儿是个什么德性。你要是想来瓶威士忌助助兴,或者来它一箱啤酒,她们就认为这是大逆不道的事情,是在冒天下之大

---

① 代顿(Dayton),美国俄亥俄州第六大城市,是一座历史文化名城,也是全美人口最稠密的城市之一。
② 卢尔德(Lourdes),法国西南部一古老山城,位于比利牛斯山麓,为宗教圣地,有许多古代石窟和教堂。

不匙。"

"你们男人才这样呢。"他妻子对我们说。她捋捋平膝下宽松的裙摆。"为了讨好他,我对禁酒令投了反对票,因为我也喜欢在家里喝点儿啤酒,可是他竟然说出这种话来。这种人居然还能讨得到老婆,真是怪事儿。"

"喂,"比尔说,"那帮清教徒的遗老遗少们① 已经把那节餐车给包圆儿啦,要一直占用到下午三点半呢,你知不知道?"

"你怎么说话呢?他们不可能干出这种事情来的。"

"你去试试,看看能不能找到两个座位。"

"哎呀,孩子他妈,看这架势,我们不如再去吃顿早饭吧。"

她站起身来,整了整衣裙。

"麻烦两位小伙子帮忙照看一下我们的东西,好吗?走吧,休伯特。"

他们三个人都去了餐车。他们走后没一会儿,一名乘务员便穿过车厢一路吆喝过来,通知第一拨人去用餐,于是,那批善男信女,连同他们的随行神父,便纷纷沿着过道接踵而去。我们的旅伴和他的老婆孩子没有回来。一名服务生端着我们要的三明治和一瓶夏布利白葡萄酒顺着过道走来,我们立即招呼他进了我们这节车厢。

"你今天可要忙活啦。"我说。

他点点头。"现在是十点半,他们开始吃了。"

"我们什么时候才能吃上饭?"

"嚯!我什么时候才能吃上饭?"

他留下两只喝那瓶酒的杯子,我们付了三明治的钱,并给了他

---

① 此处原文为"Pilgrim Fatners",意为"清教徒前辈移民",原指 1620 年移到美洲普利茅斯殖民地的一批英国清教徒。此处的话语中含有不屑一顾的讽刺意味。

小费。

"我过一会儿来拿盘子,"他说,"要不,你们就顺便带过来吧。"

我们一边吃着三明治、喝着夏布利酒,一边观赏着车窗外的原野。谷子刚刚开始成熟,地里盛开着罂粟花。牧场一片翠绿,树木生机盎然,间或可以看到烟波浩渺的大河和掩映在树林中的一座座古堡。

在图尔①,我们下车又买了一瓶葡萄酒。等我们回到那节车厢时,那位从蒙大拿州来的绅士以及他的老婆和儿子休伯特已经舒舒服服地坐在里面了。

"比亚里茨有地方能痛痛快快地游泳吗?"休伯特问。

"这孩子就爱游泳,不泡在水里就憋得慌,"他妈妈说,"带着这么大的孩子出门旅行真费劲儿。"

"那里有的是能痛痛快快地游泳的地方,"我说,"不过,有风浪的时候是很危险的。"

"你们吃上饭没有?"比尔问。

"我们当然吃上啦。我们找好位子安安稳稳地坐下来之后,他们才开始陆陆续续地进来,他们准以为我们是他们一伙儿的。有个服务生用法语对我们说了几句,之后,他们就打发其中的三个人回去了。"

"他们满以为我们也是'磕头虫'呢,那才好啊,"那男的说,"仅凭这一点就能让你明白无误地知道天主教会的权势有多大了。可惜的是,你们两个小青年并不是天主教徒。要不是这样,你们也就能顺顺当当地吃上饭啦。"

---

① 图尔(Tours),法国中西部卢瓦河畔的一座古城和工业城市,位于巴黎西南部,是法国铁路交通枢纽之一,也是法国小说家巴尔扎克的故乡。第一次世界大战期间,美军有两万五千余人驻扎在此,建立了军用服装厂、兵工厂、军用机械修理厂、野战医院、弹药库、邮局等军用设施,并在卢瓦河上建立了一座以美国总统伍德罗·威尔逊的名字命名的大桥。

"我是天主教徒啊,"我说,"让我感到十分恼火的正是这一点。"

我们一直等到四点一刻才终于吃上了午饭。比尔最后实在咽不下这口气了。他当胸一把揪住了一位神父的衣领,那神父这时恰好正领着另一批吃完了饭的清教徒往回走。

"什么时候才能轮到我们这些新教徒吃饭啊,神父?"

"这件事我一点儿也不清楚。你有就餐券吗?"

"这种行径足以逼着人去投奔三K党[①]了。"比尔说。那神父回过头来盯了他一眼。

餐车里,服务生们正在忙着给接踵而来的第五批已经入席的人上客饭。给我们这一桌上客饭的那名服务生已被汗水湿透。他身上那件白色外套的两个腋窝儿已经变成了紫褐色。

"他肯定喝了不少葡萄酒。"

"要不就是穿着绛紫色的内衣。"

"我们来问问他。"

"别问啦。他已经累得不行了。"

火车在波尔多[②]停靠了半个小时,我们下车沿着站台溜达了一会儿。进城肯定是来不及的。后来,我们的列车穿行在朗德省[③]境内,我们注意到夕阳已渐渐西沉了。这一带的松林中有人工开辟出来的一道道宽阔的防火带,远远望去宛如一条条林荫大道,一直伸向远方树木葱茏的山冈。大约在七点半左右,我们吃上了晚餐,在餐车里,我们坐在敞开的车窗前观赏着外面广袤的原野。这一带全是沙地,松树

---

① 此处并非指那个以迫害黑人为主的曾在美国南方活动猖獗的三K党,而是指另一个同名的美国恐怖组织,于1915年由出生在美国本土的白人新教徒所组成,他们强烈反对社会变革,宣扬美国政治的净化,反对天主教、共产主义、犹太人以及其他外来少数民族。
② 波尔多(Bordeaux),法国西南部加仑河畔的一座港口城市,阿基坦省的省府,为法国葡萄酒制造和交易中心。
③ 朗德省(Lnandes),法国西南部一省份,滨比斯开湾,境内多为森林所覆盖。

丛中长满了石楠。林中不时闪过几小块空地，散落着几幢房屋，偶尔有一家锯木厂从眼前闪过。天色已经黑了下来，暮霭沉沉之中，我们仍能感受到，车窗外是一片炎热、多沙、黑黝黝的原野，大约九点钟左右，我们驶进了巴荣纳。那位男士和他的妻子以及休伯特——和我们握手告别。他们还要继续前行，到拉内格里斯镇[1]转车去比亚里茨。

"好啦，但愿你们吉星高照。"他说。

"看那些斗牛时要多加小心。"

"也许我们在比亚里茨还能再见面。"休伯特说。

我们背起旅行包和钓竿袋下了车，穿过昏暗的站台，出了车站，走向了灯火通明的站前广场，那里排列着一长串出租汽车和旅馆接客的公共汽车。那边，站在一大群乱哄哄地忙着拉客的旅馆工作人员当中的人正是罗伯特·科恩。他起初没看见我们。过了一会儿，他才赶忙迎了上来。

"你好，杰克。一路过来还顺利吗？"

"很顺利，"我说，"这位是比尔·戈顿。"

"你好！"

"走吧，"罗伯特说，"我雇了一辆出租马车。"他眼睛有点儿近视。我以前从没有注意到这一点。他一直在打量着比尔，想把他看看清楚。他自己也感到有些难为情。

"我们直接去我住的那家旅馆吧。那家旅馆没问题。是一家相当不错的旅馆。"

我们钻进那辆出租马车，车夫把我们的旅行包统统接了过去，放在他身旁的座位上，然后爬上驾驶座，"啪"的一声甩了个响鞭，车子便启动了，我们驶过黑咕隆咚的大桥，驶进了城里。

---

[1] 拉内格里斯镇（La Negresse），位于比利牛斯山麓，距比亚里茨约3.9公里。

"有缘和你相识,我感到特别高兴,"罗伯特对比尔说,"我早就从杰克那里久仰你的大名了,你那几本大作我都拜读过。你把我的钓鱼线带来了吗,杰克?"

出租马车停在了那家旅馆的大门前,大伙儿钻出马车,走进了旅馆。这确实是一家挺不错的旅馆,旅馆服务台前的那些人也流露着非常高兴的神情,我们每个人都拿到了一间挺舒适的小房间。

第十章

清晨时分，天气晴朗，人们正在往城里的路面上洒水，我们聚在一家咖啡馆里吃早饭。巴荣纳是一座秀丽的城市。它很像一座一尘不染的西班牙小城，而且就坐落在一条大河的河畔。然而，这么一大早，横跨大河的那座桥上就已经暑气逼人了。我们出了咖啡馆，漫步走上桥头，然后在城里四处溜达了一遍。

迈克的钓竿能否准时从苏格兰捎来，我根本没有把握，因此，我们一路都在寻找有没有出售钓鱼用具的商店，最后在一家纺织用品商店的楼上给比尔买到了一根。卖渔具的那个人当时刚好不在店里，我们只得等他回来。最后，那人总算回来了，我们买到了一根相当漂亮的钓竿，而且价钱也很便宜，我们还买了两把抄网。

我们出了那家商店，继续沿着大街徜徉着，并去那家大教堂里看了看。科恩发表了一通见解，说这家大教堂是某某建筑风格的一个非常典型的样板，我忘了究竟是个什么风格了①。这座教堂看上去十分壮观，

---

① 此处指巴荣纳著名的圣玛丽亚大教堂（Cathédrale Sainte-Marie），始建于12世纪至13世纪，但直到19世纪才竣工，是一幢哥特式风格的双塔建筑物，外观十分宏伟、典雅，俯瞰着城内狭窄的街道。

典雅而又不显华丽，与西班牙的那些教堂很相像。之后，我们又继续前行，走过那座古老的要塞，一直走到当地那家"旅游事业联合会"办事处那儿，据说那里就是公共汽车的始发站。那里有人告诉我们说，公共汽车要到7月1日才能正式开始通车。我们先在这家旅行社打听清楚我们得花多少钱才能租一辆汽车去潘普洛纳，然后便绕过市大戏院，直接在那边拐角处的一家大型汽车修理厂里花四百法郎雇了一辆汽车。这辆车在四十分钟后就会来旅馆接我们，我们便在市政广场上我们吃早饭的那家咖啡馆里停了下来，每人喝了一杯啤酒。天气炎热，然而城里却有清晨时分的那种凉爽、清新的气息，坐在咖啡馆里让人感到心旷神怡。微风乍起，你可以感觉到这风是从海上吹来的。外面的广场上散落着成群的鸽子，周围的房屋一派黄色，像是被太阳烤焙而成的那种焦黄色，我舍不得离开这家咖啡馆。但是我们必须去旅馆收拾旅行包、结账了。我们付了啤酒钱，我们是采用抛掷硬币的方式来决定该由谁付账的，结果好像是科恩付的账，买好单之后，我们就径直去了旅馆。我和比尔每人只付了十六法郎的住宿费，外加百分之十的服务费，我们吩咐服务生把我们的旅行包送下楼，然后在楼下等待罗伯特·科恩下来。在我们等待的当儿，我忽然看见一只蟑螂正趴在镶木地板上，那只蟑螂至少有三英寸①长。我指着那只蟑螂叫比尔看，然后一脚踩住了它。我们一致认为它准是刚从花园里爬进来的。这确实是一家干净得不得了的旅馆嘛。

科恩磨蹭了半天，终于下楼来了，我们一行三人出了旅馆，朝那辆汽车走去。这是一辆密不透风的大篷车，随车而来的司机穿着一件蓝领、蓝袖口的白色风衣，我们吩咐他把汽车的后篷放了下来。他堆

---

① 1英寸约为2.54厘米。

放好旅行包，我们随即就出发了，车子驶上大街，朝城外开去。我们经过了几处优雅别致的园林，眷恋地饱览着车后渐渐远去的市区，不一会儿就进入了城外的原野之中，这片原野青翠而绵延起伏，公路一直在向上爬坡。一路过来，我们看到有许多巴斯克人①在顺着公路驾驭着牛车或者驱赶着成群的牲口，还看到了许多富有诗情画意的农舍，低垂的屋顶，墙壁全都粉刷得雪白。在这片巴斯克人世代居住的地区里，土地看来都很肥沃，郁郁葱葱的，房屋和村落也呈现出一派富庶而又整洁的景象。每一个村庄都有一片回力球场②，有些球场上有不少孩子在顶着烈日玩球。沿途见到的所有教堂的墙上全都张贴着醒目的标语，上面写着严禁往墙上打球的字样，村村寨寨的房屋一律为红瓦盖顶。穿过这一地区之后，公路拐了个弯，路面开始陡峭起来，我们紧靠着山坡的一侧向山上行进着，另一侧的下方就是一条河谷，一座座山冈被甩在了身后，绵延不断地伸向大海。你从这里是望不到大海的。大海离此还远着呢。你只能看见绵延不断的山峦，除了山峦还是山峦，但是你知道大海在何方。

我们跨过西班牙国境线。这里有一条小溪和一座桥，桥的一侧是西班牙哨兵，头戴拿破仑式漆皮三角帽，背挎短柄马枪，另一侧是肥胖的法国哨兵，头戴有平顶和硬帽舌的军帽，蓄着小胡子。他们只打开了一个旅行包，把我们的护照拿进哨所仔细查验了一番。警戒线的两端各有一个杂货铺和一家小客栈。司机不得不走进哨所去填写了几张汽车通行证，我们便下了车，朝那条小溪边走去，想看看那里有没有鳟鱼。比尔试着跟其中一名身背短柄马枪的哨兵用西班牙语聊了几

---

① 巴斯克人（Basques），欧洲一古老民族，世代生活在西班牙北部和比利牛斯山脉以北法国西南部巴荣纳一带，为欧洲文化最独特的民族之一，至今仍保留着自己的语言和文化习俗。
② 回力球（pelota），起源于巴斯克地区的一种用柳条编织的球拍在四面有墙的球场上拍球的游戏，如今已成为西班牙乃至拉丁美洲一些国家流行的球类运动。

句,不过收效似乎并不大好。罗伯特·科恩用手指头指了指,问那条小溪里有没有鳟鱼,那哨兵说有,但是不多。

我问他有没有钓过鱼,他说没有,还说他对此不感兴趣。

就在这时,有个老头儿大步流星地走上了桥头,他的长发被太阳烤灼成了焦褐色,留着山羊胡子,衣服好像是用黄麻布袋缝制的。他手拿一根长棍,背上背着一只小山羊,小山羊被捆绑着四条腿,脑袋耷拉着。

背挎短柄马枪的西班牙方的那名哨兵立即挥动佩剑叫他回来。那老头儿一言不发转身就走,顺着白色的公路退回西班牙去了。

"这老头儿是怎么回事儿?"我问。

"他没有护照。"

我递给那哨兵一支香烟。他接了过去,说了声谢谢。

"那他怎么办?"我问。

哨兵朝尘土里啐了一口。

"哼,他会直接蹚水过河的。"

"你们这里走私挺严重吧?"

"嘿,"他说,"经常有人越境。"

司机出来了,边走边把那几份证件折叠好,放进了他风衣内侧的衣袋里。我们纷纷爬上车,车子随即发动起来,驶上了尘土飞扬的白色公路,开进了西班牙。起初,这一带乡间的景致与我们早先所看到的几乎没有什么两样;到后来就一直在爬坡了,公路始终在顺着山势盘旋而上,我们穿过了山顶上的一个隘口,这才进入了真正的西班牙。这里有绵延不断的褐色群山,山上生长着一些松树,远方的山坡上有成片的山毛榉林。公路穿过一座山峰上的隘口,然后陡然下降,这时,司机不得不连连揿着喇叭,并放慢了车速,从路的侧面绕了过去,以免撞上那两头正躺在马路中央睡大觉的毛驴。我们一路向下,驶出了这片高山峻岭，接着又穿过了一片栎树林，林中有一些白色的牲畜在啃噬着嫩草。山下有几块草叶茂盛的大草甸，还有几条清澈见底的溪流，不一会儿，我们就跨过了其中的一条小溪，穿过了一个幽暗的小村庄，但随即又开始爬山了。我们不停地爬坡，爬坡，穿过了又一个位于高山之巅的隘口，然后顺着山势拐了个弯，公路急剧下降折向了右方，这时，又有一条山脉的全貌豁然映入了我们的眼帘，全都呈现出一派赭褐色，犹如被烤焦了一般，山中的沟壑纵横交错，千姿百态，蔚为奇观。

行驶了一段时间之后，我们终于走出了群山，公路的两侧树木缤然成行，路边傍有一条小溪，还有成片的已经熟透了的庄稼，白得耀眼、平坦笔直的公路一直伸向前方，路面在远处微微升高，形成了一个小坡度，路的左边是一座山冈，山冈上矗立着一座古堡，古堡的周围团团环绕着一簇簇房屋，田野里的庄稼一直延伸到那边的墙脚下，麦浪在随风起伏。我是在前面同司机坐在一起的，这时回过身来看了看。罗伯特·科恩已在熟睡之中，比尔却朝我眨了眨眼睛，并点了点头。接着，我们穿行在一片宽阔的大草甸之中，大草甸的右方是一条浩瀚的大河①，隔着成排的树木也能看见它在阳光下波光粼粼，再往远处去，你可以看得见潘普洛纳高原从大草甸上冉冉升起，看得见潘普洛纳城的城墙、那座雄伟的灰褐色的大教堂，以及其他几座教堂的参差不齐的轮廓。那片高原的后面是崇山峻岭，极目远眺，只见处处都是大山，白晃晃的公路径直向前延伸，贯穿大草甸，直通潘普洛纳城。

我们从高原的另一侧进入了这座城市，公路的坡度陡然上升，路面上灰尘仆仆，路的两侧绿树成荫，但没一会儿，道路就变得平坦起来，

---

① 此处指阿尔加河（Arga）。阿尔加河为伊比利亚半岛最大的河流——埃布罗河（Ebro）的支流之一，全长约145公里，自北向东流经西班牙纳瓦拉自治区，最后注入阿拉贡河。纳瓦拉的首府城市潘普洛纳，即坐落于阿尔加河的右岸，是阿尔加河流域最大的城市。

穿过正处于建设中的位于老城墙外围的那片新城区。我们驶过那座斗牛场，那幢高大的白色混凝土建筑物在阳光下显得很坚实，随后，我们沿着一条小巷驶进了那个规模宏大的广场，在蒙托亚旅馆门前停了下来。

司机帮我们卸下旅行包。一大群孩子聚拢过来围观我们的汽车，广场上热烘烘的，绿树枝叶扶疏，有几面旗帜悬挂在旗杆上，好在广场四周都环绕着拱廊，避开日头的暴晒，躲进拱廊下的阴凉处还是挺舒服的。蒙托亚看见我们很高兴，与我们一一握手，并给我们安排了面向广场的好房间，安顿下来之后，我们洗漱干净，收拾整齐，就下楼去餐厅吃午饭。司机也在这里就餐，饭后，我们把车钱付给了他，他便启程返回巴荣纳了。

蒙托亚旅馆有两个餐厅。一个设在楼上的二楼，窗外便是广场。另一个在楼下，比广场的平面低一层，那里有一扇门通往后街，清晨时分，成群的公牛在浩浩荡荡地沿街奔向斗牛场时，必定要经过这条街。楼下的餐厅往往比较凉快，我们在这儿享用了一顿非常丰盛的午餐。在西班牙吃的第一顿饭总是会让人大吃一惊，有好几种冷盘开胃小吃、一道鸡蛋做的菜肴、两道肉食、各色蔬菜、色拉，最后还有甜点和水果。你得喝大量的酒，才能把这些食物全都吞下肚去。罗伯特·科恩想说他根本不要吃第二道肉食了，可是我们不愿帮他翻译，结果是，那名女服务生换下了那道菜，给他上了另一道别的东西，我印象中好像是一盘冷肉。科恩自从在巴荣纳跟我们会合以来，一直是一副魂不守舍的样子。他弄不清我们是否知道勃莱特曾经在圣塞瓦斯蒂安跟他同居过，这件事使他感到很尴尬。

"哎，"我说，"勃莱特和迈克今晚该到了。"

"我看他们不一定会来。"科恩说。

"怎么会不来呢？"比尔说，"他们当然会来的。"

"他们老是迟到。"我说。

117

"我认为他们不会来了。"罗伯特·科恩说。

他说这话时带有一种深知底细、仿佛比别人高明一等的口吻,顿时把我们俩都惹火了。

"我赌你五十比塞塔①,他们今晚准到。"比尔说。他一生气就要打赌,所以就常常赌得毫无道理。

"一言为定,"科恩说,"好。你记住,杰克。五十比塞塔。"

"我自己会记住的。"比尔说。我看他真的在生气,就想劝他消消气。

"他们会来的,这是铁定的事儿,"我说,"但是不一定在今天晚上到。"

"想反悔吗?"科恩问。

"不。我为什么要反悔?如果你愿意,来它一百比塞塔也行。"

"行啊。那就一言为定,赌一百比塞塔。"

"适可而止吧,"我说,"否则,你们打赌,我可要从中抽头了。"

"我没意见。"科恩说。他笑了。"反正打桥牌的时候,这笔钱你没准还能赢回去。"

"这笔钱你还没赢到手呢。"比尔说。

我们走出餐厅,在拱廊下缓步徐行地一路兜了过去,想去伊鲁涅咖啡馆喝杯咖啡。科恩说,他要到广场那边去刮刮胡子。

"喂,"比尔对我说,"这次打赌我有没有赢的希望啊?"

"你的运气烂透啦。他们不管在什么地方都从来没准时过。如果他们的钱没汇到,他们今晚肯定到不了。"

"我刚才一张嘴就后悔了。但是我不得不向他叫阵啊。依我看,他这个人不坏,可是,他究竟是从哪儿得知这内情的呢?迈克和勃莱

---

① 比塞塔(pesetas),西班牙旧时货币单位。

特早就跟我们说定了要来的。"

我看见科恩从广场对面走了过来。

"瞧,他来了。"

"嗯,让他别那么自恃高明,也别耍犹太人的脾气。"

"理发店还没开门,"科恩说,"要到四点才开始营业。"

我们在"伊鲁涅"喝起了咖啡,坐在舒适的柳条椅子里,在拱廊下的阴凉处观赏着广场上的风景。过了一会儿,比尔回去写信了,科恩则去了对面的理发店。理发店仍旧没有开门,于是,他决定回旅馆去洗个澡,我独自在咖啡馆门前又坐了一会儿,然后去城里闲逛了一通。天气非常炎热,不过我一直专拣街道背阴的一侧走,穿过自由市场,尽兴尽致地再次饱览着这座城市的风光。我去了一趟市政厅,见到了那位每年帮我预定斗牛票的老先生,他早已收到我从巴黎汇来的钱,并为我续订好了票子,所以一切都已安排妥当。他从事的是档案保管工作,这座城市的所有档案都放在他这间办公室里。这与本故事无关。不管怎么说,反正他这间办公室里有一道用绿色厚羊毛毡包着的门和一道坚实厚重的木门,我出来后,那里只剩下他一个人坐在四壁全是档案柜的故纸堆中,我关上了这两道门,当我走出大楼正要迈步上街的时候,看门人拦住了我,要帮我刷掉外衣上的尘土。

"你肯定是坐汽车来的。"他说。

我衣领后面和两肩的上半部全都灰蒙蒙地沾满了尘土。

"从巴荣纳来。"

"哎呀呀,"他说,"我就知道你是坐汽车来的,瞧你这满身的尘土。"于是,我给了他两个铜币。

在街道的尽头,我看见了那座大教堂,便快步朝它走去。想当初,我第一次看见这座大教堂时,总觉得它的外观很难看,然而我现在却喜欢上它了。我走进了大教堂。教堂里朦朦胧胧的,光线很幽暗,那几个顶天立地的柱子高高耸立着,里面有不少人在做祷告,空气中弥漫着浓浓的香火味,有几扇奇异的大玻璃窗户很是耐人寻味。我跪下来,开始祈祷,为我能想起来的每一个人祈祷,为勃莱特、迈克、比尔、罗伯特·科恩和我自己祈祷,为所有的斗牛士祈祷,对我所喜爱的斗牛士,我分别为他们一一做了祈祷,其余的干脆就放在一块儿祈祷了,随后,我为自己又祈祷了一遍,可是,在为我自己祈祷的时候,我忽然发觉自己竟昏昏欲睡起来,于是,我赶忙做起了祷告,祈求天主保佑这几场斗牛赛都很精彩、今年的狂欢节热热闹闹、我们能好好钓几次鱼。我暗暗寻思着还有没有别的什么愿望可以在此一并祈祷一下的,接着便想到我还需要些钱,于是,我就祈求天主保佑我能赚到一大笔钱,随即脑子里便开始遐想着用什么方法才能赚到钱,一想到赚钱的事儿,我不禁想起了那位伯爵,紧跟着就开始寻思他现在人在哪里,并为那天夜里在蒙马特一别就再也没见到他而感到遗憾,还想起了勃莱特曾对我说过的有关他的一些滑稽可笑的事儿,由于我一直跪在那儿,额头枕在我前排木凳的靠背上,一边在做着祈祷,一边却在想着自己的事儿,我就感到有点儿害臊起来,为自己居然是这样一个烂透了的天主教徒而深感惋惜,然而转念一想,我对此也束手无策呀,至少在眼下这会儿,或许永远也改变不了。但是,不管怎么说,天主教也是个伟大的宗教呀,我只盼自己能够有这么一份虔诚之心,也许下次来时我会有的;随后我就来到了外面的烈日下,站在大教堂前的台阶上,两根食指和右手的大拇指依然还湿漉漉的①,我感到它们渐渐被太阳晒干了。阳光热辣辣的,我沿着一些建筑物的边缘走到广场对面,再顺着小巷走回那家旅馆。

这天晚上,在吃晚饭的时候,我们忽然发现罗伯特·科恩已经洗

---

① 教徒在做完祈祷后离开教堂时,往往用手指在门边的圣水器里蘸一点儿圣水在胸前画十字。

了澡、修了面、理了发,还用洗发香波洗了头,并且在洗完之后又往头上抹了点什么东西,为的是让头发柔顺些而不至于翘起来。他显得很紧张,我也无意去宽慰他。从圣塞瓦斯蒂安来的火车应当在九点钟到达,因此,如果勃莱特和迈克真要来的话,他们就该乘这趟火车。九点差二十分时,我们的晚饭一半还没吃完,罗伯特·科恩就从桌边站了起来,说他要去火车站。我存心想戏弄他,就说我愿意陪他一起去。比尔说,要他在这时候离开满桌的美味佳肴,就等于在要他的命。我说我们马上就回来。

我们朝火车站走去。我一路上都在幸灾乐祸地欣赏着科恩那副神经紧张的样子。我也巴不得勃莱特乘坐的是这趟列车。赶到车站时才知道,这趟列车晚点了,我们便坐在搬运行李的车子上,在车站外面的黑地里等候着。在非战时的生活中,我还从没见过哪个人像罗伯特·科恩这么紧张——这么急切的。望着他那紧张兮兮的样儿,我心里高兴得直乐。看别人紧张而感到幸灾乐祸是很恶劣的,但是我当时的心情就是这么恶劣。科恩这人的身上就是有这么一种很奇妙的特质,他能让任何人内心深处最卑污的本性彰显出来。

等了一会儿之后,我们听到火车的汽笛声远远地从高原另一侧的山坡下传来,紧跟着就看见火车头的大前灯顺着那座山冈一路照耀过来。我们走进车站,与一大群人挤在一起,站在检票口处的栅栏后面张望着,火车缓缓驶进车站,停靠在月台上,人们开始鱼贯通过检票口处的栅栏出来了。

他们不在这群人里。我们一直等到人人都过了检票口,出了站,登上了公共汽车,或者乘上了出租马车,或者在亲戚朋友的陪同下穿过黑暗往城里走去。

"我早知道他们不会来的。"罗伯特说。我们正要动身返回旅馆。

"我本来以为他们说不定会来的。"我说。

121

我们走进旅馆时,比尔正在吃水果,一瓶葡萄酒已经差不多要喝光了。

"没来呀,呃?"

"是没来。"

"我明儿早上给你那一百比塞塔行吗,科恩?"比尔问,"我来这儿还没兑换过钱呢。"

"唉,这事儿就算啦,"罗伯特·科恩说,"我们来赌点儿别的吧。你愿不愿赌斗牛?"

"可以啊,"比尔说,"但是你大可不必赌这个。"

"这就好比是在拿战争来打赌,"我说,"你根本不需要有任何经济方面的顾虑。"

"我就想看看斗牛赛的结果。"罗伯特说。

蒙托亚朝我们的餐桌走来。他手里拿着一份电报。"是你的电报。"他把电报递给了我。

电文是:"夜宿圣塞瓦斯蒂安。"

"是他们拍来的电报。"我说。我把这份电报塞进了自己的口袋。若是在平时,我应当把它递给大伙儿看看的。

"他们已经在圣塞瓦斯蒂安过夜了,"我说,"拍电报来向你问好呢。"

我当时为什么如此情绪冲动地偏要戏弄他一番,我自己也不得而知。当然,我现在肯定是知道的。他的艳遇令我失去了理智,不依不饶地吃起醋来。尽管我把这事儿当作是理所当然的,但还是丝毫改变不了我的内心感触。我确实非常忌恨他。我觉得我从前其实并没有真心忌恨过他,直到他在吃午饭时表现得有那么点儿神气活现的张狂样儿——这还不算,他还专门去理发、洗头、抹油什么的大大折腾了一通。所以,我就把电报揣进了自己的口袋。电报反正是发给我的。

"就这样吧,"我说,"我们不妨乘中午的那班公共汽车出发去布尔戈特。如果他们明天晚上能到,可以随后赶来和我们会合。"

从圣塞瓦斯蒂安开来的火车每天只有两趟,一趟是早班车,另一趟就是我们刚刚去接的那班车。

"看来这倒是个好主意。"科恩说。

"我们越早赶到河边越好。"

"对我来说,什么时候动身都一样,"比尔说,"越快越好。"

我们在"伊鲁涅"坐了一会儿,喝了咖啡,然后出来散步,走了一小段路,到了斗牛场那边,再穿过一片田野,在悬崖边的树丛下俯瞰着笼罩在黑暗之中的那条河,回来后,我就早早上床了。我想,比尔和科恩大概是在咖啡馆里泡到很晚才回来的,因为他们回来时,我已经睡着了。

第二天早晨,我去买了三张开往布尔戈特的公共汽车票。这班车按计划在两点钟发车。没有比这再早的车了。我刚静下心来坐在"伊鲁涅"咖啡馆那边看报,却见罗伯特·科恩从广场对面走了过来。他径直走到我的桌边,在一张柳条椅子上坐下来。

"这家咖啡馆挺舒适的,"他说,"你昨晚睡得好吗,杰克?"

"我睡得可香了,睡得像根木头一样。"

"我没睡好。我和比尔在外面待得太晚了也是个原因。"

"你们去哪儿啦?"

"就在这里。这里关门打烊之后,我们就到那边的另外一家咖啡馆去了。那家咖啡馆的老掌柜会讲德语和英语。"

"那是苏伊佐咖啡馆。"

"就是那家。那老头儿人挺和善的。我觉得那家咖啡馆比这家好。"

"那里白天不怎么好,"我说,"太热。顺便告诉你一声,我已经买好车票了。"

123

"我今天不打算走了。你和比尔先走一步吧。"

"我已经帮你买好票了。"

"把票给我吧。我去把钱退回来。"

"票价是五比塞塔。"

罗伯特·科恩掏出一个五比塞塔的银币,把它递给了我。

"我应当留下来,"他说,"你知道,我就怕会出什么差错。"

"何必呢,"我说,"他们一旦在圣塞瓦斯蒂安寻欢作乐起来,没准三四天都不会到这儿来的。"

"正是因为这一点,"罗伯特说,"我怕他们会指望我在圣塞瓦斯蒂安跟他们会面,这就是他们为什么待在那里没走的原因。"

"你怎么会有这种想法呢?"

"嗯,我曾写信向勃莱特提过这个建议。"

"那你他妈的怎么不留在那里接他们呢?"我正想这么说,但是话到嘴边又打住了。我以为这主意是他自然而然地想起来的,然而我看根本就不是那么回事儿。

他此时正在对我推心置腹地吐露心迹呢,能够有个体己的人听他倾诉衷肠,对他来说也不失为一桩快慰的事情,因为他知道我了解他和勃莱特之间的那点儿风流韵事。

"好吧,我和比尔吃好午饭就立即出发。"我说。

"我真希望能和你们一起去。这次钓鱼我们已经盼了整整一个冬天啦。"他忽然为这事儿变得多愁善感起来。"可是,我应当留下来。我真的应该留下来。等他们一到,我会马上带他们去的。"

"我们找比尔去吧。"

"我想去趟理发店。"

"那就吃午饭时再见吧。"

我在比尔自己的房间里找到了他。他正在刮脸。

"啊,是的,他昨天晚上把一切都告诉我了,"比尔说,"他这人一讲起知心话来还真有点儿滔滔不绝呢。他说他曾和勃莱特约好要在圣塞瓦斯蒂安幽会的。"

"这个爱撒谎的杂种!"

"哎,别这样,"比尔说,"别生气。别在出发前的这个关键时刻闹出一肚子气来嘛。不过,你到底是怎么无巧不巧地认识这个家伙的?"

"别故意触人痛处好不好。"

比尔回过头来朝我看了看,他胡子刚刮了一半,随即又转过身去,一边往脸上涂抹着肥皂沫,一边对着镜子继续讲下去。

"去年冬天,不是你叫他带着一封信来纽约找我的吗?感谢上帝啊,我这人经常外出旅行,没碰着。你难道就没有别的犹太朋友可以带出来一起旅行了吗?"他用大拇指抹了抹下巴,对着镜子照了照,然后又接着刮起来。

"你自己不是也有几个风度翩翩的朋友嘛。"

"哦,是的。我是有几个挺出众的朋友。可是不能跟这位罗伯特·科恩同日而语啊。有趣的是,他也算蛮可爱的。我喜欢他。不过,他黏糊起来还真叫人受不了。"

"他有时候也会变得非常可爱呢。"

"我知道。这才是最为可怕的一点啊。"

我哈哈大笑起来。

"是啊。你就接着笑吧,"比尔说,"昨天晚上你又没陪他在外面待到深夜两点钟。"

"他情绪很不好吧?"

"简直糟糕透了。他和勃莱特之间究竟怎么会发生这一切的呢?她当真跟他有过什么关系吗?"

他抬起下巴,用手拉着在镜子前左右扭动了一下。

"当然有啦。她跟他一起去过圣塞瓦斯蒂安。"

"这事儿干得真他妈的蠢啊。她怎么会干出这种事情来呢?"

"她想摆脱喧嚣的城市生活到外面去待一阵子,可是她孤身一人哪儿也去不了。她说她以为这样会对他有好处呢。"

"这等傻得要命的事情,人怎么就能干得出来呢。她为什么不跟她自家人一起去呢?或者跟你?"——这句话被他含混不清地一带而过了——"或者我?为什么不跟我一起去呢?"他在镜子里仔细端详着自己那张脸,将一大团肥皂沫涂在两边的颧骨上。"这可是一张诚实的面孔啊。这可是一张能让任何女人感到安全可靠的面孔啊。"

"她从来就没看见过你这副模样。"

"那就应该让她见识见识才对呀。应当让所有的女人都来见识见识这张脸。这张脸应当在全国各地的每一个银屏上放映出来。每一个女人在结好婚、离开圣坛的时候,都应当发给她一张印着这张脸的照片。做了母亲的人应当把这张脸好好儿地介绍给她们的女儿。我的儿啊,"他用剃须刀指着我说,"带着这张脸到西部去,和祖国一起成长吧[①]。"

他低下头埋在脸盆上,用冷水把脸冲洗干净,又抹了些酒精,然后对着镜子仔细端详着自己,并用手拉扯着他那片很长的上嘴唇。

"我的上帝!"他说,"这不是一张很难看的面孔吗?"

他对着镜子左顾右盼着。

[①] 美国《纽约论坛报》著名编辑、美国自由民主党的创始人霍拉斯·格里莱(Horace Greeley,1811—1872),曾于 1865 年 7 月 13 日在该报发表社论说:"华盛顿并非久留之地。房租昂贵,饭菜极差,尘土飞扬,道德沦丧。到西部去吧,年轻人,到西部去,和祖国一起成长。"此后,"到西部去,和祖国一起成长"便成为 19 世纪被人们广为引用的一句口号,在美国西部大开发的历史行程中产生了很大的影响。比尔在这里故意歪曲这句名言,以他母亲的口吻来说,借以调侃杰克。

"至于这位罗伯特·科恩嘛,"比尔说,"他真让我感到恶心,他可以见鬼去了,我感到特别高兴的是,他留在这儿不走了,这样我们就不用带着他跟我们一块儿去钓鱼啦。"

"你说得真对。"

"我们要去钓鳟鱼。我们要在伊拉蒂河① 里钓鳟鱼,我们现在该去吃午饭啦,要把这本地的美酒喝个够,然后登上公共汽车开始这美妙的旅行。"

"走吧,我们去那边的'伊鲁涅',从那儿开始。"我说。

---

① 伊拉蒂河(Irati River),位于比利牛斯山脉南麓,在布尔戈特附近。

第十一章

吃完午饭之后，当我们背着旅行包和钓竿袋出来，准备动身去布尔戈特时，广场上已是热得烤人了。公共汽车的顶层已经坐了不少人，还有不少人在顺着梯子往上攀爬。比尔爬上了顶层，罗伯特坐在比尔身边给我占座位，我返身回到旅馆，想弄两瓶葡萄酒随身带着。等我出来时，那辆公共汽车上已经挤满了人。汽车顶层的所有旅行包和行李箱上全都坐着男男女女的旅客，妇女们全都顶着烈日用扇子扇个不停。这天气实在太热了。罗伯特爬下车去，我赶忙挤进他替我占好的位置，那是个长条木凳，横贯汽车的顶层。

罗伯特·科恩站在拱廊下的阴凉处等着我们启程。有个巴斯克人，膝头上放着一只很大的皮酒袋，就地横躺在汽车顶层我们的座位前面，仰面朝天地斜靠在我们的腿上。他热情地把那只皮酒袋递给了比尔和我，当我刚把皮酒袋倒提过来想凑上去喝时，他忽然模仿汽车电喇叭的声音"嘟嘟"地叫了一下，模仿得那么惟妙惟肖，而且来得那么突然，吓得我一哆嗦，把酒泼掉了一些，也引得众人哈哈大笑起来。他说了声对不起,并让我再喝一次。片刻之后,他又"嘟嘟"地叫了一声,我又第二次上当。他模仿得非常像。那些巴斯克人也喜欢听他这样模仿。坐在比尔身旁的那个汉子在用西班牙语跟比尔聊天,但是比尔听不懂他在说什么,于是,他便拿了一瓶酒递过去给那汉子。那汉子摆摆手表示拒绝。他说天太热,而且在吃午饭时也喝得有点儿过量了。当比尔再一次把那瓶酒递过去时,他便接了过去,长长地灌了一大口,随后,那瓶酒便在公共汽车那一侧的几个汉子手里传递开来。每个人都非常斯文地喝了一口,过了一会儿,他们才叫我们把酒瓶塞盖好、收起来。他们都希望我们也能尝尝他们皮酒袋里的酒。他们是进山去的农民。

终于,在模仿的电喇叭声反复叫了好几遍之后,这辆公共汽车启动了,罗伯特·科恩挥手向我们告别,车上所有的巴斯克人也都挥手向他告别。汽车一开上城外的公路,我们马上就感到凉快下来。坐在高高的汽车顶层,行驶在挨得很近的树冠底下,这情景着实令人感到惬意。公共汽车开得很快,一阵阵凉风扑面而来,当我们伴随着扑打在树梢上的尘土沿着公路向前疾驶、奔向山下时,我们也在饱览着沿途的风光,回头望去,透过浓密的树丛,只见那座风光旖旎的小城巍然耸立在那条河岸边的峭壁上。躺在我膝盖边的那个巴斯克人一边用他那只皮酒袋的瓶颈指着远处的景色,一边朝我们眨巴着眼睛。他点了点头。

"非常漂亮吧,嗯?"

"这些巴斯克人为人都好得很呢。"比尔说。

躺在我腿边的那个巴斯克人被太阳晒得黝黑,肤色犹如皮马鞍。他穿着一件黑色罩衫,同其他那些巴斯克人的装束一模一样。他那被晒得黝黑的脖颈上布满一道道深深的皱纹。他翻了个身,主动把他那只皮酒袋朝比尔递了过来。比尔递给了他一瓶我们带来的酒。那巴斯克人朝他摆了摆食指,用手掌"啪"的一声拍上瓶塞,递回了那瓶酒。他举起那只皮酒袋使劲儿往上推着。

"举起来!举起来!①"他说。"把它举起来呀。"

比尔举起那只皮酒袋,脑袋朝后一仰,让一泓清酒如泉水般喷射进他的嘴里。等他中止酣饮、竖起那皮酒袋时,还有几滴酒在顺着他的下巴颏儿往下淌。

"不对!不对!"好几个巴斯克人异口同声地说,"不是那么喝的。"酒袋的主人正要亲自给比尔做示范,不料,旁边有个人一把将那酒袋从他手里夺了过去。那是个年轻小伙子,他两手捧着酒袋,双臂伸直,将酒袋高高举起,一只手同时在挤压着那只皮酒袋,于是,那道喷涌而出的酒泉便"哒哒"地射进了他的嘴里。他双手捧着那皮酒袋高擎在半空中,袋中酒形成了一道低平的、力道很足的射流径直喷进了他的嘴里,他不停地大口大口地往肚里吞咽着,喝得不紧不慢、酣畅淋漓。

"嗨!"酒袋的主人立刻大叫起来,"你喝的是谁的酒啊?"

那位嘴对着酒袋正顾自牛饮的人翘起一根小手指头朝他晃了晃,眼角带着笑意朝我们看了看。接着,他猛然刹住那道酒流,倏地一下竖起了皮酒袋,然后把它放下来,递给了酒袋的主人。小伙子朝我们挤了挤眼睛。酒袋的主人则一脸沮丧地晃了晃他的皮酒袋。

我们在途中经过了一座小镇,在镇上那家旅店②的门前停了下来,司机在那儿接下了几件包裹。随后,我们又继续向前进发,驶出这座小镇后,公路就开始越来越陡了。我们穿行在广袤的农田之间,周围是布满巉岩的山冈,山坡向下方伸展开去,湮没在庄稼地里。一

---

① 此处原文为西班牙语"Arriba! Arriba!",意为"举起来!举起来!"
② 此处原文为西班牙语"posada",意为"旅店;客栈"。

块块生长着庄稼的梯田顺着山腰层层向上。随着我们越走越高,不时有一阵阵风儿吹来,田里的庄稼也在随风摆动着。公路白茫茫的,满地覆盖着尘土,尘土在车轮的碾压下飞扬起来,悬浮在我们身后的半空中。公路顺着山势盘旋而上,直通山里,将一块块丰收在望的庄稼地抛在了山下。这时,只有零零星星的几块庄稼地散落在光秃秃的山腰上和几条河道的两侧。我们的车子突然急遽偏向了公路边,为的是让出道来供一长串由六头骡子组成的队伍通行,那些骡子一头紧跟着一头,拉着一辆顶篷很高、满载着货物的大车。大车和骡子身上全都落满了尘土。紧随其后的又是一长串骡子和一辆大车。这辆大车上装载的是木材,我们从旁驶过时,那赶骡的车把式①身子朝后一仰,猛劲扳上了粗重的木闸,把车刹住了。在这一带地势很高的山区里,土地是相当贫瘠的,一座座山冈上乱石嶙峋,被太阳烤灼得硬邦邦的泥土又被雨水冲刷得沟壑纵横。

我们沿着一条弯道来到一座小镇前,左右两侧豁然开朗,赫然映入眼帘的竟是一片郁郁葱葱的山谷。一条小溪蜿蜒流经小镇的中心,一片片葡萄园爬满家家户户的屋前屋后。

公共汽车在一家旅店门前停下来,不少乘客都下了车,很多行李从盖着大油布的车顶篷下被解开并被卸了下来。比尔和我也下了车,走进了这家旅店。旅店里有一间低矮、幽暗的房间,里面堆放着马鞍、辔头、用白杨木制作的干草叉之类的东西,从屋顶上垂挂下来的是一串串绳底帆布鞋、火腿、腊肉条、白色的大蒜头和长长的红肠。这里很凉快,光线朦胧,我们站在一张很长的木头柜台前,有两名妇女在柜台后面给客人卖酒。她们身后是塞满各色杂货和日用品的货架。

---

① 此处原文为西班牙语"arriero",意为"赶骡人;赶骡的车把式"。

我们每人喝了一杯烧酒①，两杯酒共计该付四十生丁②。我给了那老板娘五十生丁，多余的算作小费，但她以为我听错了价钱，又退还了我那枚铜币。

有两位和我们同行的巴斯克人走了进来，一再坚持要请我们喝杯酒。于是，他们出钱给每人买了一杯酒，我们随后买了一次，喝完之后，他们拍拍我们的脊背，又买了一次。我们接着又买了一次，再到后来，我们就一起走了出来，顶着烈日和热浪，重新爬回到公共汽车的车顶上。这时候车上有的是空座了，人人都能坐到座位，方才躺在白铁皮车顶上的那个巴斯克人这时就坐在我们俩之间。一直在店里卖酒那个老板娘用围裙擦着手走了过来，朝这辆公共汽车里的一个人说着什么。接着，司机走了出来，边走边晃悠着两个瘪瘪的皮制的邮袋，他也爬上了车，我们随即就出发了，车下的人都在朝我们挥手告别。

公路转眼间就离开了这片绿茵茵的山谷，我们又行驶在丛山之中。比尔和那个搂着皮酒袋的巴斯克人在聊天。有个人从那头的座位上探过身来，用英语问："你们是美国人吗？"

"当然是啊。"

"我去过那儿，"他说，"四十年前。"

他是个老头儿，皮肤黑得跟其他人一样，满脸花白的胡子茬儿。

"那里怎么样？"

"你说什么？"

"美国怎么样？"

"哦，我去的是加利福尼亚。那地方好哇。"

---

① 此处原文为西班牙语"aguardiente"，意为"烧酒；白酒"。该词在西班牙语里的意思是"会燃烧的水"。
② "生丁"为西班牙旧币单位，1比塞塔等于100生丁。

"那你为什么要离开呢?"

"你说什么?"

"你为什么要回到这里来呢?"

"哦!我回来结婚的。我原打算再回美国的,可是我老婆,她不喜欢东跑西颠。你是什么地方人?"

"堪萨斯城人。"

"那里我去过,"他说,"我到过芝加哥、圣路易、堪萨斯城、丹佛、洛杉矶、盐湖城。"

他仔仔细细地历数着这些地名。

"你在那边待了多长时间?"

"十五年。然后我就回来结婚了。"

"来口酒么?"

"好啊,"他说,"你在美国搞不到这种酒吧,呃?"

"多得很呢,只要你肯花这个钱。"

"你们怎么到这儿来啦?"

"我们打算去潘普洛纳看狂欢节呢。"

"你喜欢看斗牛?"

"当然喜欢啦。难道你不喜欢?"

"喜欢,"他说,"我看我还是喜欢的。"

片刻之后,他又说:

"你们现在是要去哪儿?"

"到布尔戈特钓鱼去。"

"嗯,"他说,"但愿你们能钓到大鱼。"

他和我握了握手,然后转过身去,回到座位上重新坐好。这番交谈引来了其他那些巴斯克人的注意。他舒舒服服地端坐在那儿,每当我扭头去观赏山野的风光时,他都会对我微笑。不过,费劲儿地说了这一通美国英语之后，他似乎累着了。此后他再也没说什么。

公共汽车始终在沿着公路不停地爬坡。这一带山区显得很荒芜，巉岩顽石拱出泥土，兀自峭立着。公路两边寸草不生。回头望去，我们可以看到山下辽阔的原野。在茫茫原野的那一边，一块块翠绿色和棕黄色相间的农作物生长在山坡上。构成天边地平线的是褐色的群山。山形的构造十分奇特。随着我们越攀越高，天际边的群山在我们的视野里也在不断变幻着。当公共汽车沿着公路吃力地缓缓向上爬行时，我们看到另一条连绵不断的山脉横亘在南面。公路终于越过山顶，坡度渐渐趋于平坦，通向了一片树林。这是一片栓皮栎树林，阳光透过枝叶洒下斑斑驳驳的树影，树林的深处有畜群在啃食嫩草。我们穿过这片树林，公路伸展开去，绕过一道拔地而起的山梁，前方是一片绵延起伏的绿色平原，平原的那一边又是黑魆魆的群山。这一带山岭完全不同于那些已被我们甩在了身后的被酷热烤焦了的赭褐色山冈。这里的山岭上覆盖着郁郁葱葱的树木，山巅有层层云雾缭绕其间。这片绿色的平原辽阔平整。平原上围着一道道栅栏，一条白花花的公路掩映在两行树干粗大的林木之间，公路纵贯整个平原，通向北面。当汽车驶近那拔地而起的山梁边缘时，我们一眼就看见了前方的布尔戈特，那些红顶白墙的房屋一簇簇地矗立在平原上，远远望去，在第一座黑魆魆的山峰的山肩上，龙塞斯瓦列斯[①]修道院的灰色铁皮屋顶跃然在目。

[①] 龙塞斯瓦列斯（Roncesvalles），西班牙北部纳瓦拉地区一小山村，位于比利牛斯山脉南麓一地势险要的山隘边，在潘普洛纳东北，距法国边境8公里。公元778年，法王查理曼率军攻打西班牙，在回法途中，其后卫部队在龙塞斯瓦列斯附近遭到巴斯克部落人的袭击，传说中的英雄罗兰在此役中战死，据说当地的教堂里至今尚有罗兰的遗物。龙塞斯瓦列斯修道院建于公元11世纪，自中世纪以来一直是天主教徒的朝圣之地，每年都会有成千上万的圣徒在此歇息，享用圣餐，然后再由此继续前往圣地亚哥朝圣。

"龙塞沃①到啦。"我说。

"在哪儿?"

"从那边数过去,第一座山上就是。"

"这一带的天气真冷啊。"比尔说。

"地势高的缘故,"我说,"海拔该有一千两百米吧。"

"简直冷得受不了啊。"比尔说。

公共汽车平稳地开下山坡,行驶在直奔布尔戈特的笔直的公路上。我们经过了一个十字路口,跨过了一座架设在一条小溪上的桥梁。布尔戈特的房屋在公路沿线的两侧整齐地排列开来。这里没有什么偏僻的小巷。我们驶过了那座教堂,驶过了学校的校园,随后,公共汽车便停了下来。我们下了车,司机卸下了我们的旅行包和钓竿袋。一名身背短筒马枪、头戴三角帽、十字交叉地披挂着黄色皮带的缉私警察迎上前来。

"那里面装的是什么?"他指了指钓竿袋。

我打开钓竿袋给他看了看。他要查验我们的钓鱼许可证,我就把那些证件全掏了出来。他查看了一下日期,然后就挥手让我们通过了。

"没什么问题吧?"我问。

"是啊。当然没问题。"

我们顺着大街朝那家小客栈走去,一路上经过了一些粉刷得雪白的石砌房屋,老老少少都坐在自家门口注视着我们。

经营这家小客栈的胖女人从厨房里走了出来,跟我们一一握了手。她摘下眼镜,用手擦擦,再把它戴上。客栈里很冷,外面开始刮大风了。老板娘指派了一名年轻姑娘陪我们上楼去看房间。房间里有

---

① 龙塞沃(Roncevaux),这是龙塞斯瓦列斯在法语中的名字。

两张床、一个脸盆架、一个大衣柜，还有一幅镶在一个大画框里的龙塞斯瓦列斯圣母的钢板画。风在吹打着百叶窗。这个房间恰好在小客栈的北侧。我们洗漱完毕，穿上毛衣，下楼走进了餐厅。餐厅的地面是石板铺就的，天花板很低，四壁镶着栎木做的板壁。百叶窗全都关着，可还是冷得能让你看见自己嘴里呼出的热气。

"我的上帝啊！"比尔说，"明天不会还这么冷吧。我可不想在这种天气里下河蹚水。"

有一架竖式钢琴摆放在屋子尽头的角落里，远远的隔着几张木制餐桌，比尔走过去弹奏起来。

"我得暖和暖和身子。"他说。

我走出餐厅去找那女老板，想问问她房租费和膳食费加在一起每天要收多少钱。她两手抄在围裙下面，把脸扭过去望着别处。

"十二比塞塔。"

"哇噻，我们在潘普洛纳也才付了这么多钱。"

她什么话也不说，只是摘下眼镜，在围裙上擦着。

"这个价钱太贵啦，"我说，"我们住大宾馆的价钱也不过这么多。"

"我们把浴室也算在内了。"

"你还有没有便宜点儿的房间？"

"夏天没有。现在正是旺季。"

这家小客栈里只有我们这两个住客。算了吧，我想，反正也只有几天。

"酒也包括在内吗？"

"啊，是的。"

"好，"我说，"就这样吧。"

我回去见了比尔。他对着我哈气，以此来表明这屋子里有多冷，然后又接着弹琴。我拣了一张餐桌坐下来,观看着墙上的几幅油画。有一幅上画的是兔子,全都是死兔子,有一幅上画的是一些雉鸡,也是死的,还有一幅画的是一些死鸭子。这些画全都色泽暗淡,像是被烟给熏黑的。屋里有一个满满的酒柜,里面摆放着一瓶瓶利口酒。我把这些酒仔仔细细地看了一遍。比尔还在弹琴。"来杯热潘趣酒①怎么样?"他说,"总不能让我永远靠弹琴来取暖吧。"

我走出屋去,对女老板讲了一通什么叫潘趣酒,以及该怎样调制。几分钟之后,一个姑娘就端着一只热气腾腾的石樽进屋来了。比尔立刻从钢琴边奔了过来,我们一边喝着热乎乎的潘趣酒,一边听着外面的风声。

"这里头没放多少朗姆酒嘛。"

我径直走到酒柜前,取出一瓶朗姆酒,往那石樽里倒了约半杯。

"好一个直截了当的行动,"比尔说,"这做法比磨嘴皮子强多啦。"

那姑娘进屋摆桌子准备晚饭了。

"这地方风刮得真凶啊。"比尔说。

那姑娘端来一大碗热腾腾的用蔬菜做的汤,还有葡萄酒。我们后来吃的是煎鳟鱼,好像还吃了一道炖肉什么的,最后是满满一大碗野草莓。我们在酒钱上没有吃亏,那姑娘人很腼腆,但是给我们拿酒却很殷勤。老太太来看过一次,数了数空酒瓶。

吃好晚饭后,我们直接上了楼,躺在床上抽烟、看书,这样可以暖和些。半夜里我醒来过一回,听见外面风刮得正紧。躺在热乎乎的被窝儿里感觉还是挺不错的。

---

① 潘趣酒(punch),一种用果汁、香料、茶、朗姆酒等掺和而成的甜饮料。

第十二章

早晨,我一觉醒来就走到窗前向外眺望着。天色已经放晴,山峦上空已不再云遮雾障。屋外的窗台下停着几辆二轮轻便马车,还有一辆旧时法国人用的老式驿车,因受经年风雨的剥蚀,驿车顶棚的木板已经破破烂烂,裂口大开。这辆破旧不堪的驿车准是在公共汽车时代尚未出现之前就被人遗弃在这儿了。一只山羊纵身跳上了一辆二轮马车,接着又跳到那辆旧驿车的顶棚上。它探头探脑地望着下面的那些山羊,我朝它一挥手,它就蹦了下来。

比尔仍在熟睡中,所以我就没有叫醒他,兀自穿好衣服,在外面的过道里穿上鞋子,然后走下楼来。楼下的人还没有一个起床的,于是,我拨开门闩,走了出去。因为还在清晨时分,外面依然很凉,风儿渐渐停息之后才落下来的朝露还没有被太阳晒干。我在小客栈后面的那间窝棚里搜寻了一圈,找到了一把像是鹤嘴锄的工具,然后朝那条小溪走去,想在那儿挖些蚯蚓做鱼饵。小溪清澈见底,水也很浅,就是不像有鳟鱼的样子。溪岸边水草茂盛,土也很潮湿,我举起鹤嘴锄朝泥土里刨去，撬松了一大块草皮。下面有蚯蚓。我刚把那块草皮搬起来，那些蚯蚓就溜得不见了踪影，我再小心翼翼地挖，最后捉到了好多条蚯蚓。我在湿地的边缘挖了一会儿，直到把两只空烟草罐都装满了蚯蚓，然后再在蚯蚓上撒了些细土。那几只山羊一直在看着我挖。

等我回到客栈时，那女老板已经在楼下的厨房里了，我请她给我们煮些咖啡，并告诉她我们想在这儿吃午饭。比尔已经醒了，正坐在床沿上。

"我在窗口看见你了，"他说，"没敢打扰你。你在那儿干什么？把钱埋起来吗？"

"你这懒汉！"

"在为我们共同的利益而出力？太好了。我希望你天天早晨都这样干。"

"得啦，"我说，"起床吧。"

"什么？起床？我就不起床。"

他又钻进了被窝儿，并把被子一直拉到他下巴边。

"试试你嘴皮子的功夫，看你有没有本事说服我起床。"

我继续寻找渔具，一件一件地把它们装进渔具袋里。

"你不感兴趣？"比尔问。

"我要下楼去吃早饭了。"

"吃早饭？你怎么不早说有吃的呢？我还以为你叫我起床纯粹是为了寻开心呢。吃早饭？好哇。你现在总算懂点儿道理了。你出去再挖些蚯蚓，我这就下楼。"

"呵，真是活见鬼！"

"为了大家的利益奉献你的力气去吧，"比尔套上了他的内衣内裤，"亮出你爱挖苦人的本事和同情心来嘛。"

我带着渔具袋、渔网、钓竿袋拔脚走出了房间。

"嗨！你回来！"

我把脑袋探进门里。

"你不想拿出点儿挖苦人的本事和同情心来吗？"

我用拇指顶着鼻尖儿，张开其余四指，冲他做了个轻蔑的手势。

"这哪算挖苦呀。"

下楼时，我听见比尔在唱："挖苦和同情。当你感到……噢，挖苦他们吧，同情他们吧。噢，挖苦他们吧。当他们感到……那就稍稍挖苦一下。那就稍稍同情一下……"他从楼上一直唱到楼下。用的是《婚礼的钟声已为我和我的新娘敲响》那首歌的曲调。我这时正在看一份一周前的西班牙报纸。

"你这套挖苦和同情是什么意思？"

"什么意思？难道你连《挖苦和同情》这首歌都不知道？"

"不知道。这是谁搞出来的？"

"人人都在唱呢。这首歌人家在纽约都唱疯啦。就像人们过去着迷于弗雷特利尼兄弟杂技团[1]一样呢。"

那姑娘端来了咖啡和涂了黄油的吐司。或者，更确切地说，就是把普通面包烤过之后涂上了点儿黄油。

"问问她，她这儿有没有果酱，"比尔说，"要挖苦她。"

"你有没有什么果酱啊？"

"这哪算挖苦啊。要是我会说西班牙语就好了。"

咖啡味道不错，不过我们是用大碗喝的。那姑娘送来了一玻璃碟莓子酱。

"谢谢你。"

---

[1] 弗雷特利尼兄弟杂技团（Fratellinis），法国著名家族式杂技团。在20世纪初的20年间，尤其在第一次世界大战之后，该杂技团因弗雷特利尼三兄弟均才华横溢、技艺高超并同台演出而风靡巴黎。这三兄弟也备受巴黎知识阶层的喜爱，更是众多媒体和杂技迷们追捧的对象。

"嘿！话不是这么说的，"比尔说，"说点儿挖苦的话嘛。说点儿挖苦普里默·德·里维拉①的俏皮话嘛。"

"我可以问问她，他们觉得他们在里弗山脉②陷入的是个什么样的果酱③。"

"不够味儿，"比尔说，"太不够味儿啦。你不会挖苦人。一句话，你不懂什么叫挖苦。你没有同情心。说点儿有同情心的话吧。"

"罗伯特·科恩。"

"还算不怎么蹩脚。比刚才好多了。说说看，科恩为什么就值得同情呢？要说得令人啼笑皆非才行。"

他咕嘟咕嘟地喝了一大口咖啡。

"啊呀，真见鬼！"我说，"这么一大早就开始耍贫嘴，不太好吧。"

"瞧，你又来这一套了。你还口口声声说自己也想当作家呢。你充其量只不过是一名新闻记者而已。还是一名流亡海外的新闻记者。你应当一起床就开始大说反话才对。你应当眼睛一睁开就满嘴尽是同情之辞才对。"

"你就接着说吧，"我说，"你这套乱七八糟的论调是跟什么人学来的？"

"跟所有人学来的。难道你不读书不看报？难道你从来不跟人打交道？你知道你自己是哪号人吗？你是一名流亡者。你怎么不住在纽约呢？要是你住在纽约的话，这些事情你自然也就明白了。你想让我干什么？每年千里迢迢地赶到这儿来向你汇报情况？"

"再来点儿咖啡吧。"我说。

---

① 普里默·德·里维拉（Primo de Rivera，1870—1930），西班牙贵族、独裁者、军事将领，1923年发动军事政变，担任西班牙首相至1930年，实行独裁统治达七年。
② 里弗山脉（Riff），位于摩洛哥北部，濒临地中海。生活在该地区的柏柏尔人长期抵抗西班牙和法国殖民军，1926年才被征服。
③ 此处原文为"jam"，该词在英语里既有"果酱"之意，又有"困境"之意。

"好啊。咖啡对人有好处。这是因为这里面有咖啡因。因为有咖啡因,我们才到这儿来的。咖啡因能把一个男人送上女人的战马,也能把一个女人送进男人的坟墓。你知道你的症结在哪儿吗?你是一个流亡者。是最最倒霉的那号人里的一个。有句话难道你就没听说过?凡是离开了自己祖国的人,没有一个能写得出什么值得出版的作品来的。甚至连值得在报纸上刊登的新闻报道也写不出来。"

他喝了口咖啡。

"你是一名流亡者。你已经跟滋养你的那块土地失去了联系。你变得越来越矫揉造作了。冒牌的欧洲道德标准已经把你给毁啦。你嗜酒如命。你怎么也摆脱不了性爱问题的困扰。你成天不务正业,把大好时光都消磨在夸夸其谈上了。你是一名流亡者,明白吗?你就热衷于泡咖啡馆。"

"听你这么一说,这种生活好像还挺时髦呢,"我说,"那我在什么时候干正事儿呢?"

"你不干正事儿的。有一帮人口口声声说,是好几个娘儿们在供养着你。另外一帮人却一口咬定,你是个性无能的男人。"

"不对,"我说,"我只是遭到过一次意外事故而已。"

"千万别再提这档子事儿了,"比尔说,"这种事情是不好四处张扬的。你应当想出个法子来,把这事儿搞成一个神乎其神的谜。就像亨利遭遇的那次自行车事故一样[1]。"

---

[1] 此处的"亨利"指的是美国大作家亨利·詹姆斯。据说,亨利·詹姆斯曾在美国南北战争中当过消防队员,在一次救火行动中"负了非常可怕、却又难以启齿的伤",从此丧失了性功能,成了"一个不中用的男人"。亨利·詹姆斯的这个遭遇后来竟成为美国众多作家笔下的一个热门话题。本书作者当初在创作这部小说时,直接用的是亨利·詹姆斯的真名,但交稿后,斯克里布纳出版公司的资深编辑麦克斯威尔·珀金斯不同意他使用这位大作家的真名,经反复交涉后,两人达成了妥协。因此本书中只保留了"亨利"这个名字。美国作家菲茨杰拉德曾致信海明威:"你为何要如此津津乐道于詹姆斯的性无能及其影响呢?"(详见海明威书信集。)

"不是自行车，"我说，"他当时骑的是马。"

"我听说他当时骑的是一辆三轮摩托车嘛。"

"得了吧，"我说，"飞机也是一种类似于三轮摩托车的玩意儿呢。飞机上的操纵杆和三轮摩托车的一样，用的是同一个原理。"

"但是那玩意儿不需要人用脚去踩。"

"是的，"我说，"我估计不需要用脚踩。"

"我们还是撇开这个话题吧。"比尔说。

"行啊。我只不过想解释一下三轮摩托车的工作原理嘛。"

"我认为他也算得上一位好作家，"比尔说，"而你呢，你这家伙就是个大好人。到目前为止，有没有谁当面夸过你，说你是个好人？"

"我不是好人。"

"听着。你这家伙真是个大好人呢，我喜欢你，胜过喜欢这世上的任何一个人。若是在纽约，我就不能对你讲这句话了。这句话一说，那就意味着我也是个脂粉气很浓的同性恋者。整个美国南北战争所涉及的就是这个问题。亚伯拉罕·林肯是个脂粉气很浓的同性恋者。他爱上了格兰特将军[①]。杰斐逊·戴维斯[②]也是这种情况。林肯解放黑奴无非是为了一次打赌。德莱德·司各特一案[③]是美国

[①] 格兰特（Ulysses S.Grant，1822—1885），美国将军，美国第十八任总统（1869—1877），在美国南北战争期间担任北部联邦军总司令，他通过采取消耗策略，于1865年打败了南部联军。
[②] 杰斐逊·戴维斯（Jefferson Finis Davis，1808—1889），美国政治家、军事将领，在美国南北战争期间一直担任南部邦联的总统。
[③] "德莱德·司各特案件"是美国历史上的要案之一。德莱德·司各特（Dred Scott，1795—1858）为美国非裔黑奴，曾于1846年向法院起诉，要求美国联邦政府给予他和他的妻子以及两个女儿以自由人的身份，这一诉求得到了美国众多蓄奴制人士的支持，但该案最后于1857年被联邦最高法院以"奴隶出身的黑人没有公民权"为理由驳回。这一无理判决进一步激化了美国社会由来已久的矛盾。"德莱德·司各特案件"在一定程度上是促成1861年美国南北战争爆发的诱因之一。

反酒吧同盟[1]预先设下的一个圈套。这一切归根结底都是由性爱问题所引起的。上校的太太和朱迪·奥格莱迪在骨子里都是女同性恋者嘛[2]。"

他说到这里忽然打住了。

"还想再听下去吗？"

"有屁就放呗。"我说。

"再多我也不知道了。吃午饭时我再给你讲点儿别的吧。"

"你这老油子。"我说。

"你这二流子！"

我们把午饭打了包，连同那两瓶酒一并塞进我们的帆布背包里，由比尔背着。我背着钓竿袋和抄网。我们动身顺着公路向前走去，穿过一大片草甸，找到了一条小径，小径穿过田野，直通第一座山坡上的那片树林。我们踏着这条沙土路穿过田野。田野地势起伏，遍地长满青草，不过草叶已被羊群啃噬得只剩下了短短的根茬儿。牛群都放养在山里。我们可以听见林中传来的阵阵牛铃声。

小径靠一座独木桥通向一条小溪的对面。这根圆木的表面被刨得平平整整，还有一棵小树被弯曲过来横跨在小溪两岸，权作独木桥的栏杆。小溪边有一泓浅浅的水塘，塘底的沙土上游动着星星点点的小蝌蚪。我们登上陡峭的溪岸，穿过起伏的田野。回头望去，布尔戈特

---

[1] "美国反酒吧同盟"（Anti-Saloon League of America），1893年成立于美国俄亥俄州奥柏林市，两年后即迅速发展为全国性组织，其宗旨为通过议会斗争，禁止制售贩卖一切含酒精的饮料，最终促成美国国会1919年通过了宪法第十八修正案。其实，该组织的任何活动都与"德莱德·司各特案件"毫无关联之处，此处是比尔在喝了酒之后信口发表他的"高论"，将这两件事混为一谈了。

[2] 此处是比尔在套用英国作家约瑟夫·卢蒂亚·吉普林（Joseph Rudyard Kipling，1865—1936）的诗作《娘儿们》中最后两行曾被人引用的诗句。该诗句的原文为："The Colonel's lady and Judy O'Grady were sisters under their skin."意为："上校的太太和朱迪·奥格莱迪在骨子里原来是亲姐妹。"意思是说，女人无论其社会地位高低，本质上是相通的。

尽收眼底，我们可以看见那些白墙红顶的房屋，还有那条白色的公路，一辆卡车正沿着公路向前行驶，车后扬起了一溜尘土。

穿过这片原野之后，我们又跨过了一条水流更加湍急的小溪。一条沙土路通向小溪下游可以涉水而过的浅滩，扎进了前方那片树林。在那个浅滩的下方又有一座独木桥，小径通过那座独木桥跨过小溪，与那条沙土路会合，于是，我们走进了那片树林。

这是一片山毛榉林，树木都很古老。粗大的树根盘根错节地裸露在地面上，枝桠扭曲横生。我们行走在林中的大道上，道路两旁，老山毛榉粗大的树干排列成行，阳光穿过枝叶，斑斑驳驳地洒落在草地上。这些树木都很高大，枝繁叶茂，但林中并不幽暗。树下没有矮小的灌木，只有平整如茵的草地，碧绿而又鲜嫩，一株株灰色的参天大树间距疏密有致，仿佛这就是一座公园。

"这才是真正的乡野风光啊。"比尔说。

大道通向前方的一座山冈，我们走进了一片密林，道路一直在向上攀升。坡度偶尔会有小小的落差，但随即又陡然上升。我们不时会听到林中传来的牛铃声。大道终于穿出密林、到达山顶。我们此时正处于那拔地而起的山峰的最高点上，也就是我们起先从布尔戈特看到的那些连绵不断、树木葱茏的山岭的最高峰。山脊阳面山坡上的树林中有一小块空地，那里生长着许多野草莓。

道路在前方穿出密林，顺着绵延起伏的山脊边缘向前延伸。前方的山梁上树木稀疏，却生长着成片黄灿灿的金雀花。远远望去，映入我们眼帘的是那些峻拔突兀的悬崖峭壁，黑黝黝地覆盖着苍翠的树木和犬牙交错的灰岩，那里便是伊拉蒂河的河道。

"我们必须顺着山梁上的这条路往前走，翻过这些山头，穿过远在那边的山林，然后再下山，进入伊拉蒂河的河谷。"我向比尔指明了前进的方向。

"这分明就是一次艰苦卓绝的跋涉嘛。"

"走这么远的路去钓鱼,而且当天还要再走回来,这确实不是一件舒服的事儿啊。"

"舒服。这倒是个蛮好听的字眼儿。连去带回,还不知道能不能钓得到鱼,我们简直就是来找罪受的。"

这一段路虽然漫长,但山野里的景色也非常优美,不过,等我们走下陡峭的山路、钻出密密的山林、进入河谷、走到锯木厂边那条河的河边时,人已经累得精疲力竭了。

道路从浓浓的树荫下伸展出来,进入烈日当头的阳光之中。前方是一条河谷。河对岸是一座陡峭的山冈。山冈上有一块荞麦地。我们看见一幢白色的房屋掩映在山坡上的几棵大树下。天气十分炎热,我们在拦河坝附近的那几棵大树下停下来。

比尔卸下背包靠在一棵大树的树干上,我们接上一节节钓竿,装上卷轴,绑好钓钩,做好钓鱼前的一应准备。

"你敢肯定这种地方也会有鳟鱼?"比尔问。

"满河都是呢。"

"我打算用蝇钩来钓。你带没带麦金迪牌的蝇钩?"

"盒子里有几个。"

"你打算用蚯蚓做钓饵吗?"

"对。我打算就在水坝这边钓了。"

"好吧,那我就把蝇钩盒带走啦。"他绑上了一只蝇钩,"我去哪儿钓比较好呢?是去上游钓还是去下游钓?"

"下游最好。上游的鱼也很多。"

比尔顺着河岸朝下游走去。

"带一罐蚯蚓去呀。"

"不用,我不需要。如果它们不咬钩,我就随处多下几个地方。"

比尔在下游注视着溪流。

"喂。"他喊道,声音压过了水坝上"哗哗"的流水声。"把那瓶酒浸在路边的泉水里怎么样?"

"好啊。"我大声说。比尔挥了挥手,拔脚朝溪流的下游走去。我在背包里翻出那两瓶酒,拎在手里顺着大路朝有泉水的那个地方走去,泉水是从一根铁管子里流出来的。那泓泉水上有一块盖板,我掀开盖板,敲紧酒瓶的软木塞,把两瓶酒放下去浸泡在泉水里。泉水冰冷刺骨,我的整个手和手腕都冻得麻木了。我把那块木板重新盖好,希望谁也不会发现这儿有两瓶酒。

我提起斜靠在那棵大树上的钓竿,拿上鱼饵罐和抄网,走出树荫来到水坝上。人们修筑起这座拦河水坝是为了形成一定的水位差,好用来运送木材。水闸是关着的,那里堆放着不少被锯得方方正正的木料,我坐在其中一根方木料上,注视着围在防护堤内尚未飞流直泻而成为瀑布的那潭波澜不惊的河水。水坝脚下,河水白浪翻滚,水位很深。在我挂鱼饵的时候,有一条鳟鱼从白花花的河水中一跃而起,窜进了瀑布,随即被冲了下去。我还没来得及挂好鱼饵,又有一条鳟鱼跳出水面朝瀑布窜去,在空中画出了一条同样美丽的弧线,消失在哗啦啦地奔泻而下的水流中。我装上了一枚大号铅坠子,把钓线投进了靠近水坝木闸边泛着白沫的河水中。

我没感觉到第一条鳟鱼究竟是怎么上钩的。我在动手收线时才感觉到已经钓住了一条,便立即拖住了它,奋力和它拼斗了许久,钓竿几乎被拽得对折过来,这才把它从瀑布脚下沸腾的河水中拖了出来,随后便猛劲把它甩上了水坝。这是一条很漂亮的鳟鱼,我抓着它的头朝木料上"嗙嗙"地撞击着,它蹦跶了几下就直挺挺地不动了,于是,我把它塞进了我的猎物袋。

就在我跟这条鱼展开搏斗的当儿,又有好几条鳟鱼跃出水面窜向了瀑布。我赶紧再装上鱼饵，钓钩一抛下，马上又钓住了一条，我如法炮制地把它甩上岸来。没一会儿工夫，我就捕获了六条。它们的个头差不多全都一个样。我把它们排列开来，一条紧挨着一条，头朝着同一个方向，然后再一条条仔细看过来。它们的颜色都很漂亮，由于生活在寒冷的河水中，它们的身体都很结实，硬邦邦的。这是个大热天，因此，我便把它们一一剖开，掏出内脏，撕掉鱼鳃等等杂物，把这些东西扔到了河对岸。我把这几条鳟鱼统统搬到了河边，在水坝边就着冰冷刺骨、波澜不惊的河水把它们一一洗净，然后去采集了一些羊齿植物，接着就把鱼统统装进了猎物袋中：先铺一层羊齿植物，放上三条鳟鱼，然后再铺一层羊齿植物，再放上三条鳟鱼，最后再用羊齿植物把它们统统盖上。这些鳟鱼裹在羊齿植物里个个都很好看，此时袋子显得鼓鼓囊囊的，我把它放在了树荫下。

　　水坝上非常炎热，于是，我把装蚯蚓的罐子也放在树荫下的猎物袋旁边，然后从背包里取出一本书，安安稳稳地坐在大树下一边看书，一边等着比尔什么时候过来吃中饭。

　　此时刚过正午，烈日下已没有多大的树荫，不过，在我坐着的地方倒是有两棵并排长在一起的大树，我背靠着其中一棵树的树干，坐在那儿聚精会神地看书。这本书是阿·爱·伍·梅森[①]的得意之作，我正读到故事中很精彩的一段情节，说的是一个男人在阿尔卑斯山中被冻僵了，因而掉进了一条冰川，并就此失踪了，他的新娘为了能亲眼看到他的尸体浮出冰碛，打算守在那儿等他整整二十四年，在此期间，那个真心爱她的情人也在等待着，比尔回来时，他们还在苦苦地等着呢。

[①] 阿·爱·伍·梅森（Alfred Edward Woodley Mason，1865—1948），英国小说家，早年当过旅行剧团的演员，后来开始从事小说创作。主要作品有：冒险故事《四羽毛》(The Four Feathers，1902) 和历史小说《麝香和琥珀》(Musk and Amber，1942) 等。

"有收获没有？"他问。他把钓竿、猎物袋、抄网统统都提在一只手里，浑身大汗淋漓。由于坝上的流水声很响，我没听见他走上前来的脚步声。

"六条。你有什么收获？"

比尔坐下来，打开他的猎物袋，拿出一条个儿挺大的鳟鱼摆在草地上。他又拿出了三条，一条比一条大一点儿，然后把它们一溜儿排开摆放在树荫里。他满脸是汗，但显得很是得意。

"你的有多大？"

"比你的小。"

"拿出来看看嘛。"

"已经处理过了，都打好包啦。"

"到底有多大嘛？"

"全都跟你最小的那条差不多大。"

"你不是在故意瞒着我吧？"

"我巴不得是在瞒你呢。"

"全是用蚯蚓钓的？"

"对。"

"你这个懒惰的家伙！"

比尔把鳟鱼装进袋里，拔脚朝河边走去，边走边晃悠着那只敞开着口的猎物袋。他腰部以下全都湿淋淋的，由此可见，他刚才肯定下河蹚水了。

我沿大路走去，从泉水里拎出了那两瓶酒。两瓶酒都已冰镇好了。等我走回树荫下时，酒瓶上已经湿漉漉的结满了水珠。我把午饭摊开，放在一张报纸上，打开了其中一瓶的瓶塞，把另一瓶倚在一棵树下。比尔一边走过来，一边擦干两只手，他的猎物袋里也鼓鼓囊囊地塞满了羊齿植物。

"我们来看看这瓶酒怎么样。"他说。他拔掉瓶塞,举起酒瓶就喝。"嚼唷唷!这酒辣得我眼睛好疼啊。"

"让我来尝尝。"

这酒冰凉冰凉的,带有点儿淡淡的铁锈味。

"这酒还不算太难喝。"比尔说。

"冰镇了一下要稍微好喝一点儿。"我说。

我们解开了那几小包权当午餐的吃食。

"是鸡肉呀。"

"还有煮鸡蛋呢。"

"有没有带盐来?"

"先来个鸡蛋,"比尔说,"然后再吃鸡。这个道理连布莱恩①都明白。"

"他已经去世啦。我是在昨天的报纸上看到的。"

"不。恐怕不是真的吧?"

"是真的。布莱恩确实已经去世了。"

比尔放下了手中他正在剥壳的鸡蛋。

"先生们。"他振振有词地说,并立即动手解开了一个报纸包,从中拿起一只鼓槌般的鸡腿。"我要把次序颠倒一下了。为了布莱恩。为了向这位'伟大的平民'表示敬意。先吃鸡;后吃鸡蛋吧。"

---

① 威廉·詹宁斯·布莱恩(William Jennings Bryan, 1860—1925),美国众议员、政治家、演说家,19世纪末期和20世纪初叶在美国政坛尤为活跃,在美国民主党内影响极大,曾三次参加总统竞选,1912年协助伍德罗·威尔逊竞选总统,后出美国任第41任国务卿(1913—1916)。他一贯坚持平民百姓立场,相信人的美德和正义感,因而被称为"伟大的平民"(The Great Commoner)。1920年后,他坚决主张实施禁酒法案,强烈反对达尔文主义和进化论。1925年,在田纳西州对公立学校生物教师斯科普斯在课堂上讲授达尔文进化论学说提出公诉一案中,布莱恩代表检察官一方在法庭上展开了激烈的辩论,并获胜诉,因而名声大振。这便是美国现代史上有名的"斯科普斯审判案"(Scopes Trial)。该案结束五天后,布莱恩便在睡梦中去世。比尔在这里是在借用"先有鸡蛋、还是先有鸡"的问题来讽刺他。

"知不知道鸡是上帝在哪一天创造的[①]?"

"啊,"比尔一边说,一边吸吮着鸡腿,"我们怎么会知道?我们问也不该问。我们只是来去匆匆的过客,在这世上停留的时间并不多。让我们来快快乐乐地享受生活吧,让我们相信上帝、感谢上帝吧。"

"来个鸡蛋吧。"

比尔一手抓着鸡腿,一手握着酒瓶,朝我打了个手势。

"让我们来快快乐乐地享受上帝赐给我们的福分吧。让我们来好好享用这空中的飞禽吧。让我们来好好享用这葡萄园里的产品吧。你要享用一点儿吗,兄弟?"

"你先请,兄弟。"

比尔灌了一大口酒。

"来享用一点儿吧,兄弟,"他把他手里的酒瓶递给了我,"让我们打消怀疑吧,兄弟。让我们不要把猿猴的爪子伸进母鸡窝儿里去刺探那些神圣的奥秘吧。让我们依靠信仰、接受现状吧,只要简简单单地说上一句——我想让你跟我一起来说——可我们说什么呢,兄弟?"他用鸡腿指着我,顿了顿,又接着说。"还是让我来告诉你吧。我们要说,而且就我个人而言,要自豪地说——我要你跟我一起来说,要双膝着地跪着说才行呢,兄弟。在这辽阔的山野之中,即便是男人,也不必羞于下跪。记住,树林曾是上帝最早的圣殿呢。让我们跪下来说吧:'不要吃那只母鸡——那是门肯。'"

"给你,"我说,"来享用点儿这个吧。"

我们把另一瓶酒也打开了。

"怎么回事儿?"我说,"难道你不喜欢布莱恩?"

[①] 据《圣经·旧约全书·创世记》第一章第二十节到第三十一节记载,上帝在创造了天地之后的第五天,创造了水中的鱼类和空中的飞禽,第六天创造了地上的牲畜、昆虫和野兽,最后创造了人。

"我非常喜欢布莱恩,"比尔说,"我们情同手足呢。"

"你是在哪儿认识他的?"

"他、门肯和我都是同窗,我们一起在圣十字架大学①念的书。"

"当时还有弗兰基·弗里奇②吧。"

"一派胡言。弗兰基·弗里奇上的是福特汉姆大学③。"

"喔,"我说,"我上的是罗耀拉大学④,跟曼宁主教⑤是同学。"

"一派胡言,"比尔说。"我才是曼宁主教在罗耀拉大学的同学呢。"

"你喝醉了,已经醉眼惺忪啦。"我说。

"这么点儿酒就能把我喝醉?"

"怎么不能?"

"是这儿湿度太高的缘故吧,"比尔说,"应当把这该死的湿度祛除掉才对。"

"再来它一口吧。"

"我们就带来这么点儿酒吗?"

"只有这两瓶。"

---

① 圣十字架大学(College of the Holy Cross),美国一所以文科为主的本科院校,创办于1843年,位于马萨诸塞州。该校是美国新英格兰地区历史最为悠久的罗马天主教大学,也是全美最早的高等院校之一。
② 弗兰基·弗里奇(Francis Frankie Fritsch, 1898—1973),美国著名棒球运动员,在20世纪20年代初期曾红极一时,1916年考入美国福特汉姆大学,是该校棒球、篮球、足球、田径四项运动的明星,人称"福特汉姆的闪电侠"。
③ 福特汉姆大学(Forfham University),美国著名私立大学之一,1841年由美国罗马天主教会创办于纽约市,当时名为"圣约翰大学",后更名为现在的校名。该校始终奉行"耶稣会"传统,是一所以研究型为主的高等院校,在中国设有分校。
④ 罗耀拉大学(Loyola University),美国著名私立大学之一,也是美国最早的罗马天主教高等院校之一,由美国耶稣会创办于1852年,有9大校区和28个分校遍及全美各地。
⑤ 威廉·托马斯·曼宁(William Thomas Manning, 1866—1949),出生于英国的美国新圣公会教士,以思想激进而著称,1921年至1946年期间任纽约市主教。在这里,本书主人公和比尔是在借着酒意信口开河,相互调侃,借以冷嘲热讽当时的美国社会风气。按实际年龄推算,他们俩都不可能与门肯和曼宁主教同过学。

"你知道你是哪号人吗?"比尔深情地望着那酒瓶。

"不知道。"我说。

"你是'反酒吧同盟'花钱雇来的内奸。"

"我跟韦恩·比·惠勒①在圣母大学②同过学呢。"

"又是一派胡言,"比尔说,"我跟韦恩·比·惠勒在奥斯汀商学院③同过学。他当时还是班长呢。"

"算了吧,"我说,"酒吧必须取缔。"

"这回算你说对啦,老同学,"比尔说,"酒吧必须取缔,好哇,这瓶酒就归我啦。"

"你都喝得醉眼惺忪啦。"

"醉了?"

"醉了。"

"嗯,也许是有点儿。"

"想打个盹儿吗?"

"好吧。"

我们躺下,脑袋伸在树荫里,仰望着头顶上方枝繁叶茂的树梢。

"你睡着啦?"

"没有,"比尔说,"我在思考问题呢。"

我闭上了眼睛。躺在地上的感觉真好。

"喂,"比尔说,"勃莱特这件事到底是怎么回事儿?"

---

① 韦恩·比·惠勒(Wayne Bidwell Wheeler, 1869—1927),美国大律师,毕业于美国奥柏林大学,曾担任美国反酒吧同盟的法律顾问,是禁酒运动的积极倡导者。本书主人公显然又在胡言乱语。
② 圣母大学(University of Notre Dame),位于美国印第安纳州的圣何塞县,1842 年成立,与圣十字架大学属同一类院校。
③ 奥斯汀商学院(Austin Business College),位于美国德克萨斯州的奥斯汀市,是一所新成立不久的私立商科学校。

"什么怎么回事儿?"

"你当真跟她有过恋爱关系?"

"当然。"

"保持了多长时间?"

"断断续续地保持了好长时间呢。"

"啊,真见鬼!"比尔说,"对不起,哥儿们。"

"没关系,"我说,"反正我一点儿也不在乎了。"

"真的?"

"真的。不过,我还是很不希望再谈起这件事。"

"我这样问你,你不生气?"

"我他妈的为什么要生气?"

"我想睡一觉了。"比尔说。他把一张报纸盖在了脸上。

"听着,杰克,"他说,"你当真是个天主教徒吗?"

"严格意义上说,是的。"

"这话是什么意思?"

"我也说不清。"

"好吧,我现在真要睡觉啦,"他说,"可别再唠叨个没完,让我睡不成觉。"

我也迷迷糊糊地睡着了。等我一觉醒来时,比尔已经在收拾那只帆布背包了。此时已临近黄昏,婆娑的树影拉得很长,一直延伸到水坝那边。由于在地上睡了一觉,我感到四肢酸疼,浑身发硬。

"你是怎么搞的?终于睡醒啦?"比尔问,"你夜里为什么不好好睡觉呢?"我伸了个懒腰,揉了揉眼睛。

"我做了个美梦,"比尔说,"我回忆不出是个什么梦了,反正是个美梦。"

"我记得我没做梦。"

"你应该做梦才对,"比尔说,"我国的那些大名鼎鼎的实业家个个都是梦想家呢。你瞧瞧福特。你瞧瞧柯立芝总统。你瞧瞧洛克菲勒。你瞧瞧乔·戴维森[①]。"

我把我的钓竿一节节卸下来,把比尔的钓竿也卸了下来,把它们都收在钓竿袋里。我把几个卷轴装进了渔具袋。比尔已经收拾好了帆布背包,我们又往里面塞进了一个装鳟鱼的袋子。我提着另一个。

"嗯,"比尔说,"我们把所有东西都收齐了吗?"

"还有蚯蚓。"

"你的蚯蚓嘛。放在背包里吧。"

他已经把背包挎上了肩头,我把那两只装蚯蚓的罐子都塞进了他背包外面一个有翻盖的口袋里。

"这下你的所有东西都收齐了吧?"

我站在榆树脚下的草地上,把四周仔仔细细看了一遍。

"都收齐了。"

我们拔脚顺着大路朝那片树林走去。返回布尔戈特的这段路程显得很漫长,况且天色也已经黑了下来,等我们下山穿过田野走上那条公路,再沿着公路走在小镇两旁的那些房屋之间、走向那家小客栈时,家家户户的窗口都已亮起了灯。

我们在布尔戈特一住就是五天,也痛痛快快地过了一把钓鱼的瘾。这儿夜里很冷,白天却很热,不过,即便在大白天最热的时候,这里总归也会有阵阵微风吹来。白天确实是够热的,因此,在凉意袭人的溪流中涉水时的那种感觉很是美妙,等你走出溪水,坐在溪岸上

---

① 福特(Henry Ford,1863—1947),美国汽车制造商,大规模生产的先驱。柯立芝(John Calvin Coolidge,1872—1933),美国共和党政治家,美国第三十任总统。洛克菲勒(John D.Rockefeller,1839—1937),美国石油大亨和慈善家。乔·戴维森(Jo Davidson,1883—1952),美国著名雕塑家,曾为世界不少政要和文艺界名人雕塑过胸像。

时，太阳很快就把你的衣衫晒干了。我们发现有一条小溪竟连着一泓清潭，池水深得足以让人在里面游泳。到了晚上，我们就和一位姓哈里斯的英国人在一起打三人桥牌，他是从圣让·皮耶德波尔①那边徒步走来的，为了钓鱼才暂时歇脚在这家小客栈里。他是个非常和蔼可亲的人，跟我们一起到伊拉蒂河畔去过两次。罗伯特·科恩一点儿音信也没有，勃莱特和迈克也杳无音讯。

---

① 圣让·皮耶德波尔（Saint Jean Pied de Port），法国西南部一小城市，位于比利牛斯山脉北麓的尼维河畔，距西班牙边境约8公里，从前是西班牙纳瓦拉地区巴斯克省的省会。

第十三章

有天早晨,我下楼去吃早饭,却见英国人哈里斯已经坐在餐桌边了。他戴着一副眼镜在埋头看报。他抬起头来,朝我笑了笑。

"早上好,"他说,"有你一封信。我顺路去了一趟邮局,他们把你的信和我的一并交给了我。"

那封信就放在餐桌上我坐的位置这边,斜靠在一只咖啡杯上。哈里斯又埋头看起报来。我拆开了那封信。信是从潘普洛纳转来的。寄出地是圣塞瓦斯蒂安,寄出日期为星期天:

亲爱的杰克,

我们是星期五到达此地的,勃莱特在火车上醉得不省人事了,所以我带她到我们在此地的几个老朋友家去休息三天。我们星期二去潘普洛纳的蒙托亚旅馆,几点钟可以到达那里我暂且还不清楚。劳驾你写封短信让那辆公共汽车捎来,告诉我们星期三该怎样走才能与你们再次相聚。向你们致以衷心的问候,并因迟到而深表歉意,只因勃莱特身体确实非常虚弱,但她星期二就有望完全康复，实际上现在已开始见好。我非常了解她，也会尽力照顾好她的，但是，说说容易做起来难呐。代向大伙儿问好。

迈克尔

"今天是星期几？"我问哈里斯。

"星期三吧，我看是。对，一点儿没错。是星期三。在这高山峻岭之中，人怎么竟连星期几都记不清了呢，好哇。"

"可不是嘛。我们来这儿已经将近有一个星期了。"

"但愿你们不是在考虑要走的事儿吧？"

"就是在想这事儿。我们恐怕就乘下午那趟公共汽车走呢。"

"简直糟糕透了。我本来还指望我们能结伴儿再去一趟伊拉蒂河呢。"

"我们必须赶往潘普洛纳城啊。我们要去那儿跟几个朋友会合。"

"我这人运气烂透了。这几天我们在布尔戈特这地方玩儿得多快活啊。"

"跟我们一块儿去潘普洛纳吧。我们可以在那边打桥牌，再说，那规模盛大的狂欢节马上也要举行了。"

"我真想去。非常感谢你对我的邀请。不过，我最好还是留下来在这里再小住几天。我就没碰到过多少钓鱼的好时机。"

"你想去伊拉蒂河钓几条大鳟鱼吧。"

"啊唷，我就是这么想的，这你知道。那条河里的鳟鱼可大了。"

"我很想再去试一次。"

"那就去呀。再住一天吧。好人做到底嘛。"

"我们真的必须进城去了。"我说。

"真遗憾。"

早饭过后，比尔和我坐在客栈门前的长条凳上，一边晒着太阳，一边商量着这件事。我看到有个姑娘沿着公路从小镇中心区走了过来。她在我们面前停住脚步,从贴身挂在她裙子边的皮包里掏出了一份电报。

"是给你们的吧?①"

我看了一下电报。地址是:"布尔戈特,巴恩斯收。"

"对。是给我们的。"

她拿出一本登记簿让我签字,我给了她两三枚铜币。电文是用西班牙语写的:"我星期四到科恩。"②

我把这份电报随手递给了比尔。

"'科恩'这个词是什么意思?"比尔问。

"简直就是一份狗屁不通的电报!"我说,"他可以用同样的价钱拍发十个单词嘛。'我星期四到'。这里面大有名堂呢,你说对不对?"

"凡是科恩所关心的那些名堂全包括在这里面了。"

"不管怎么说,我们反正要进城去了,"我说,"用不着把勃莱特和迈克折腾到这儿来,然后在狂欢节之前再折腾回去。这份电报我们还要不要回?"

"不妨就回一下吧,"比尔说,"我们可没有必要做得目中无人。"

我们走到镇上的邮局,要了一张空白电报稿纸。

"怎么写?"比尔问。

"'今晚到。'这就足够了。"

我们付了电报费,返身走回客栈。哈里斯还待在客栈里,于是,我们一行三人边走边聊去了龙塞斯瓦列斯。我们把整个修道院仔仔细细看了个遍。

---

① 此处原文为西班牙语:"Por ustedes?" 意为:"是你们的吧?"
② 此处原文为西班牙语:"Vengo Jueves Cohn." 意为:"我星期四到科恩。"

"这真是个绝妙的去处啊,"我们出来时,哈里斯说,"可是,你们知道,我对这种地方不太感兴趣。"

"我也一样。"比尔说。

"不过,这确实是个绝妙的去处,"哈里斯说,"不看不知道,一看真奇妙。我天天都想着要过来看看呢。"

"怎么说也比不上钓鱼呀,对不对?"比尔问。他倒是挺喜欢哈里斯的。

"那倒也是。"

我们此时正站在修道院古老的礼拜堂门前。

"马路对面的那间屋子是不是一家小酒馆呀?"哈里斯问,"要不然,是我的眼睛在欺骗我?"

"看那门面像是一家小酒馆。"比尔说。

"我看也像是一家小酒馆。"我说。

"哇噻,"哈里斯说,"让我们来享用它一下吧。"他已经从比尔那里学会了"享用"这个词儿。

我们每人要了一瓶葡萄酒。哈里斯不肯让我们买单。

他的西班牙语说得相当漂亮,于是酒馆老板就不肯收我们的钱了。

"哇噻。你们不知道啊,能够有幸在这山里与你们二位相识,对我来说,具有何等重大的意义啊。"

"这段时间里,我们在一起玩得可开心了,哈里斯。"

哈里斯已经有了点儿醉意。

"哇噻。说实话,你们真不知道这意义是何等的重大。自打这场战争结束以来,我就没享受过多少欢乐。"

"有朝一日,我们要再次相聚在一起钓鱼。你可别忘啦,哈里斯。"

"一言为定。我们度过的这段时光是何等的快乐啊。"

"大家再来分享一瓶怎么样?"

"好一个绝妙的主意呀。"哈里斯说。

"这回由我来买单,"比尔说,"否则这杯酒我们就不喝了。"

"请你别争了,就让我来买单吧。你知道,这样才让我感到高兴。"

"这回该让我高兴高兴了。"比尔说。

酒馆老板送来了第四瓶酒。我们仍旧用原来的酒杯。哈里斯举起他的酒杯。

"哇噻。你们知道,这酒确实是可以好好享用一番的。"

比尔在他后背上拍了拍。

"哈里斯,好老弟啊。"

"哇噻。你们知道吗?我的姓氏其实并不是哈里斯。威尔逊—哈里斯才是我的姓氏。这是个复姓。中间有个连字符,你们知道吧。"

"威尔逊—哈里斯,好老弟啊,"比尔说,"我们就叫你哈里斯吧,因为我们实在太喜欢你啦。"

"哇噻,巴恩斯。你们真不知道这一切对我来说具有何等重要的意义啊。"

"来吧,再来享用一杯吧。"我说。

"巴恩斯。说真的,巴恩斯,说到底,你没法理解啊。"

"干了吧,哈里斯。"

我们俩是一路上架着哈里斯顺着那条公路从龙塞斯瓦列斯走回来的。我们在小客栈里吃了午饭,随后,哈里斯便陪我们一起去了公共汽车站。他给了我们一张名片,上面有他在伦敦的住址、他的俱乐部和他的商号的地址,在我们临上车的时候,他又递给了我们每人一个信封。我打开我的信封,里面装的是一打蝇钩。哈里斯亲自动手一个一个打好结的蝇钩。他用的蝇钩全是他自己动手打的结。

"我说,哈里斯——"我刚开口想说点什么。

"没什么,没什么!"他说。他刚好在从公共汽车的顶层上往下爬。

161

"这些蝇钩根本就算不上头等蝇钩。我只是想,如果你有朝一日用它来钓鱼,它说不定能使你回想起我们曾经度过的这段美好的时光呢。"

公共汽车开了。哈里斯伫立在邮局门前。他挥舞着手。等我们驶上公路时,他才转过身去,回到那家小客栈。

"喂,这位哈里斯是不是挺厚道的?"比尔说。

"我觉得他确实玩得很开心。"

"哈里斯吗?他当然玩得很开心啦。"

"要是他能来潘普洛纳就好了。"

"他要钓鱼嘛。"

"是啊。反正你也没法弄清那些英国人彼此之间究竟是怎么相处的。"

"我看是这么回事儿。"

我们驶进潘普洛纳城的时候,天色已将近黄昏了,公共汽车不一会儿就在蒙托亚旅馆的大门前停了下来。外面的广场上,人们正在忙着布设照明用的电线,以便在狂欢节期间能把整个广场照耀得灯火通明。公共汽车刚停下,就有几个小孩子围了上来,一位负责本城事务的海关官员命令所有从公共汽车上下来的人站在人行道边打开他们的行李包。我们走进旅馆,在楼梯口,我迎面碰到了蒙托亚。他微笑着跟我们一一握手,脸上带着他惯常的局促不安的表情。

"你们那几位朋友已经到了。"他说。

"是坎贝尔先生吗?"

"是的。科恩先生和坎贝尔先生,还有阿什莱夫人。"

他微微一笑,似乎有什么我自己总归会听到的事情。

"他们是什么时候住进来的?"

"昨天。你们原来住的房间我一直给你们留着呢。"

"太好了。你给坎贝尔先生开的房间面朝广场吗?"

"当然啦。几个房间都是我们原先看过的。"

"我们的朋友现在在哪儿?"

"我估计他们看回力球去了。"

"有没有关于那些公牛的消息?"

蒙托亚露出了笑容。"今儿晚上,"他说,"今儿晚上七点钟,他们就把维利亚①公牛放过来,明天过来的是米乌拉②公牛。你们都去看吗?"

"啊,是的。他们还从没见过公牛是怎样被放出笼子赶进围栏时的情景③呢。"

蒙托亚把他的一只手搭在我的肩膀上。

"我会到那边去找你的。"

他又微微一笑。他总是这样微微一笑,仿佛斗牛是我们两人之间的一桩非常特殊的秘密似的;一桩十分见不得人的但我们俩彼此都很清楚因而深藏在心底的秘密。他总是这样微微一笑,仿佛这秘密涉及了什么丑恶的勾当因而不能让外人知道、但我们俩却彼此心照不宣似的。将这秘密暴露给那些不明事理的人是万万使不得的。

"你的这位朋友,他也是个斗牛迷④吗?"蒙托亚朝比尔笑了笑。

"是的。他千里迢迢专程从纽约赶来,就是为了来看圣福明节⑤的。"

---

① 维利亚(Villar),位于西班牙阿维拉省和卡斯蒂利亚自治区交界处的大牧场,风景秀丽,人口稀少,地域广阔,以其漫山遍野放养的公牛而著称。维利亚公牛是西班牙各斗牛场所使用的主要斗牛品种之一。
② 米乌拉(Miura),位于西班牙塞维利亚省境内的大牧场,以盛产体格健壮、难以驯服的斗牛而闻名。自1849年起即开始向马德里及西班牙其他地区的斗牛场提供斗牛比赛用的公牛。米乌拉公牛也是主要的斗牛品种之一。
③ 此处原文为西班牙语"desencajonada",意为"将公牛放出笼子赶进围栏"。
④ 此处原文为西班牙语"aficcionado",在这里的意思为"斗牛迷"。
⑤ 圣福明节(San Fermines),每年7月在西班牙潘普洛纳市举办的具有悠久的历史传统和丰厚的文化底蕴的狂欢节,盛大的庆祝活动从7月6日中午12点正式开始,一直持续到7月14日的午夜。最为壮观的景象是"奔牛"——浩浩荡荡的牛群在城内沿着大街狂奔。这项活动于每天早晨8点开始,从7月7日一直持续到7月14日,并伴随着众多的传统民俗活动,为期长达一周。如今,"圣福明节"已成为西班牙最具吸引力的国际性节日,每年都会有上百万来自世界各地的游客来此观看。

"是吗?"蒙托亚客气地表示怀疑,"但是他的着迷程度肯定比不上你。"

他又局促不安地把手搭在我的肩膀上。

"不,"我说,"他可是个地地道道的斗牛迷呢。"

"但是他对斗牛的热衷程度肯定比不上你。"

在西班牙语里,*aficion* 这个单词的意思是"强烈的爱好"。一个 *aficionado* 就是"一个对斗牛怀有强烈爱好的人"的意思。但凡优秀的斗牛士都爱下榻在蒙托亚的旅馆里;也就是说,凡是对斗牛怀有"强烈爱好"的斗牛士都爱在这里下榻。那些以挣钱为目的的斗牛士或许会光临一次,以后就再也不来了。优秀的斗牛士却年年都来。蒙托亚的房间里有许多他们的照片。那些照片都是题献给胡安尼托·蒙托亚或者他姐姐的。凡是蒙托亚真正信得过的那些斗牛士的照片都镶在镜框里。那些对斗牛并不怀有"强烈爱好"的斗牛士的照片,蒙托亚则把它们统统收在他办公桌的一只抽屉里。这些照片上往往有极其谄媚阿谀的题词。但是内容空洞无物,并没有任何意义。有一天,蒙托亚把这些照片翻找出来,统统扔进了废纸篓里。他不愿让人看到这些照片。

我们常常谈论公牛和斗牛士。我每年都要来蒙托亚旅馆小住几日,已经有好几年了。我们从来没有哪一次交谈过很长时间。这种交谈,简单地说,就是一种乐趣,大家借此来了解一下彼此的感受。人们通常来自于四面八方的城镇,在离开潘普洛纳之前,他们往往会来这儿停留一下,与蒙托亚交谈几分钟关于公牛的事儿。这些人就是斗牛迷。凡是斗牛迷,即便旅馆里已经客满了,也照样能在这里弄到房间。蒙托亚曾把我介绍给他们中的一些人。他们起初总归是非常彬彬有礼的,到后来,使他们感到非常好笑的是,我居然是一个美国人。不知道究竟是怎么回事儿,他们普遍理所当然地认为,一个美国人是不可能对斗牛怀有"强烈的爱好"的。他的"强烈的爱好"很可能是假装出来的,要不就是糊里糊涂地把一时的激动当成"强烈的爱好"了,怎么说他也不可能真正怀有这份"强烈的爱好"。当他们发现我确实怀着这种"强烈的爱好"时,何况又没有什么暗语,或者一整套预先设定好的问题能把这一点拷问出来,确切地说,这就是一种类似于在口头上进行的动机很纯洁的盘问,所问的问题多少总要有点儿涉及被问的人,当然也决不能问得过于直白,于是,接下来就是这种如出一辙的把手搭在人家肩膀上的尴尬动作,或者说一声"是一条好汉"[①]。不过,在多数情况下,总归会有一记实实在在的击掌动作。这个动作似乎表明,他们要碰碰你,才能确信事情的真假。

只要一个斗牛士对斗牛怀有"强烈的爱好",蒙托亚什么都可以原谅。他可以原谅其突然发作的歇斯底里、毫无道理的惊慌失措、莫名其妙的恶劣动作,以及各种各样有失体统的举止。只要这个人对斗牛怀有"强烈的爱好",他无论什么都可以原谅。因为我,他立即就原谅了我那几个朋友的所作所为。他只字未提他们的事儿,他们只不过是我们俩彼此之间羞于提及的有失颜面的一桩小事儿,就像在斗牛场上马儿被牛角挑破了肚皮肠子都流出来了这种事情一样。

我们一到这儿,比尔就径直上楼去了,等我上楼来时,看见他已经在自己的房间里洗澡、更衣了。

"嗯,"他说,"跟人家说了一大通西班牙语?"

"他刚才是在跟我说今晚要来一批公牛的事儿。"

"我们去找找那伙人,叫上他们一块儿去看吧。"

"行。他们大概就在那家咖啡馆里。"

"你拿到票没有?"

[①] 此处原文为西班牙语"Buen hombre",意为"好人;好汉"。

"拿到了。看牛出笼的所有票子都拿到了。"

"那是个什么样的场面？"他站在镜子前拉扯着腮帮子，看看下巴颏儿上是否还有没刮干净的地方。

"那可是个非常热闹的场面啊，"我说，"他们一次只从笼子里放出一头公牛，在牛栏里放了一些菜牛来迎接它们，为的是防止它们互相抵在一起，公牛会在菜牛群里横冲直撞，菜牛则四处奔跑，像老保姆一样想让公牛安静下来。"

"公牛会不会用犄角捅死菜牛？"

"当然会啦。有时候公牛会对菜牛穷追不舍，直到把菜牛捅死。"

"菜牛难道就没有任何反抗的能力？"

"不是。它们只想跟公牛交朋友。"

"他们为什么要把菜牛放在牛栏里呢？"

"为了让公牛安静下来呗，免得它们撞在石墙上折断犄角，或者互相抵伤。"

"当菜牛一定非常有趣。"

我们顺着楼梯走下来，出了旅馆大门，再信步穿过广场，朝对面的伊鲁涅咖啡馆走去。两间显得孤零零的售票亭兀自矗立在广场上。售票亭的窗口上贴着"向阳券、半向阳券、背阴券"①的字样，但全都关闭着。这些窗口要到狂欢节的前一天才会打开。

广场的对面，伊鲁涅咖啡馆门前的那些白色的柳条椅子和桌子一直摆放到了拱廊的外面，延伸到了马路的边沿。我挨桌寻找勃莱特和迈克。他们果然在这儿。勃莱特和迈克，还有罗伯特·科恩。勃莱特戴着一顶巴斯克贝雷帽。迈克也戴着一顶同样的帽子。罗伯特·科恩

---

① 此处原文为西班牙语"SOL, SOL Y SOMBRA, SOMBRA"，原意为"太阳，太阳及背阴处，背阴处"。此处指斗牛场座位的三个档次："向阳券、半向阳券、背阴券"。

没戴帽子,戴着眼镜。勃莱特看见我们找了过来,便朝我们招了招手。我们朝桌边走过来时,她一直在笑眯眯地抬眼望着我们。

"你们好啊,哥儿们!"她喊了一声。

勃莱特显得很开心。迈克以他一贯的方式同我们紧紧握手,他总是通过握手来表达他强烈的感情。罗伯特·科恩与我们握手是因为我们又重逢了。

"你们到底去哪儿啦?"我问。

"是我带他们到这儿来的。"科恩说。

"瞎说什么呀,"勃莱特说,"如果你不来,我们会到得更早。"

"你们可能永远也到不了这儿。"

"瞎说!你们俩哥儿们都晒黑了嘛。瞧瞧比尔。"

"你们痛痛快快地过了一把钓鱼的瘾吧?"迈克问,"我们本来是想赶过去跟你们一块儿钓鱼的。"

"还算不错。我们一直在惦记着你们呢。"

"我本来是想去的,"科恩说,"可是我又觉得我应当领他们上这儿来才对。"

"你领我们来的?简直胡说八道!"

"这次钓鱼真的钓得很过瘾?"迈克问,"你们钓了不少鱼吧?"

"有几天,我们每人都钓了十多条呢。还在那边结识了一个英国人。"

"姓哈里斯,"比尔说,"你认识他吗,迈克?他也参加了这场战争呢。"

"是个幸运的家伙,"迈克说,"我们经历了多么令人难忘的岁月啊。我多么希望那些宝贵的日子还能重现啊。"

"别像个傻驴似的好不好。"

"你上过战场吗,迈克?"科恩问。

"怎么没上过。"

"他是个出类拔萃的军人呢,"勃莱特说,"跟他们说说你的坐骑在皮卡迪利大街①上脱缰飞奔时的情景吧。"

"我不想说了。我已经讲过四次了。"

"你从来没告诉过我嘛。"罗伯特·科恩说。

"那段经历我就不说了吧。那是桩丢脸的事儿。"

"跟他们说说你那些勋章的来历吧。"

"我不想说。那段经历要是说出来,我就颜面扫地了。"

"那究竟是一段什么样的经历呢?"

"勃莱特会告诉你们的。她就爱讲那些败坏我名誉的事情。"

"说来听听嘛。还是你来说吧,勃莱特。"

"我来说,可以吗?"

"还是我自己来说吧。"

"你得到过哪些勋章?"

"我什么勋章也没捞着。"

"你一定有几枚的。"

"我估计,照道理说,一般的勋章我还是应当有几枚的。但是我从来就没有递交过要求授勋的申请。有一回,那边要举行一场规模空前盛大的宴会,威尔士亲王要亲自出席呢,请柬上写得清清楚楚,人人都必须佩戴勋章。果然不出所料,我一枚勋章也没捞着,于是,我就顺路到我的裁缝店去了一趟,那裁缝看了这份请柬顿时肃然起敬,我灵机一动,这不就是一笔好生意嘛,于是,我就对他说:'你得帮我弄几枚勋章啊。'他说:'什么样儿的勋章呢,先生?'我就说:

---

① 皮卡迪利大街(Piccadilly),伦敦市中心的一条繁华街道,从海德公园向东延伸到皮卡迪利广场,以其众多的时装名店、宾馆和饭店而闻名。此处指第一次世界大战胜利后迈克凯旋回到伦敦时的情景。

'啊，随便什么样儿的勋章。只要给我弄几枚就行。'于是他说：'你手头有些什么样儿的勋章呢，先生？'我就说：'我怎么知道？'他是不是以为我整天都在读那要命的政府公报啊？'只要多弄几枚给我就行。你自己看着办吧。'于是，他就给我弄了几枚勋章，你们知道的，就是那种小小的微缩型的勋章，他连同那只盒子一并递给了我，我随手把它塞进了口袋，可是出门就把这事儿给忘了。唉，我就这样去出席宴会了，恰好也就在那天晚上，亨利·威尔逊[1]遭人枪杀了，所以威尔士亲王就没有来出席宴会，英国国王也没有来，因此就没有一个人佩戴勋章了，出席宴会的那帮家伙全都在忙不迭地摘下他们的勋章呢，我的勋章依然原封不动地放在我的口袋里。"

他停下来等我们笑。

"这就讲完了？"

"讲完啦。也许我讲得不够好。"

"你确实讲得不好，"勃莱特说，"但是也没关系。"

我们全都哈哈大笑起来。

"啊，对了，"迈克说，"我现在想起来了。那是一次无聊透顶的宴会，我没法坚持到最后，所以就中途溜号了。后来，在当天夜里，我发现那只盒子还在我的口袋里。这是个什么玩意儿呀？我说。是勋章吗？是沾满鲜血的军功章吗？于是，我就把它们从衬底布上统统扯了下来——你们知道，勋章全都别在一块布条儿上呢——然后就把它们当人情统统散发掉了。每个姑娘给一枚。好歹也是个纪念品啊。她们满以为我他妈的是个功勋卓著的军人呢。在夜总会里散发勋章。这

---

[1] 亨利·威尔逊（Sir Henry Hughes Wilson，1864—1922），英国陆军元帅，第一次世界大战中曾任英国远征军副总参谋长，后任英国首相的首席军事顾问，战后即升任英军总参谋长。1922年担任北爱尔兰政府安全顾问，并被推选为国会议员，不久即被爱尔兰共和军暗杀。

家伙多潇洒啊。"

"把后面发生的事情都讲出来呀。"勃莱特说。

"你们不觉得这事儿很好笑吗?"迈克问。我们都哈哈大笑起来。"就是很好笑嘛。我发誓,这件事肯定很搞笑的。不管怎么说吧,反正我那位裁缝后来写信向我索要那些勋章了。他派了个人到处找我。一连写了好几个月的信。那些勋章好像是某个哥儿们放在他那儿请他帮忙清洗的。那是个极其爱打仗的家伙。勋章多得简直好自己开一个铺子了。"迈克顿了顿。"那裁缝的运气也算烂透了。"他说。

"你想说的不是这个意思吧,"比尔说,"我倒觉得那裁缝鸿运当头了呢。"

"他是一个极其善良的裁缝。压根儿就不相信我会沦落到现在这个地步,"迈克说,"我以前每年都付给他一百英镑,就是为了让他能安安稳稳地过日子。这样,他就不会老是给我寄账单了。我一破产,他就受到了牵连,对他是个极其沉重的打击啊。勋章事件之后接踵而来的就是这事儿。他的来信都带着一种相当沉痛的口吻呢。"

"你是怎么破产的?"比尔问。

"分两步走,"迈克说,"先是逐步破产,然后突然一下就完全垮掉了。"

"是什么原因引起的?"

"朋友呗,"迈克说,"我有好多朋友。全是一帮酒肉朋友。后来我也有债主了。在英国,我的债主也许比任何一个人的都要多。"

"跟他们说说你在法庭上的事儿吧。"勃莱特说。

"我不记得了,"迈克说,"我当时刚好有点儿醉了。"

"还有点儿醉呢!"勃莱特说,"你都醉得不省人事了!"

"非常离奇的事儿,"迈克说,"前些日子,我遇见了一个我过去的合伙人。他主动要请我喝酒呢。"

"跟他们说说你那位很有学问的顾问的情况吧。"勃莱特说。

"我不想说,"迈克说,"我那位很有学问的顾问也是个长醉不醒的糊涂蛋。我说,这个话题未免也太扫兴了吧。我们到底还想不想过去看把那些公牛放出笼子的场面啊?"

"我们现在就过去吧。"

我们叫来了服务生,付了钱,然后就起身离开了这家咖啡馆,漫步穿行在城中。我原先打算陪勃莱特一起走走的,可是罗伯特·科恩却赶了上来,硬挤在勃莱特的另一侧。我们三人一块儿朝前走去,经过了阳台上悬挂着一面面彩旗的市政厅①,然后下坡走过农贸市场,再沿着那条路面很陡的街道朝横跨在阿尔加河上的那座大桥走下去。这条街道上人头攒动,大家都在赶路去看公牛,此外还有一辆辆马车从山冈上疾驶下来,奔上跨河大桥,车夫、马匹,以及时时扬起的皮鞭高高凌驾在沿街行走的人群的头顶上。过了大桥之后,我们拐上了那条通向牛栏的大道。我们途中路过了一家小酒馆,酒馆窗户里挂着一块招牌,上面写着:"上等葡萄酒,三十生丁一公升"。

"这种地方我们要等资金不足的时候再来光顾。"勃莱特说。

站在酒馆门口的那个女人注视着我们从她的店门前走了过去。她朝屋子里的什么人喊了一声,马上就有三个姑娘出现在窗前,瞪大眼睛朝外张望着。她们目不转睛地望着的人是勃莱特。

站在牛栏大门外的两个男人在向进场的人收门票。我们穿过大门走了进来。里面有一些树,还有一幢低矮的石砌房屋。远远望去,对面就是牛栏的石墙,石墙上开了很多小孔,像枪眼一样遍布在每一个牛栏的正面。有架梯子搭在墙头上,人们纷纷爬上梯子,然后散开来,站在将两个牛栏分隔开来的墙头上。当我们踏着树下的草皮朝对

---

① 此处原文为西班牙语"Ayuntamiento",意为"市政厅;市议会厅"。

面那架梯子走过去时,我们看到了一个个漆成了灰色、关着一头头公牛的大笼子。每一个专门用来运送公牛的大木笼子里都关着一头公牛。这些公牛是用火车从卡斯蒂利亚[①]的一个公牛饲养场里运来的,在火车站卸下平板货车,再运到这里来,然后再放出笼子,关进牛栏。每一个笼子上都印着用模板印刷的公牛饲养人的姓名和商标。

我们爬上梯子,在墙头上找了一个能俯瞰牛栏的位置。石墙都已粉刷成了白色,地面上铺着麦秸,靠墙根儿放着一些用木头做成的饲料槽和饮水槽。

"瞧那边。"我说。

远远望去,大河的对岸高高耸立着这座城市所在的高原。古城墙那一带和狭长的堤垒上全都站满了人。那三道旧时的防御土墙已经变成了三道黑压压的人墙。高于城墙的各幢房屋的窗户里人头攒动。远处的高坡上,男孩子们已经爬上了树梢。

"他们肯定以为要发生什么重大事件了。"勃莱特说。

"他们在等着看公牛呢。"

迈克和比尔隔着下面那道牛栏站在对面的墙头上。他们朝我们挥了挥手。来晚了人只好站在我们背后了,别的人一挤他们,他们就会紧贴在我们身上。

"他们怎么还不开始呢?"罗伯特·科恩问。

有一个笼子上单单拴着一头骡子,那骡子把笼子拖到了牛栏墙壁的入口前。有几个人在用撬棍连推带撬地把那笼子移到了合适的位置上,抵住了那道门。有几个人站在墙头上,准备先拉起牛栏的闸门,然后再拉开笼子的门。牛栏另一边的一道门被拉开了,有两头菜牛跑

[①] 卡斯蒂利亚(Castile),西班牙中部一地区,位于伊比利亚半岛的中央高原,旧时为一独立的西班牙王国。

172

进了场子里，摇晃着脑袋，一路小跑着，瘦瘠的两侧腹部颤悠悠地晃动着。它们并排站在牛栏的最里面，脑袋冲着公牛进场的那道门。

"它们看样子好像并不高兴嘛。"勃莱特说。

站在墙头上的几个人身子后仰，一齐使劲儿拉起了牛栏的闸门，接着又去拉开了笼子上的门。

我在墙头上探过身去，想看看笼子里面的情况。笼子里黑乎乎的什么也看不清。有人拿了根铁棒敲了敲笼子。笼子里顿时好像有什么东西要爆炸了。那头公牛，左右开弓地用犄角来回撞击着笼子上的木栅栏，发出巨大的响声。紧接着，我看见了一团黑乎乎的牛拱嘴和两个牛角的幽影，就在这一刹那间，空荡荡的笼子的底板上响起了一片喀嗒声，那头公牛发足猛冲，一头撞进了牛栏，前蹄在麦秸里打了个滑，站住了，脑袋高昂着，脖颈上隆起的一大团肌肉紧绷绷的鼓突着，身上的一块块肌肉颤动着，抬头仰望着站在石墙上的人群。那两头菜牛吓得连连后退，靠在墙壁上，脑袋耷拉着，眼睛紧盯着那头公牛。

那公牛一看见它们就冲了过去。有人在一个饲料槽后面大叫了一声，用他的帽子敲打着板壁，那公牛，没等冲到菜牛那边，就猛然一个转身，铆足全身力气，朝那人刚刚站立的地方猛冲过去，右侧的犄角飞快地朝板壁上连刺了五六下，企图命中躲在板壁后面的那个人。

"我的上帝，它多漂亮啊！"勃莱特说。我们低头望着正处于我们脚下的那头公牛。

"瞧它多善于运用它那两只犄角啊，"我说，"它左一下，右一下，活像一个拳击手。"

"难道真是这样？"

"你注意看呗。"

"动作太快了。"

173

"等一等。马上又有一头要出来了。"

他们已经把另一个笼子拉了过来,顶在入口处。在对面那个角落里,有一个人躲在有防护板的地方,在逗引着那头公牛,趁那公牛扭头去看的当儿,闸门被拉了上去,这第二头公牛便冲出笼子,一头闯进了牛栏。

它直奔那两头菜牛冲过去,有两个人从板壁后面跑出来,大声吆喝着,想逗引它转过身来。公牛并不改变方向,这两人急得连声高叫着:"嗨!嗨!牦牛!"[①]并挥舞着他们的手臂;那两头菜牛侧着身子,准备迎接那公牛的攻击,公牛一头撞去,把一只犄角猛地抵进了其中一头菜牛的身躯里。

"别看。"我对勃莱特说。她正全神贯注地看着,已经看得入迷了。

"好吧,"我说,"只要它别一头朝你撞过来就行。"

"我看见了,"她说,"我看见它先用左角,然后换成右角抵上去的。"

"真行啊!"

被抵中的那头菜牛这时已经倒下了,脖子伸得老长,脑袋左右扭动着,它怎么倒下的还怎么躺着。突然,那公牛撇下了它,发足劲儿朝另一头菜牛冲去,那头菜牛一直远远地站在一边,晃动着脑袋,目睹着眼前发生的一切。菜牛开始笨拙地跑动起来,公牛追上了它,用犄角尖儿轻轻挑了一下它的侧腹,然后便转过身去,昂起头来仰望着站在墙头上的人群,颈脊上的肌肉鼓胀着。菜牛走到它跟前,摆出一副仿佛要闻闻它的样子,公牛敷衍了事地轻轻顶了它一下。随后,公牛也闻起这头菜牛来了,过了一会儿,这两头牛就并排一路小跑着朝

[①] 此处原文为西班牙语"Hah! Hah! Toro!"意为"嗨!嗨!牦牛!"

先前进栏的那头公牛奔去。

等到第三头公牛出笼时,先进场的那三头牛,两头公牛和那头菜牛,已经并排站在一块儿了,头靠着头,一致对外地把犄角对准新来的公牛。几分钟之后,菜牛和新来的公牛也交上了朋友,使它安静下来,并使它成了它们当中的一员。等最后那两头公牛被释放出来时,这群牛全都站在一起了。

被挑伤的那头菜牛挣扎着爬起身来,靠在石墙边站着。没有一头公牛去接近它,它也无意加入到它们那一伙儿里去。

我们随着人群一边从墙头上爬下来,一边透过牛栏围墙上的那些枪眼似的小孔,最后再窥望一眼那些公牛。它们现在都已安静下来,脑袋低垂着。我们在外面找了一辆出租马车,乘车返回那家咖啡馆。迈克和比尔是半小时以后才回来的。他们在回来的途中停下来喝了好几次酒。

大伙儿这时都已齐聚在咖啡馆里了。

"这种事情才真叫精彩绝伦呢。"勃莱特说。

"最后进场的那几头公牛能跟第一头公牛斗得一样出色吗?"罗伯特·科恩问,"它们好像很快就安静下来了嘛。"

"它们彼此都很熟悉,"我说,"它们只有单独一头,或者只有两三头在一起时,才会变得十分凶恶。"

"你这话是什么意思,变得十分凶恶?"比尔说,"在我看来,它们全都十分凶恶呢。"

"它们只有在单独一头时才会伤人。当然,假如你钻进牛栏,你或许也能把一头公牛从它的种群里分离出来,这时候它就会变得十分凶恶了。"

"这事儿太复杂,"比尔说,"你可千万别把我从我们这个种群里分离出来啊,迈克。"

"哇噻,"迈克说,"这些公牛个个都挺厉害的,对不对?你们注意到它们的犄角没有?"

"怎么没有,"勃莱特说,"我原先还不知道牛角长什么样子呢。"

"你看见那头公牛袭击那头菜牛了吗?"迈克问,"那场面可真叫绝啊。"

"当菜牛太没意思了。"罗伯特·科恩说。

"你真是这么认为的?"迈克说,"我还以为你就喜欢当一头菜牛呢,罗伯特。"

"你这话是什么意思嘛,迈克?"

"他们过着那么悠闲的生活。他们一声不吭,却老是在周围这样转悠着。"

我们都愣住了。比尔哈哈一笑。罗伯特·科恩很生气。迈克还在往下说。

"我还以为你就喜欢过这种生活呢。你从来都用不着说一个字的。来吧,罗伯特。来说点儿什么吧。别光坐着不说话呀。"

"我说过了,迈克。难道你这么没记性?我说过菜牛的事儿。"

"哦,再说点儿嘛。说点儿有趣的事情嘛。你没见大伙儿现在谈得多开心吗?"

"别再瞎胡闹啦,迈克尔。你喝醉了。"勃莱特说。

"我没醉。我根本不是在开玩笑。难道这位罗伯特·科恩真打算像头菜牛一样一直跟在勃莱特屁股后面四处转悠吗?"

"住口,迈克尔。说话要有点儿教养。"

"教养算个屁呀。不管从哪方面说,除了那些公牛,还有谁具备什么教养?那些公牛不是挺招人喜欢吗?难道你不喜欢它们吗,比尔?你干吗不说点儿什么呢,罗伯特?别坐着那儿哭丧着脸呀,像他妈的死了人似的。即使勃莱特跟你睡过觉,那又怎么样?跟她睡过觉的人多着呢，个个都比你强。"

"住口。"科恩说。他腾地一下站起身来。"住口，迈克。"

"嗬，别站起来呀，别装模作样的摆出一副想要揍我的架势吧。你那一手对我起不了任何作用的。告诉我吧，罗伯特。你为什么老是跟在勃莱特屁股后面转悠呢，像他妈的一头可怜兮兮的菜牛一样？难道你不知道人家不需要你吗？我就知道人家什么时候不需要我。你怎么就这么不知趣呢？你一路追到圣塞瓦斯蒂安，可是那里并不欢迎你呀，但你还是成天跟在勃莱特屁股后面转悠，像他妈的一头菜牛一样。你觉得这样做合适吗？"

"闭嘴。你醉了。"

"也许我是醉了。你怎么不醉呢？你为什么从来不喝醉呢，罗伯特？你是知道的，你在圣塞瓦斯蒂安压根儿就没有好好玩儿过，因为我们那帮朋友们当中没有一个人愿意邀请你参加任何一个聚会。你几乎不能责怪他们。你能吗？我叫他们请你的。他们就是不干。你不能责怪他们，是吧。你能吗？好啦，回答我吧。你能责怪他们吗？"

"你见鬼去吧，迈克。"

"我都不能责怪他们。你还能责怪他们吗？你为什么老是围着勃莱特转悠呢？你还有点儿礼貌没有？你也不想想，你这样做给我带来的是什么样的感受啊？"

"你这人倒是有趣得很，居然也大谈起礼貌来了，"勃莱特说，"你这么有礼貌啊，真是可爱极了。"

"算了吧，罗伯特。"比尔说。

"你老是围着她转悠想图个什么呢？"

比尔站起来，一把抱住了科恩。

"别走啊，"迈克说，"罗伯特·科恩还要请我们喝一顿酒呢。"

比尔拉着科恩走开了。科恩一脸土黄色。迈克尔还在不依不饶地说着。我坐着听了一会儿。勃莱特满脸厌恶的样子。

"我说,迈克尔,你何必要表现得像头该死的蠢驴呢。"她打断了迈克尔的喋喋不休。"我并不是在说他不对,你知道的。"她转过脸来对我说。

迈克语气中的愤激情绪总算渐渐平息了。我们大家还是坐在一起的朋友。

"我并没有醉得像我说的那么厉害。"他说。

"我知道,你没醉。"勃莱特说。

"我们没有一个是清醒的。"我说。

"我说的每句话都有我的用意。"

"但是你那番话说得也实在太恶劣了。"勃莱特笑着说。

"怎么说,他也是头蠢驴。他一路追到圣塞瓦斯蒂安,可是那里根本就没有人愿意去搭理他。他老是缠着勃莱特,老是色迷迷地盯着她看。这让我恶心透了。"

"他表现得确实也太不像话了。"勃莱特说。

"你听好了。勃莱特以前确实跟不少男人闹出过一些绯闻。她把一切都告诉我了。她把科恩这家伙写给她的信都交给我了,要我看。我不想看。"

"你这家伙真高尚。"

"不是这么回事儿,你听着,杰克。勃莱特是跟不少男人上过床。但是他们压根儿就不是犹太人,而且他们事后谁也没有死皮赖脸地还来纠缠她。"

"都是些极要好的哥儿们嘛,"勃莱特说,"谈这些事儿无聊透啦。迈克尔和我彼此都能相互理解。"

"她把罗伯特·科恩写给她的信都交给我了。我就是不想看。"

"不管谁的信,你都懒得看,亲爱的。你连我的信都不愿看呢。"

"凡是信件一类的东西,我都看不下去,"迈克说,"你说滑稽不滑稽?"

"你什么东西都看不下去的。"

"不对。这一点你说得不对。我看过很多书呢。我现在一回到家就看书的。"

"你下一步还要写书呢,"勃莱特说,"得啦,迈克尔。打起精神来吧。你必须把眼前这事儿处理好。有他在这儿呢。别坏了狂欢节的气氛。"

"好吧,那就让他放规矩点。"

"他会有所收敛的。我来跟他说。"

"你告诉他,杰克。叫他要么放规矩点,要么滚蛋。"

"行,"我说,"这种事情我来说最合适了。"

"喂,勃莱特。你跟杰克说说,罗伯特·科恩是怎么称呼你的。你知道,那称呼简直妙极了。"

"啊,不行。我说不出口。"

"说吧。大家都是朋友嘛。我们大家是不是朋友啊,杰克?"

"我不好意思告诉他。太荒唐了。"

"我来告诉他。"

"你不能告诉他,迈克尔。别傻得像个蠢驴似的好不好。"

"他叫她'喀耳刻'① 呢,"迈克说,"他口口声声说,她会把男人变成一个个猪猡的。真他妈的传神极了。我要是文艺界这帮哥儿们当中的一员该多好啊。"

"他这人其实还是有点文采的,你知道,"勃莱特说,"他写得一

---

① 喀耳刻(Circe),荷马史诗《奥德赛》中的女魔,生活在埃埃亚岛上与野兽为伴。奥德修斯来到该岛后,他的同伴因喝了喀耳刻的毒水而变成了猪。奥德修斯用神药摩利草护住了自己,并迫使女魔恢复了他的同伴的原形。

手好信呢。"

"我知道,"我说,"他从圣塞瓦斯蒂安给我写来过一封信。"

"那封信算不了什么,"勃莱特说,"他有时候真能写出令人捧腹大笑的信来呢。"

"那封信是她逼我写的。当时大家都以为她病了。"

"我也真生病了嘛。"

"走吧,"我说,"我们该回去吃饭了。"

"我该怎么见科恩呢?"迈克说。

"装呗,就当什么事儿也没发生过一样。"

"我倒无所谓,"迈克说,"我不会感到尴尬的。"

"如果他说起什么来,你就说你那会儿喝醉了。"

"对。不过,好笑的是,我现在才觉得我刚才那会儿是醉了。"

"走吧,"勃莱特说,"这几杯毒水的钱付了没有[①]?我得先去洗个澡,然后再去吃晚饭。"

我们漫步走过广场。天已黑,广场四周灯火通明,灯光是从拱廊下的一家家咖啡馆里射出来的。我们踏着树下的碎石子路朝对面的旅馆走去。

他们上楼去了,我停下来,想跟蒙托亚聊一会儿。

"嗯,你觉得今天这批公牛怎么样?"他问。

"好。是品种纯正的公牛。"

"还行吧,"蒙托亚摇摇头,"今天这批还不算太出色。"

"它们哪方面让你不满意?"

"那倒也说不上。它们只是让我感觉还算不上特别出色。"

"我明白你的意思。"

[①] 勃莱特仍在拿科恩说她是"喀耳刻"的话开玩笑。

"它们总体上还算过得去。"

"对。它们还是蛮不错的。"

"你那几位朋友觉得这些公牛怎么样?"

"很棒。"

"那就好。"蒙托亚说。

我走上楼去。比尔待在他自己的房间里,正站在阳台上朝广场上眺望。我走过去站在他身边。

"科恩在哪儿?"

"楼上,他自己的房间里。"

"他情绪还好吗?"

"糟透啦,这是意料之中的事儿。迈克挺吓人的。他喝醉了酒的样子真叫人受不了。"

"他并没有醉到那种地步。"

"他要没醉才怪呢。我们来咖啡馆之前在中途喝了多少酒,我清楚得很。"

"他后来清醒了。"

"好吧。他当时真让人受不了。我并不喜欢科恩,上帝知道,我也认为他的圣塞瓦斯蒂安之行是一个很愚蠢的勾当,但是谁也没有权利像迈克那样说话呀。"

"你觉得这些公牛怎么样?"

"很壮观。他们把那些公牛一头头释放出来时的场面很壮观。"

"明天过来的是米乌拉公牛。"

"狂欢节什么时候开始?"

"后天。"

"我们务必做到不让迈克喝得烂醉。那种样子实在叫人受不了。"

"我们赶紧收拾收拾,准备去吃晚饭吧。"

"对。但愿这顿晚饭会吃得很愉快。"

"会不愉快吗？"

事实上，这顿晚饭还是挺愉快的一顿饭。勃莱特穿了一件黑色无袖的晚礼服。她显得格外美丽。迈克装得若无其事，仿佛什么不快也没发生过一样。罗伯特·科恩是我不得不上楼去把他请下来的。他很矜持，也很拘谨，脸依然绷得紧紧的，依然是一脸土黄色，不过，他最终还是露出了喜色。他情不自禁地盯着勃莱特。这样做大概能使他感到幸福吧。他望着她如此可爱的容貌，知道自己曾经和她私奔过一回，而且人人都知道这件事，内心肯定是沾沾自喜的。他们是没法剥夺他内心深处的这份得意的。比尔非常可笑。迈克尔也一样。他们惺惺相惜，凑在一起正好。

这顿饭很像我记忆犹新的在战争中吃过的某几顿晚餐。那种场面酒总归是少不了的，紧张感已被置之度外，还有一种感觉，那就是，即将打响的战斗是你没法阻止的。在酒的作用下，我的厌战情绪荡然无存，因而感觉很快乐。周围的人们似乎全都那么可亲可爱。

第十四章

我不知道自己是几点钟上床的。我记得我脱掉了衣服,换上了浴袍,走出去站在外面的阳台上。我知道我那会儿醉得相当厉害,后来,我走进了房间,打开床头顶上的灯,看起书来。我看的是一本屠格涅夫写的书。我很可能把其中相同的两页反复看了好几遍。我看的是《猎人笔记》中的一个短篇故事。我以前看过这篇,但似乎依然相当陌生。乡村的景色渐渐变得清晰起来,我头脑里的那种压迫感似乎也慢慢松弛下来。我醉得非常厉害,但我不愿闭上眼睛,因为眼睛一闭,整个房间就会腾云驾雾般地旋转个不停。如果我坚持看下去,那种感觉就会慢慢消失。

我听见勃莱特和罗伯特·科恩从楼梯口走上来。科恩在门外道了声晚安,就继续上楼朝他自己的房间走去。我听见勃莱特走进了隔壁房间。迈克已经睡下了。他是在一小时前跟我一起回来的。她一进屋,他就醒了,于是,两人就卿卿我我地窃窃私语起来。我能听见他们的笑声。我关了灯,想尽快入睡。不需要再看书了。我能闭上眼睛而不再有那种天旋地转般的眩晕感了。可我就是睡不着。没有理由因为这是在暗处，你对事情的看法就该不同于你在明处的看法吧。简直毫无道理嘛！

我曾经彻底想通过一次，可结果呢，有整整六个月，我电灯一关就怎么也睡不着了。这又是一个闪光的念头。让女人统统见鬼去吧，不管是出于什么样的原因。你也见鬼去吧，勃莱特·阿什莱。

女人能成为赏心悦目的红颜知己。非常赏心悦目的红颜知己。然而，首要的一点是，你必须先钟情于一个女人，以此来奠定友谊的基础。我就一直拥有勃莱特这样一位红颜知己。我从来没有站在她那一方考虑过这一点。我一直在不劳而获。这种做法无非是推迟了账单送达的时日而已。账单迟早总归要来的。这是你能指望得到的妙不可言的好事之一。

我认为我已经把什么债都还清了。不像那个女人，总是在还债，还啊，还个没完。根本就没有想到过报应或惩罚。只不过是等价交换罢了。你奉献出某样东西，得到了另外某样东西。要不，你就努力去争取某样东西。你用某种方式付出代价，去换取一切对你多少有点儿好处的东西。我用我的方式付出了代价，取得了不少我喜欢的东西，所以我过得很愉快。你不是拿你了解的信息作为代价，就是拿经验，或者冒险，或者钱财作为代价。享受生活的乐趣就是学会别花冤枉钱，并且知道什么时候花钱最合算。你不会花冤枉钱的。这个世界是个挺不错的市场，可以让你尽情地购买。这似乎是一种很微妙的哲学理论呢。再过五年，我想，这种理论就会显得非常荒谬了，就像我曾经接触过的所有其他微妙的哲学理论一样。

不过，这话也许不一定对。随着生活阅历的增加，你说不定真能长点儿见识呢。我并不在乎这个世界怎么样。我一心只想弄明白究竟该如何生活在其中。假如你果真弄懂了怎样在这个世界上活下去，你说不定也就能由此而得知这个世界到底是怎么回事了。

不管怎么样，我希望迈克对科恩的态度不要那么粗鲁得让人受不了。迈克是个爱耍酒疯的酒鬼。勃莱特是个文文静静的酒鬼。比尔是个文文静静的酒鬼。科恩从来不喝醉。迈克喝到一定分儿上之后就会大耍酒疯，惹人讨厌。我喜欢看他伤害科恩。但是我又希望他不要那样干，因为那会使我在事过之后对自己感到厌恶。这就是道德；有些事情在过去之后会使你厌恶自己的。不行，这肯定是不道德的行为。这是一种从大处着眼的说法。简直是一大通废话嘛，我在夜里还真能胡思乱想啊。瞎说，我耳边响起了勃莱特说的这句话。瞎说！只要你和英国人在一起，你就会养成用英国人的常用词语来思维的习惯[1]。英国人在口头上所使用的语言——至少在上流社会——词汇肯定比爱斯基摩语还要少一些。当然，我对爱斯基摩语是一无所知的。没准爱斯基摩语也是一种很优美的语言呢。还有切罗基语[2]。我对切罗基语也同样一无所知。英国人说话爱用语调曲折变换的短语。同样一个短语可以被他们用得出神入化，含义无穷。不过，我还是喜欢他们的。我喜欢他们说话的方式。就像哈里斯。然而哈里斯不算上流社会的人。

我又打开电灯看起书来。我看的还是屠格涅夫的这本书。这时候，我才忽然明白过来，喝了非常过量的白兰地之后，在头脑处于过分敏感的状态下看书，我就能记住书中的前后内容，而且过后好像还有一种身临其境的感觉。这个办法我要永远保持下去。这是在你付出了代价之后才得到的又一样好东西。大约直到天快要亮的时候，我终于睡着了。

---

[1] 勃莱特是英国人。"瞎说！"是勃莱特常挂嘴边的话，英语原文为"What rot!"或"Rot it!"，意为"废话；瞎说；混蛋；糟了"，是典型的英国俚语。
[2] 切罗基人（Cherokee）为北美印第安人的一族，原居住在美国南部的大部分地区，现居于俄克拉荷马州及北卡罗来纳州的印第安人保留区里，其语言——切罗基语，属北美易洛魁语族，切罗基人自1820年起开始有了自己的民族语言。

在接下来的那两天里，我们在潘普洛纳太平无事，也没有再发生任何争吵。全城都在忙碌着为狂欢节的到来做好一应准备。工人们竖起了一根根门柱，那是用来封死那些小街小巷的，好让那些公牛早晨从牛栏里被释放出来时，能顺着大街一路奔向斗牛场。那些工人挖好一个个坑，再插进一根根原木，每一根木料上都标有编号，放在规定的位置上。远远望去，城外的高原上，斗牛场的员工们正在那儿训练斗牛时用的马儿，赶着它们扬起四蹄飞奔在斗牛场后面那片坚硬的被太阳烘烤得焦黑的田野里。斗牛场的大门敞开着，里面的圆形看台上有人正在打扫。看台下的场地已经被碾压过，洒上了水，木匠们正在更换场地周围的栅栏上已经不结实或者已经开了裂的木板。倘若站在已被碾压得平平整整的沙地的边缘，你可以抬头看看那一层层目前还空无一人的看台，并且看到有几个老婆子正在清扫一个个包厢。

斗牛场外，从城区延伸过来的通向斗牛场入口处的最后那条大街两侧的栅栏已经安装就绪，形成了一条狭长的通道；第一场斗牛赛开场的那天早晨，人群会涌过来沿着那条通道向前奔跑，让公牛跟着他们身后狂奔。斗牛场对面的那一大块空地上，就是届时将设立牛马集市的那个地方，有些吉卜赛人已经在大树底下扎下了营盘。卖葡萄酒和烧酒的小贩们正在搭建他们的凉棚。有一个凉棚上打着"牯牛茴香酒"①的广告。那条横幅就悬挂在炎炎烈日下的木板壁上。市中心的大广场上目前还没有什么变化。我们坐在那家咖啡馆露台上的白色柳条椅里，观看着一辆辆公共汽车驶进城来，车里下来的是一批批从乡下进城来赶集的农民，我们望着这些公共汽车又满载着农民一辆接一辆地开走了，他们坐在车里，带着他们的褡裢，褡裢里装满了他们在

---

① 此处原文为西班牙语"ANIS DEL TORO"，意为"牯牛茴香酒"。

城里买来的物品。这些高高的灰蒙蒙的公共汽车是这广场上唯一有生机的景象,除此之外,就是那些鸽子,还有那个拖着一条水管子在洒水的男人,他在用水龙头喷洒这沙砾铺就的广场,冲洗街道。

晚上的活动就是出去兜风①。晚饭过后一小时之内,所有的漂亮姑娘、当地的驻军长官,以及本城所有的时尚人士,都会无一例外地在广场另一侧的那条街道上散步,咖啡馆的桌子旁早已坐满了那些已经用过晚餐的常客。

早晨,我通常会坐在咖啡馆里看看马德里出版的那几份报纸,然后在城里转转,或者到城外的乡间去散散步。比尔有时候一同去。有时候他会躲在自己的房间里埋头写作。罗伯特·科恩总是利用早晨的时间学习西班牙语,或者挤出时间去那家理发店里修面。勃莱特和迈克不到中午是绝对不会起床的。我们都在咖啡馆里喝味美思酒。这倒是一种很清静的生活,况且也没有一个人喝醉过。我去过两三次教堂,有一次是和勃莱特一起去的。她说她要听我去忏悔,但是我对她说,这不仅是不可能的事情,而且也不像她所想象的那么有趣,再说,即便我忏悔,用的也是一门她所不懂的语言。我们从教堂里出来时恰巧碰见了科恩,尽管他早就尾随我们来了,这是明摆着的,然而他表现得非常和蔼可亲,也很乖巧,于是,我们三人一起出了教堂,漫步朝吉卜赛人的帐篷走去,勃莱特在那儿让人给她算了个命。

这是一个令人愉快的早晨,山峦上空高高飘拂着朵朵白云。夜里下了一点儿雨,高原上的空气很清新,也很凉爽,景色也煞是优美。我们都觉得心情很舒畅,我们都感到精力很旺盛,我觉得我当时对科恩的态度也相当亲切。在这样一个美好的日子里,无论什么事情都不会惹得你不高兴的。

这就是狂欢节开始之前最后一天的情形。

---

① 此处原文为西班牙语"paseo",意为"散步;兜风"。

第十五章

7月6日,星期天的正午时分,狂欢节的庆祝活动"爆发"了。没有任何别的字眼可以用来形容那种场面。整整一天,人们络绎不绝地从乡下涌进城来,不过,他们很快就融入到城里的节日氛围中去了,因此,你要是不留意就根本看不到他们。炎炎烈日下的广场和往常一样宁静。乡民们都待在远离市中心的小酒馆里。他们在那里开怀畅饮,准备参加狂欢节的庆祝活动。他们刚从平原和山区来到城里,因为初来乍到,他们需要慢慢适应,逐步地改变关于钱的价值观念。他们不能一上来就大把大把地在咖啡馆里花钱。他们要把钱实实惠惠地花在小酒馆里。钱的具体价值仍然是以干了多少小时的活儿和卖了多少蒲式耳[①]的粮食来衡量的。等到狂欢节进入后期时,他们就不在乎花多少钱,或者在什么地方花钱了。

终于到了圣福明狂欢节就要爆发的这一天,乡民们一清早就已聚集在市区那些小街小巷里的小酒馆里

[①] 蒲式耳(bushel),谷物等的容量单位,在英国约等于36升,在美国约等于35升。

了。上午,我走过几条街道去那座大教堂里做弥撒,一路上都能听到他们的歌声从一家家敞开着门的小酒馆里飘扬出来。他们越来越起劲了。参加十一点钟这场弥撒的人很多。圣福明节也是个宗教节日。

我从大教堂走下山来,再顺着大街朝广场上的那家咖啡馆走去。再过一小会儿就到正午时分了。罗伯特·科恩和比尔正坐在一张餐桌前。那些大理石台面的桌子和白色的柳条椅子都已不见了。取而代之的是铸铁桌子和简朴的折叠椅。咖啡馆就像一艘清除了一切不必要的杂物准备投入战斗的军舰一样。今天,那些服务生是不会让你安安静静地坐在这儿看一上午报纸而不来问你要不要点些吃的东西的。我刚坐下,就有一名服务生走上前来。

"你们想喝点儿什么?"我问比尔和科恩。

"雪利酒。"

"赫雷斯[1]。"我对那名服务生说。

没等那服务生把雪利酒送上来,宣布狂欢节正式开始的焰火弹就在广场上腾空而起了。焰火弹爆炸开来,一团灰色的烟雾高悬在广场对面嘉雅瑞剧院的上空。这团烟雾悬挂在半空中,就像一颗炸开花的榴霰弹,我正望着,又有一枚焰火弹升上了半空,在灿烂的阳光下吐出缕缕青烟。它爆炸开来时,我看见了那耀眼的一闪,随即另一朵烟云出现了。就在这第二枚焰火弹爆炸开来时,一分钟前还是空荡荡的拱廊里竟一下子涌来了那么多的人,弄得那名服务生不得不把酒瓶高高举过头顶,好不容易才穿过人群,挤到我们桌前。人们纷纷从四面八方涌入广场,我们听见大街上由远及近地传来了吹奏簧管、横笛和击鼓的声音。他们演奏的是"里奥—里奥舞"[2]的乐曲,笛声尖锐,

---

[1] 此处原文为西班牙语"Jerez"(赫雷斯)。赫雷斯为西班牙安达卢西亚地区一城市,是雪利酒的制造中心。英语的"雪利酒"(Sherry)即由该地名音译而来。

[2] 此处原文为西班牙语"riau-riau",这是圣福明狂欢节期间特有的一种民间舞蹈。

鼓声咚咚，无数大人小孩跟着他们后面边走边跳着舞。笛声一停，他们全都在街上蹲伏下来，等到簧管和横笛再次发出尖锐的乐声，呆板、单调、沉闷的鼓声再次咚咚地敲响时，他们全都一跃而起，又跳起舞来。人群中，你只看见那些翩翩起舞的人的脑袋和肩膀在上下起伏。

广场上有一个人，向前弓着腰，也在吹着一根簧管，一大群孩子吵吵嚷嚷地跟在他身后，扯着他的衣服。那人向广场外走去，任由那群孩子跟在他身后，边走边为他们吹奏着簧管，从咖啡馆门前走了过去，拐进了一条小巷。当他吹着簧管打我们面前走过时，我们看见了他那木无表情、长满麻子的脸，那群孩子仍旧紧跟在他身后，边走边大呼小叫着，拉扯着他的衣服。

"他准是本村的那个傻子，"比尔说，"我的上帝啊！看那边！"

街头涌来了跳舞的队伍。大街上密密麻麻地挤满了跳舞的人，清一色的全都是男人。他们都在翩翩起舞，踏着节拍跟随在自己的笛手和鼓手的身后。他们大概是某个俱乐部的，全都穿着统一的劳动者的蓝色罩衫，脖子上系着红色的围巾，高擎着一幅用两根长竿撑开的巨大横幅。当他们被人群簇拥着浩浩荡荡地沿街开过来时，那条横幅也随着他们的舞步起伏有致地舞动着。

"美酒万岁！外宾万岁！"涂写在那条横幅上的就是这条标语。

"哪儿有外宾啊？"罗伯特·科恩说。

"我们就是外宾啊。"比尔说。

焰火弹不时腾空而起。这家咖啡馆此时已座无虚席。广场渐渐清空，人流慢慢散去，成群结队的人渐渐把各家咖啡挤占得满满当当。

"勃莱特和迈克在哪儿？"比尔问。

"我去找找他们吧。"科恩说。

"领他们到这儿来。"

狂欢节真的开始了。它将昼夜不停地持续七天。狂舞不停,纵酒不停,喧闹不止。只有在狂欢节期间才会发生的所有事情统统都会发生。到最后,一切都将变得如梦如幻,仿佛无论你怎么干都不会引起任何不良后果似的。在狂欢节期间,考虑后果似乎是不合时宜的。在节期的整个过程中,哪怕在没人大肆喧闹的情况下,你都有这种感觉,无论你想说什么话,你都必须大声喊出来,才能让别人听见。无论谁想要做出什么举动,都同样有这种感觉。这就是狂欢节,它将持续整整七天。

这天的下午有盛大的宗教游行。圣福明像被人们虔诚地从一个教堂请到另一个教堂。游行队伍中,来自社会各界的名流显贵比比皆是,有政界的,也有宗教界的。因为人山人海,我们没法看到这些人物。井然有序地行进着的游行队伍的前前后后都有大群大群在跳着"里奥—里奥舞"的人。人群里有一大批身穿黄衫的人在忽上忽下地跳着。通向广场的所有小街小巷及其两侧的人行道全都水泄不通地挤满了人,我们只能从熙熙攘攘的人群的头顶上看到游行队伍里的那些巨幅肖像:有几尊是雪茄铺子门前的印第安人的木雕像[1],足足三十英尺[2]高,有几尊是摩尔人[3],还有一个国王和一个王后,那些雕像都在庄重地随着"里奥—里奥舞曲"的节奏旋转着,好像在跳华尔兹舞一样。

游行队伍在一座小教堂门前停了下来,圣福明像和那些身居要位的权贵们鱼贯而入,把卫队和巨幅画像统统留在了门外,那些原本钻

---

[1] 雪茄铺子门前的印第安人木雕像(cigar-store Indians),一种与真人一般大小的彩色木雕,最早出现在美国。从前的雪茄店多用此作为招牌,藉以招徕顾客。

[2] 1英尺约为0.3米。

[3] 摩尔人(Moors),非洲西北部的穆斯林,为柏柏尔人与阿拉伯人的混血后代;8世纪时曾征服伊比利亚半岛,但在15世纪末被逐出其在格拉纳达的最后据点。

在巨幅画像的肚子里跳舞的人这时就站在他们停放在地上的框架旁边,侏儒们手持巨大的彩色气球,在人群里钻来钻去。我们迈步走进教堂,里面有一股浓浓的香火味,人们随后摩肩接踵地走进了这座教堂,但是勃莱特刚踏进门内就被人家拦住了,因为她没戴帽子[1],所以我们只好退出来,顺着大街从小教堂退回到城里。大街两旁的人行道上站满了人,他们仍站在老地方,等着游行队伍归来。有几个跳舞的人站成了一个圆圈,围着勃莱特跳起舞来。他们的脖子上全都套着花环似的大串大串的白蒜头。他们挽起比尔和我的胳膊,把我们也拉进了圆圈里。比尔也开始跳起舞来。人们都在齐声吟唱着。勃莱特也想跳舞,可是他们不让她跳。他们要把她当作一尊偶像来围着她跳。当那首歌曲随着一阵尖厉刺耳的"里奥—里奥!"声宣告结束时,他们一哄而上,簇拥着我们走进了一家小酒馆。

我们站在柜台前。他们让勃莱特坐在其中一个酒桶上。小酒馆里光线昏暗,人头攒动,而且清一色的全都是男人,他们都在放声歌唱,直着嗓门声嘶力竭地唱着。柜台后面,有人从酒桶里放出了一杯杯酒。我把酒钱放在柜台上,可是有个人立即捡起钱来,把它塞回我的口袋里。

"我想要一个皮酒袋。"比尔说。

"街上有个地方卖,"我说,"我这就去买两个。"

那帮跳舞的人不肯放我出去。有三个男人紧挨着勃莱特坐在高高的酒桶上,在教她怎样用皮酒袋喝酒。他们在她的脖子上挂了一串花环似的老蒜头。有个人硬要塞给她一只酒杯。有个人在教比尔唱一支歌。在冲着他的耳朵唱。在比尔的脊背上打着节拍。

---

[1] 按照穆斯林和一些西方国家的旧俗,妇女上街,进公共娱乐场所或教堂,都需身穿裙衫,头戴女士帽子或裹着头巾。勃莱特向来穿着随便,留男士短发,在当时实属标新立异的举动。

我向他们解释说，我马上还要回来的。总算出了酒馆到了外面的大街上，我便沿街走去，边走边寻找那家制作皮酒袋的店铺。人行道上挤满了人，许多商店都已关门打烊，我没法找到那家店铺。我一边走一边左顾右盼地留意着大街的两侧，一直走到快要接近教堂。这时，我向一个人打听了一下，那人却一把拉住我的胳膊，直接领我去了那家店铺。那家店铺的百叶窗已经关上了，但店门依然还开着。

店铺里面散发着一股刚刚鞣制好的皮革味儿和热焦油的气味。有个人正在往已经制作好了的皮酒袋上印花。成捆成捆的皮酒袋吊挂在天花板上。他拿下一只，吹足了气，拧紧喷嘴，然后纵身跳上皮酒袋，用脚在上面踩了几下。

"瞧！一点儿不漏气吧。"

"我还想再要一个。拿个大的吧。"

他从房顶上取下一只大皮酒袋来，这只皮酒袋的容量足足有一加仑，甚至还不止。他鼓起两腮对着酒袋口一顿猛吹，把它吹足了气，然后站到这只皮酒袋[①]上，手扶着椅背，用脚使劲儿踩了踩。

"你打算干什么用？拿到巴荣纳去卖吗？"

"不是。用它们喝酒。"

他在我脊背上拍了一巴掌。

"是条好汉。收你八比塞塔两个。最低价格。"

正在往新皮酒袋上印花的那个汉子将印好的一个个酒袋扔在一边，堆了一大堆，然后停下手来。

"这倒是真话，"他说，"八比塞塔是很便宜的。"

我付了钱，走出店铺，顺着大街走回那家小酒馆。小酒馆里比先前更加幽暗，而且非常拥挤。我没见到勃莱特和比尔，有人说他们进

---

① 此处原文为西班牙语"bota"，意为"皮酒袋；皮酒囊"。

里屋去了。柜台前的那个姑娘给我灌满了这两只皮酒袋。一只装了两公升。另一只装了五公升。两只皮酒袋都装满共花了三比塞塔六十生丁。柜台前有个人,和我素不相识的一个汉子,硬要替我付这笔酒钱,不过,最后还是我自己付的。这位想替我付酒钱的汉子便掏钱请我喝了一杯酒。他坚决不肯让我买一杯回请他,却说他想从我的新酒袋里喝一口漱漱嘴。他倒提起那只容量为五公升的大皮酒袋,双手用力一挤,于是,袋中酒就嘶嘶地贴着他的喉咙直灌下去。

"还行。"他说,并把酒袋还给了我。

在里屋,勃莱特和比尔正坐在两只琵琶酒桶上,被那群跳舞的人团团围着。他们每个人都把胳膊都搭在别人的肩膀上,人人都在唱歌。迈克和好几个脱去外衣只穿着衬衫的人同坐在一张桌子旁,就着一个大碗吃洋葱醋熘金枪鱼。他们都在一边喝酒,一边用面包片蘸着碗里有油有醋的汤汁。

"喂,杰克。喂!"迈克喊道,"过来。我要介绍你认识一下我这几位朋友。大伙儿正聚在一起享用这份餐前小吃呢。"

我被介绍给了坐在桌边的这些汉子。他们向迈克通报了自己的姓名,并且叫人也给我拿一把叉子来。

"不要再吃人家的晚饭啦,迈克尔。"勃莱特从琵琶酒桶那边高声喊道。

"我可不想把你们的饭菜都吃光。"有个人把叉子递给我时,我说。

"吃吧,"那人说,"你以为大家来这儿图个啥?"

我拧开那只大号皮酒袋的喷嘴,把它递给了在座的各位。他们每个人都伸直胳膊倒提着那只皮酒袋,喝了一大口酒。

透过歌唱声,我们分明听见了游行队伍从门外经过时吹奏出的乐曲声。

"是不是游行队伍过来啦?"我问迈克。

"没有的事儿①,"有人说,"啥也没有。接着喝。把那皮酒袋竖起来。"

"他们在哪儿找到你的?"我问迈克。

"有个人带我上这儿来的,"迈克说,"他们说你们在这儿。"

"科恩在哪儿?"

"他已经醉得不省人事啦,"勃莱特大声说,"他们把他安顿到什么地方睡下了。"

"他现在人在哪儿呢?"

"我不知道。"

"我们怎么会知道,"比尔说,"我看他已经死啦。"

"他没死,"迈克说,"我知道他没死。他不过才喝了一杯'猴牌茴香酒'②,就醉得不省人事了。"

在他刚用西班牙语说出"猴牌茴香酒"这个名称时,在座的有个人抬起头来看了看,从自己的罩衫里面掏出一只酒瓶来,并把它递给了我。

"不要,"我说,"不喝了,谢谢!"

"要喝的。要喝的。举起来!干了这瓶!"

我喝了一口。这酒入口有股甘草味,有一股暖流从嘴里一直烧到了肚子里。我感到胃里热乎乎的。

"科恩到底在哪儿呀?"

"我不知道啊,"迈克说,"我来问问吧。那位喝醉了同志在哪儿?"他用西班牙语问。

---

① 此处原文为西班牙语"nada",相当于英语中的"nothing",意为"什么也没有"。
② 此处原文为西班牙语"Anis del Mono",原意为"猴子喝的茴香酒",是西班牙盛产的一种烈酒的商标,最早产于1870年。

"你想见他吗?"

"是的。"我说。

"不是我要见他,"迈克说,"是这位先生。"

那位掏出"猴牌茴香酒"的汉子抹了抹嘴,站起身来。

"跟我来吧。"

在一间里屋内,罗伯特·科恩正静静地睡在几只酒桶上。屋子里暗得几乎看不清他的脸庞。他们在他身上盖了一件大衣,还有一件大衣被折叠起来垫在他脑袋下。他脖子上套着老大一串拧得像花环似的蒜头,一直拖到他胸前。

"让他睡吧,"那汉子低声说,"他没事儿的。"

两小时之后,科恩露面了。他走进前屋,脖子上依然挂着那串花环似的蒜头。那几个西班牙人见他进来都欢呼起来。科恩揉了揉眼睛,咧开嘴笑了。

"我刚才肯定是睡着了。"他说。

"哦,没有没有。"勃莱特说。

"你刚才简直就是个死人。"比尔说。

"我们要不要去用点儿晚餐?"科恩问。

"你想吃东西了?"

"是啊。怎么不想吃?我饿啦。"

"把那些蒜头吃了吧,罗伯特,"迈克说,"我说,你就吃那些大蒜头得了。"

科恩站在那儿没动。他这一觉睡得醉意全消了。

"我们还是去吃吧,"勃莱特说,"我得先去洗个澡。"

"走吧,"比尔说,"让我们把勃莱特这尊神请到旅馆里去吧。"

我们向许多人说着"再见",跟许多人握手告别,然后走了出来。外边天色已黑。

"你们猜猜看,现在是几点钟。"科恩问。

"现在是明天,"迈克说,"你已经睡了两天啦。"

"别这样嘛,"科恩说,"现在到底是几点钟?"

"十点。"

"我们喝得可真多啊。"

"你这话的意思是,我们这些人喝得可真多吧。你刚才一直在睡觉嘛。"

沿着黑黢黢的大街走回旅馆的路上,我们看到一颗颗焰火弹从广场上腾空而起。走过通向广场的那些小街小巷时,我们看到广场上密密麻麻地挤满了人,广场中央的那些人都在翩翩起舞。

旅馆里的这顿饭着实非常丰盛。这是狂欢节的第一顿饭,价格是平日的两倍,当然也有几道新添的菜肴。晚餐过后,我们都离开旅馆进城寻欢作乐去了。我记得我当时下了决心要玩儿它个通宵达旦的,这样才能在第二天清晨六点钟观看到公牛群沿街奔跑的情景,然而,由于困得不行,我四点钟左右就上床睡觉了。其他人都整夜没睡。

我自己的房间是锁着的,我找不着钥匙,所以就去了楼上,睡在科恩房间里的一张床上。外面的狂欢活动夜间也没停息过,但是我实在困得不行,外面的动静再大也没把我吵醒。后来,我终于醒了,是一颗焰火弹的剧烈爆炸声把我惊醒的,那声爆炸表明,郊外的牛栏就要开始释放那些公牛了。公牛群会狂奔着穿街过巷,一路冲向斗牛场。我睡得很沉,醒来时感觉已经为时太晚了。我披上科恩的一件大衣,来到室外的阳台上。楼下那条小街空无一人。所有的阳台都挤满了人。突然,有一群人从街头涌了出来。他们都在奔跑,磕磕碰碰地挤成一团。他们经过旅馆门前,沿着大街朝斗牛场方向奔去,后面跟着另一帮人,跑得更急,随后是几个掉队的人,在拼命地跑着。人群过后有一小段空隙,紧接着,公牛群冲了过来,条条公牛都在发足狂

197

奔,脑袋上下晃动着。转眼间它们就跑过街角不见了。有个人摔了一跤,赶忙滚进了街边的排水沟,一动不动地躺在那儿。好在公牛群仍在照直向前狂奔,没去理会他。它们只顾成群结队地向前狂奔不已。

公牛群跑过去之后没一会儿,斗牛场那边便传来了一片震天响的吼叫声。那叫声经久不息。终于,"嘭"的一声炸响了一颗焰火弹,表明公牛群已经闯过了斗牛场中的人群,冲进了牛栏。我返身回到房间,上床钻进了被窝。我刚才一直是光着脚站在石砌阳台上的。我知道我们那帮人肯定都跑到斗牛场去了。重新回到床上后,我又睡着了。

科恩一进屋就把我吵醒了。他进门先脱衣服,然后走过去把那扇窗户关上了,因为街对面那幢房屋恰好对着我们的阳台,有人正在朝我们屋里窥望。

"那种阵势你看没看?"我问。

"看了。我们都在场。"

"有人受伤了吗?"

"有一头公牛冲进了斗牛场中的人群,一连撞翻了六到八个人。"

"那种场面勃莱特觉得怎么样?"

"事情来得太突然,谁也来不及去细想。"

"要是我也熬它个通宵就好了。"

"我们不知道你去哪儿了。我们到你的房间来找过你,可是你的房门是锁着的。"

"你们在什么地方待了一整夜?"

"我们在一家俱乐部里跳舞呢。"

"我那会儿实在困得不行了。"我说。

"我的天哪!我现在倒真是困得不行了,"科恩说,"这种事情还有完没完呐?"

"至少一星期之内不会完。"

比尔推开门,把脑袋探进来。

"你上哪儿去啦,杰克?"

"我在阳台上看过街的奔牛呢。怎么样?"

"够精彩的。"

"你上哪儿去?"

"睡觉去。"

没有一个人是在正午时分之前起床的。我们坐在摆放在室外拱廊下的餐桌边吃午饭。全城处处挤满了人。我们不得不等了好一会儿才等来了一张空桌。吃完午饭后,我们去了伊鲁涅咖啡馆。这里早已座无虚席,而且随着斗牛赛开赛时间的临近,这里还会变得更加爆满,桌子也会更加挤挤插插地紧挨在一起。每天在斗牛赛开赛之前,这里总是一片因为人多嘴杂而形成的低沉的嗡嗡声。这家咖啡馆平日里无论怎么拥挤,也不会像这样嘈杂。这种嗡嗡声连绵不断,我们身在其中,因而也是其中的一部分。

我每一场斗牛赛都事先预定好了六张票。有三张是"栅栏边的席位"①,就是紧靠斗牛场栅栏边的第一排座位,另外三张为"出入口上方的席位"②,座位有木头靠背,位于圆形看台的中段。迈克认为,勃莱特是头一回看斗牛,最好坐在高处,科恩则表示愿意陪他俩坐在一起看。比尔和我想坐在"栅栏边的席位"上,于是,我就把多余的那张票给了一名服务生,让他去卖掉。比尔对科恩大谈起看斗牛应该注意些什么,以及该怎样看才不至于把注意力集中在那些马的身上。比

---

① 此处原文为西班牙语"barreras",原意为"栅栏",此处指"斗牛场看台紧靠着围栏边的第一排席位"。
② 此处原文为西班牙语"sobrepuertos",原意为"出入口上方",此处指"斗牛场看台上位于出入口上方的席位"。

尔曾经看过整整一个赛季的斗牛赛。

"我倒不担心我是不是受得了。我只怕会感到乏味。"科恩说。

"你认为会吗？"

"公牛攻击那匹马之后，不要去看那匹马，"我对勃莱特说，"要注意看公牛的冲刺，要看骑在马上的那名手执长矛的副斗牛士①是怎样设法避开那头公牛的攻击的，但是，如果那匹马遭受了攻击，只要没有死掉，你就不要再去看它。"

"那情形会让我有点儿紧张的，"勃莱特说，"我担心的是，我有没有这个能耐把它好好看到底。"

"你会好好看到底的。没什么大不了，只有马儿受到攻击的那一节你看了会不好受的，再说，马儿在场上跟每头公牛周旋的时间也不过只有几分钟。如果情况不妙，你不看就是了。"

"她没事儿，"迈克说，"我会照顾她的。"

"我看你不会感到乏味的。"比尔说。

"我回旅馆取望远镜和皮酒袋去，"我说，"回头见。可别喝得醉眼惺忪的。"

"我陪你去吧。"比尔说。勃莱特朝我们嫣然一笑。

我们绕道穿行在拱廊下，免得走在广场上挨晒。

"科恩这人让我腻歪透了，"比尔说，"他那种犹太人的傲慢劲儿实在太过分了，他居然认为看斗牛只会使他感到乏味。"

"我们等会儿用望远镜来观察他。"我说。

"噢，让他见鬼去吧！"

"他在这方面花了不少功夫呢。"

---

① 此处原文为西班牙语"picador"，意为"在斗牛场上骑着马用长矛刺公牛使其发怒的副斗牛士"。

200

"我倒真希望他在这方面多下些功夫。"

在旅馆的楼梯口,我们遇到了蒙托亚。

"来吧,"蒙托亚说,"你们想认识认识佩德罗·罗梅罗[①]吗?"

"好啊,"比尔说,"我们这就去见见他吧。"

我们跟随着蒙托亚走上一段楼梯,再沿着过道走下去。

"他住在八号房间,"蒙托亚解释说,"他正在着装,准备进斗牛场了。"

蒙托亚敲敲门,然后把门推开。这是一间光线很幽暗的房间,只有面朝小巷的那扇窗户有一丝亮光透进屋来。房间里有两张床,中间用一扇修道院用的隔板分隔开来。电灯开着。小伙子站得笔直,表情严肃,穿着斗牛服。他的夹克衫搭在一张椅子的靠背上。他们快要缠好他的腰带了。他的黑发在电灯的照耀下闪闪发亮。他身穿一件白色亚麻布衬衫,负责帮他执剑的那名助手替他缠好了腰带,站起身来,退在一旁。佩德罗·罗梅罗朝我们点了点头,我们和他握手的时候,他似乎显得很超脱,神情庄重。蒙托亚跟他嘀咕了几句,大意是说,我们是非常仰慕他的斗牛迷,我们祝愿他吉祥顺利。罗梅罗听得很认真。接着,他朝我转过身来。他是我平生所见过的最漂亮的英俊少年。

"你爱看斗牛。"他用英语说。

"你会讲英语。"我说,觉得自己简直像个傻子。

"不会。"他回答说,并笑了笑。

床上坐着三个人,其中的一个起身向我们走来,问我们会不会

[①] 罗梅罗家族为西班牙著名斗牛世家,英雄辈出,且一直恪守其祖先创下的风格和斗牛技艺,历来深受西班牙民众的喜爱,至佩德罗·罗梅罗·马蒂奈茨(Pedro Romero Martinez,1754—1839)达到鼎盛。海明威借用西班牙历史上这一家喻户晓的英雄人物的名字作为本书人物的名字,意在增强作品的真实性和可感性。

讲法语。"要不要我来给你们翻译？你们有没有什么问题想问问佩德罗·罗梅罗？"

我们婉言谢绝了他。你有什么好问的呢？这小伙子才十九岁，除了那名帮他执剑的助手和那三名要仰仗他吃饭的扈从之外，身边再没有别的人了，而再过二十分钟斗牛赛就要开赛了。我们祝愿他"吉星高照"[①]，跟他握握手，然后就出来了。我们关上房门的时候，他仍然站在那儿，腰板笔直，英姿勃勃，孑然一身，独自同那几名随从待在房间里。

"这小伙子挺优秀的，你们觉得呢？"蒙托亚问。

"这孩子挺英俊的。"我说。

"他长得就像个斗牛士[②]，"蒙托亚说，"他天生就是这块料。"

"这小伙子长得真帅。"

"他究竟怎么样，我们会在斗牛场上看到的。"蒙托亚说。

在我的房间里，我们找到了那只靠墙脚边放着的大号皮酒袋，就拿了它，还有望远镜，然后锁好门，走下楼来。

这是一场精彩的斗牛赛。比尔和我都为佩德罗·罗梅罗的表现感到惊叹不已。蒙托亚就坐在离我们大约十个座位开外的地方。当罗梅罗杀死他的第一头公牛之后，蒙托亚捉住了我的目光，朝我点了点头。这是一位真正的斗牛士。已经有好长时间没见过真正的斗牛士了。至于另外那两位斗牛士，一个相当不错，另一个也还算过得去。但是谁也没法跟罗梅罗相比，尽管他那两头公牛都不怎么厉害。

在斗牛赛正在进行的过程中，我举着望远镜朝迈克、勃莱特和科恩观察了好几次。他们似乎一切正常。勃莱特并没有显露出紧张不安

[①] 此处原文为西班牙语"Mucha suerte"，意为"吉星高照；百事顺利"。
[②] 此处原文为西班牙语"torero"，意为"斗牛士"。

的样子。那三个人都探着身子趴在前面的混凝土栏杆上。

"让我也用望远镜来瞅瞅吧。"比尔说。

"科恩有没有显露出乏味的样儿来?"我问。

"这个该死的犹太佬!"

斗牛场外,斗牛赛结束之后,你在拥挤不堪的人群中是根本挪不开步的。我们没法自己挤出去,只好被整个人流裹挟着,缓慢地,像冰川一样,挪回城里。我们怀着那种久久不能平复的情感,每看完一场斗牛赛之后总是这样,同时也有一种意气风发的感觉,每看完一场精彩的斗牛赛之后也总是这样。狂欢节的庆祝活动仍在进行。无数的鼓被擂得震天响,无数簧管吹奏出的乐曲声激越刺耳,无论走到哪里,拥挤不堪的人流随时都会被一簇簇各占一方、翩翩起舞的人所打破。那些跳舞的人处在拥挤不堪的人群中,因此,你看不到他们那复杂缤纷的舞步。你放眼望去,满目皆是他们的脑袋和肩膀在忽上忽下地闪现着。最后,我们总算挤出了人群,朝那家咖啡馆走去。服务生给我们另外那几位也留了座儿,我们每人要了一杯苦艾酒,一边喝,一边观望着聚集在广场上的人群和那些在跳舞的人。

"你猜猜那是一种什么舞?"比尔问。

"好像是霍塔舞①。"

"这种舞人们的跳法不尽相同,"比尔说,"曲调不同,人们的跳法就会截然不同。"

"这种舞跳起来非常优美。"

我们前面的大街上有一块空旷的地方,一群男孩子正在那儿跳舞。他们的舞步非常复杂,他们的表情热切而又专注。他们跳舞时全都低头望着脚下。他们的绳底鞋在路面上踢踏作响。脚尖碰地。脚跟

---

① 霍塔舞(jota),西班牙北部民间舞蹈之一,是快三步双人舞。

碰地。脚指头相碰。过了一会儿,音乐声戛然而止,这套舞步也随之结束,他们随即手舞足蹈地沿着大街翩然而去。

"瞧,我们那帮正人君子们来了。"比尔说。

他们正从马路对面横插过来。

"喂,伙计们。"我说。

"喂,先生们!"勃莱特说,"你们帮我们留好座位啦?太好了。"

"哇噻,"迈克说,"那个姓罗梅罗叫个什么名字的小伙子真是个了不得的人物啊。我说得对不对?"

"噢,他多可爱啊,"勃莱特说,"穿着那条绿色的裤子。"

"勃莱特的眼睛一刻也没有离开过那条绿裤子。"

"我说,明天我一定要借你的望远镜来看看。"

"这场斗牛赛怎么样?"

"精彩极了!堪称完美无缺。哇噻,真是大开眼界呀!"

"那几匹马怎么样?"

"我还是情不自禁地看了。"

"她一直在恋恋不舍、两眼发直地望着那些马呢,"迈克说,"她真是个不同凡响的娘儿们。"

"它们确实遭遇了几次相当可怕的冲击,"勃莱特说,"不过,我也一直很忘情地看着它们呢。"

"你觉得还行吗?"

"反正我没有感到特别难受。"

"罗伯特·科恩不行了,"迈克插嘴说,"你当时都吓得脸色发青啦,罗伯特。"

"第一匹马的遭遇确实让我很不好受。"科恩说。

"你没有感到乏味吧,是不是?"比尔问。

科恩哈哈大笑起来。

"是的。我没有感到乏味。但愿你能原谅我说过这种话。"

"没关系,"比尔说,"只要你没有觉得乏味就好。"

"他没有流露出感到乏味的样子来呀,"迈克说,"我当时都以为他要呕吐了呢。"

"我从来没有感到那么难受过。幸好只是一小会儿。"

"我当时真以为他马上就要呕吐了。你没有感到乏味吧,对不对,罗伯特?"

"你别老是揪着这句话不放好不好,迈克。我说过,我很遗憾我说了这种话。"

"他当时真的不行了,你们知道。他真的被吓得脸色发青呢。"

"唉,这事儿别再提啦,迈克尔。"

"你头一回看斗牛就不该感到乏味,罗伯特,"迈克说,"那样会把事情搞得一团糟的。"

"嘿,这事儿就别再提啦,迈克尔。"勃莱特说。

"他还说勃莱特是个虐待狂呢,"迈克说,"勃莱特可不是虐待狂。她只是个人见人爱、健康活泼的娘儿们。"

"你是虐待狂吗,勃莱特?"我问。

"但愿不是。"

"他说勃莱特是个虐待狂,还不就因为她有旺盛的好胃口。"

"胃口再好也不会老是那么旺盛的。"

比尔劝迈克说点儿别的事情,不要再拿科恩开涮了。服务生送来了几杯苦艾酒。

"你真的喜欢看斗牛吗?"

"不。谈不上喜欢。我认为那是一场很精彩的表演。"

"天哪,说得好!多叫人大开眼界啊!"勃莱特说。

"我真希望他们不要让马儿那么遭罪。"科恩说。

"那一幕并不重要,"比尔说,"过了那一阵子之后,你就再也不会注意到有什么叫人厌恶的地方了。"

"有点儿刺激的也就是开头那一幕,"勃莱特说,"让我觉得挺恐怖的也就是公牛向那马儿发起攻击的那一刻。"

"那些公牛倒是挺健壮的。"科恩说。

"那些公牛都棒得很呢。"迈克说。

"下次我要坐在下面看。"勃莱特喝着她杯中的苦艾酒。

"她就想在近处看那些斗牛士。"迈克说。

"他们真了不起,"勃莱特说,"那个帅小伙儿罗梅罗还只是个孩子呢。"

"他真是个非常英俊的小伙子啊,"我说,"我们到楼上他的房间里去过,我还从没见过这么漂亮的美少年呢。"

"你估计他有多大岁数?"

"十九或二十吧。"

"简直匪夷所思啊。"

第二天的斗牛赛比开场的第一天还要精彩得多。勃莱特坐在迈克和我两人之间,在"栅栏边的第一排席位"上,比尔和科恩坐到上面去了。罗梅罗是全场关注的主角。我觉得勃莱特自始至终都没有正眼看过别的斗牛士。其他人当然也一样,除了那些顽固不化的行家。完全是罗梅罗的天下。场子里另外还有两位斗牛士,但是他们都变得无关紧要了。我坐在勃莱特身边,对勃莱特讲解着有关斗牛的一切事项。我对她说,当公牛向那位手执长矛骑在马上的副斗牛士发起冲击时,要注意看那头公牛,而不要看那匹马,叫她要留心观察那名副斗牛士是怎样将他手中的那杆长矛恰到好处地刺进公牛的要害部位的,这样她就能看出点儿名堂来了,这样她才能明白斗牛的意义所在,以及始终贯穿在整个斗牛过程中的特定的目的性,而不仅仅是一些不可名状的恐怖景象。我要她注意观察罗梅罗是怎样从倒地的马儿身边用那块斗篷引开公牛,怎样用那块斗篷吸引住公牛的注意力,然后平稳而又娴熟地逗引公牛转过身来,并且不使公牛无谓地损耗体力的。她看得出罗梅罗是怎样避免使用一切鲁莽的动作,保存他的公牛的体力,以便在他需要的时候作最后一击,不让它们气喘吁吁、烦躁不安,而要让它们顺理成章地垮下来。她看得出,罗梅罗在逗引公牛的时候总是那么近地贴着那头公牛,我便向她指出了别的斗牛士常常耍弄的那些花招,装出一副他们好像贴得很近的样子。她心里自然明白,为什么她喜欢看罗梅罗的那手斗篷功夫,也明白为什么她不喜欢看别人的。

　　罗梅罗从不故作姿态地扭摆身躯,他的动作总是那样协调一致,做得直截了当、干净利落、从容自然。另外那两位则把自己的身躯扭得像开塞钻,抬着胳膊肘,等牛角偏过去之后才倾身向前贴近公牛的胁腹,给人一种貌似惊险的假象。到后来,这一整套虚假的作派竟越演越烈了,使人感觉很不爽。罗梅罗的斗牛给人以真情实感,因为他的每一个动作都一气呵成的,保持着绝对的洗练,每次总是沉着冷静地让牛的犄角贴得很近与他擦身而过。他不必强调其惊险程度。勃莱特看得出为什么有些动作紧贴着公牛来完成就很优美,如果和公牛保持一点距离来做就会显得很可笑。我告诉她说,自从何塞利托[1]去世之后,斗牛士们都逐渐形成了一套技巧,用以激发这种貌似惊险的场面,给人以一种虚有其表的扣人心弦的感觉,而斗牛士本人其实并没有任何危险。罗梅罗采用的传统的技巧,通过将身躯最大限度地暴

---

[1] 何塞利托(Joselito),西班牙著名斗牛士何塞·戈麦斯·奥蒂加(José Gómez Ortega,1895—1920)的别号。何塞利托是公认的"神童斗牛士",17岁即获得斗牛士称号,是当时西班牙全国最年轻的斗牛士。1914年起,他与另一著名斗牛士胡安·贝尔蒙蒂·加西亚(Juan Belmongte Garcia,1892—1962)争雄,最后在一次斗牛比赛中被牛挑伤而死亡,年仅25岁。这时期(1914—1920)优秀斗牛士辈出,被称为西班牙斗牛史上的"黄金时代"。

露在公牛面前来维护他的动作的洗练,他一方面居高临下地控制着公牛,使它觉得他是难以接近的,一方面也让公牛做好准备来迎接他那致命的一击。

"我从没见他有过任何笨拙的动作。"勃莱特说。

"你看不到的,除非他被吓坏了。"我说。

"他永远不会被吓坏的,"迈克说,"他太懂行了。"

"他一出世就什么都懂。他打娘胎里带来的本事别人一辈子也学不到手。"

"还有,上帝啊,多英俊的相貌啊。"勃莱特说。

"照我看,你瞧,她没准已经爱上这个斗牛的小哥儿们啦。"迈克说。

"我并不感到意外。"

"你就做个好哥儿们吧,杰克。别再跟她多说这小伙子的事儿啦。你告诉她,那帮人是怎么揍他们的老娘的。"

"再告诉我他们是一帮什么样的酒鬼。"

"嚯,可吓人啦,"迈克说,"成天喝得醉醺醺的,老是揍他们可怜巴巴的老娘呢。"

"看样子他会那么干的。"勃莱特说。

"可不是吗。"我说。

场子里的人用几头骡子套上那头死去的公牛,随后,几条鞭子啪啪地抽响,人们跑动起来,几头骡子奋力向前,骡腿猛蹬,突然飞奔起来,那头公牛,一只犄角朝上翘着,牛头侧面着地,身躯在沙地上划出了一道又宽又长、平平整整的沟痕,被拖出了红色的大门。

"接下来这场就是最后一场了。"

"不一定吧。"勃莱特说。她俯身向前倚在场边的围栏上。罗梅罗挥挥手,示意他的助手们各就各位,然后伫立在场上,斗篷贴在胸前,眺望着斗牛场对面公牛出场的地方。

这一场结束之后,我们就出来了,前胸贴后背地挤在人堆里。

"这些个斗牛赛看得累死人了,"勃莱特说,"我浑身软得像块破抹布了。"

"啊,你该去喝一杯啦。"迈克说。

第二天,佩德罗·罗梅罗没有出场。全是米乌拉公牛,斗牛赛也非常不像样。根据日程安排,第三天没有斗牛赛。但是整天整夜的狂欢活动仍在照样进行着。

第十六章

早晨一直在下雨。一阵浓雾从海上弥漫过来，笼罩着群山。你没法看见连绵起伏的山峰了。这片高原沉闷而又阴郁，连树木和房屋的轮廓也变了样儿。我走出城外去观察天象。海上来的阴冷潮湿的气流漫卷在群山之间。

广场上的一面面旗帜湿漉漉地垂挂在一根根白色的旗杆上，那些横幅也淋湿了，湿淋淋地吊在家家户户的门前，淅淅沥沥下个不停的蒙蒙细雨之间时而会夹杂着一阵急雨，把人人都驱赶到了拱廊下，雨水积起的一个个水洼遍布在广场上，大街小巷全都湿漉漉的，黯然无光，冷冷清清；然而狂欢节的各项活动却照样在进行着，片刻也没有停息。狂欢节只是被雨水驱赶得躲起来了。

斗牛场里有顶篷的座位早已挤满了人，他们一边坐在那里避雨，一边观看巴斯克和纳瓦拉的舞蹈和歌手们的汇演，随后，卡洛斯谷[①]的舞蹈家们穿着他们

[①] 卡洛斯谷（Val Carlos），西班牙北部纳瓦拉地区的一座小山城，位于龙塞斯瓦列斯附近，距法国边境仅几公里，是相传中的法国英雄罗兰的战死之地。

的民族服饰在雨中沿着大街一路舞来,淋湿了的手鼓,声音听上去空洞而发闷,各个舞蹈队的领头人都骑着步履沉重的高头大马走在队伍的前面,他们的民族服饰被雨淋湿了,马儿的皮毛也被淋湿了。人们都挤在咖啡馆里,那些舞蹈家们也涌进门来,坐在咖啡馆里面,他们把紧紧裹着白色绑腿的脚伸在桌下,甩去系着铃儿的小帽子上的雨水,展开他们姹紫嫣红的外衣搭在椅背上,好晾晾干。外面的雨下得正急。

我离开咖啡馆里的人群,径直朝旅馆走去,想去刮刮脸,准备吃晚饭。我回到自己的房间,正在刮脸的时候,忽然听到有人在敲门。

"请进。"我喊了一声。

蒙托亚走进屋来。

"你还好吗?"他说。

"很好。"我说。

"今天没有斗牛。"

"是啊,"我说,"什么也没有,就光下雨。"

"你的朋友们上哪儿去啦?"

"去那边的'伊鲁涅'了。"

蒙托亚笑了笑,流露出他惯常的局促不安的表情。

"嗯,"他说,"你认识那位美国大使吗?"

"认识,"我说,"人人都认识那位美国大使。"

"他来本城了,现在就在这儿。"

"是啊,"我说,"人人都看见他们了。"

"我也看见他们了。"蒙托亚说。他没再说什么。我继续刮我的脸。

"请坐,"我说,"我叫人送杯酒来吧。"

"不用,我得走了。"

我刮好脸,把脸埋在脸盆里,用冷水洗净了脸。蒙托亚站在原地没动,却显得越发局促不安了。

"嗯,"他说,"我刚刚接到他们叫人从格兰特大酒店捎来的一封信,他们要佩德罗·罗梅罗和马西亚尔·拉朗达[①]今晚吃完晚饭后过去喝咖啡呢。"

"好啊,"我说,"这对马西亚尔不会有任何坏处。"

"马西亚尔要在圣塞瓦斯蒂安待整整一天呢。他和马尔克斯今天早晨开车去的。我估计他们今晚是回不来的。"

蒙托亚局促不安地站在那儿。

"这封信你就别给罗梅罗看了。"我说。

"你觉得这样做行吗?"

"当然行啦。"

蒙托亚听了这话非常高兴。

"我本来就是想来问问你的,因为你是美国人嘛。"他说。

"换了我,我也会这样办的。"

"瞧,"蒙托亚说,"人们竟然这样耍弄一个孩子。他们不懂得他的价值。他们不懂得他的意义所在。任何一个外国人都可以把他捧上天。他们从格兰特大酒店喝咖啡这种事情开始,不出一年,他们就把他彻底毁了。"

"像阿尔加贝诺[②]那样。"我说。

"对,就像阿尔加贝诺那样。"

"这样的人有一大批呢,"我说,"有一个美国女人现在就在这里搜罗斗牛士。"

[①] 马西亚尔·拉朗达(Marcial Lalanda del Pino,1903—1990),西班牙著名斗牛士。
[②] 阿尔加贝诺(Algabeno),西班牙著名斗牛士何塞·加西亚(José García Carranza,1902—1936)的别称。

212

"我知道。他们专挑年轻的。"

"对,"我说,"老的都发胖了嘛。"

"或者像伽罗[①]那样疯疯癫癫了。"

"嗯,"我说,"这事儿好办。你只要做到别让他看到这封信就行了。"

"这么优秀的一个小伙子,"蒙托亚说,"他应当与他自己的人民在一起才对。他不该参与这种事情。"

"你不来杯酒?"我问。

"不啦,"蒙托亚说,"我该走了。"他说走就走了。

我下了楼,走出门外,漫步在环绕着广场的拱廊下,绕着广场走了一圈。雨还在下着。在"伊鲁涅"门口,我朝里面望了望,想寻找我那帮朋友,他们不在这里,于是,我继续绕着广场走了一圈,然后回到旅馆。他们已经在楼下的餐厅里吃晚饭了。

他们在吃饭这件事上遥遥领先于我,我想赶也赶不上。比尔在不停地掏钱找人给迈克擦皮鞋。每当有擦鞋的推开临街的那道门朝里张望,比尔总是把他叫过来,让他下工夫给迈克擦鞋。

"这是第十一次擦我这双靴子啦,"迈克说,"哇噻,比尔简直就是一头蠢驴啊。"

那些擦鞋的显然早把这消息传开了。又有一个擦鞋的进来了。

"要擦鞋吗?"[②]他对比尔说。

"不,"比尔说,"是给这位先生擦。"

刚刚进来的这个擦鞋的跪在那个正在擦着的同行身边,开始擦迈克的另一只暂时还闲着的靴子,那只靴子在灯光下原本就是乌黑锃亮的。

---

① 伽罗(Gallo),西班牙著名斗牛士拉斐尔·戈麦斯(Rafael Gómez Ortega,1882—1960)的别称。在西班牙语中,Gallo 原意为"公鸡"。
② 此处原文为西班牙语:"Limpia botas?"意为:"要擦鞋吗?"

"比尔简直太搞笑了。"迈克说。

我在喝着红葡萄酒,因为远远落后于他们,我对整个擦鞋的这一幕感觉有点儿不大舒服。邻桌上坐着佩德罗·罗梅罗。我朝他点了点头,他立即站起来,邀请我过去认识一下他的一位朋友。他那张餐桌紧挨着我们的餐桌,几乎就连在一起。我结识了这位朋友,一位马德里的斗牛评论员,一个紧绷着脸的小个子男人。我对罗梅罗说,我非常喜欢他的斗牛技艺,他听了很高兴。我们用西班牙语交谈,那位评论员会讲一点儿法语。我伸手到我们的餐桌上去拿我的那瓶酒,但是那位评论员拉住了我的胳膊。罗梅罗嘿嘿一笑。

"在这儿喝吧。"他居然说的是英语。

他平时不太好意思开口说英语,但他实际上对自己的英语还是非常满意的,当我们接着谈的时候,他提出了几个他自己觉得不大有把握的单词,请我给他解释一下这几个词的真正含义。他急于想知道西班牙语中的 *Corrida de toros* 用英语该怎么说,该怎么贴切地翻译成英语。他对 *bull-fight*(斗牛)这个译法深表怀疑。我解释说,英语的 *bull-fight*,在西班牙语里指的是对 *toro* 的 *lidia*。*Corrida* 这个西班牙语单词在英语里的意思是 *the running of bulls*(公牛群的奔跑)——翻译成法语是 *Course de taureaux*,那位评论员插嘴说。西班牙语中没有哪个单词可以对应于英语的 *bull-fight*。

佩德罗·罗梅罗说他曾在直布罗陀学过点儿英语。他出生在龙达。那座城市在直布罗陀北边不远的地方。他的斗牛生涯是从马拉加①的那所斗牛学校里开始的。他干这一行到现在也才只有三年。那

---

① 马拉加(Malaga),西班牙马拉加省的省会城市,位于西班牙南部,在安达卢西亚自治区境内,濒临地中海。龙达(Ronda),马拉加省的一座城市,位于马拉加市西北部,距马拉加市约100公里。

位斗牛评论员便取笑他,说他的话语中带有不少马拉加方言①里的措辞。他说他今年十九岁。他哥哥在跟他一起干,当他的助手②,但是他不住在这家旅馆里。他住在一家规模小一些的旅馆里,跟罗梅罗的另外几个随从住在一起。他问我在斗牛场里看见过他几次。我对他说,我只看见过他三次。其实只有两次,但是既然已经说错了,我也就不想再作解释了。

"还有一次你是在哪里看到我的?在马德里吗?"

"是的。"我撒了个谎。我看过刊登在斗牛报上的关于他在马德里那两次出场的报道,所以我能应付裕如。

"是第一场,还是第二场?"

"第一场。"

"第一场我表现得很差劲儿,"他说,"第二场要好多了。你还记得吗?"他扭过头去问那位评论员。

他一点儿也没有感到尴尬。他谈论起自己在斗牛场上的表现,就像在谈论一件与他自己完全无关的事情一样。话语中没有一点儿骄傲自满或自我吹嘘的意思。

"你喜欢看我在场上的表现,这一点我非常喜欢,"他说,"不过,你还没有看到过我真正精彩的斗牛呢。明天,要是我碰上一头漂亮的公牛,我会尽力施展出来给你看的。"

说完这番话,他微微笑了笑,生怕那位斗牛评论员或我会认为他是在说大话。

"我迫不及待地想看到这一幕呢,"那位评论员说,"我喜欢凭事实来说话。"

---

① 此处原文为西班牙语"Malagueno",意为"马拉加方言"。
② 此处原文为西班牙语"banderillero",意为"负责用系着彩色饰带的倒钩短矛刺公牛的肩胛部位的斗牛士助手"。

"他不怎么喜欢我在场上的表现。"罗梅罗转身对我说。他不是在开玩笑。

评论员辩解说,他还是非常喜欢的,只是这斗牛士始终都没有把他的技艺完全施展出来过。

"等看了明天这场再说吧,如果上来的是一头漂亮的公牛的话。"

"你看见过明天上场的那些公牛没有?"评论员问我。

"看见了。我亲眼目睹它们是怎样被放出笼子的。"

佩德罗·罗梅罗探过身来。

"你觉得这批公牛怎么样?"

"非常健壮,"我说,"大约有二十六厄罗伯①。犄角很短。你没看见它们吗?"

"哦,看见了。"罗梅罗说。

"它们的体重不到二十六厄罗伯。"那位评论员说。

"是的。"罗梅罗说。

"它们头上长的是香蕉,不是犄角。"评论员说。

"你把牛角叫香蕉?"罗梅罗问。他扭头朝我笑了笑。"你这位先生不会把牛角说成是香蕉吧?"

"不会,"我说,"牛角总归是牛角。"

"那些犄角是很短,"佩德罗·罗梅罗说,"非常、非常短。不过,它们再短也不是香蕉啊。"

"我说,杰克,"勃莱特从邻桌那边喊过来,"你扔下我们不管啦。"

"只是暂时的,"我说,"我们在谈公牛呢。"

"你可真有点儿自命不凡啊。"

---

① 厄罗伯(arroba),重量单位,用于某些西班牙语国家,约合 11 公斤。

"你告诉他,那些公牛都没有长鸡巴蛋。"迈克大嚷大叫地说。他已经喝醉了。

罗梅罗疑惑不解地朝我看了看。

"醉汉,"我说,"醉汉啊!十足的醉汉!"①

"你不妨给我们介绍一下你这两位朋友嘛。"勃莱特说。她一直在目不转睛地望着佩德罗·罗梅罗。我问他们是否愿意和我们一起喝咖啡。他俩都站起身来。罗梅罗脸色黧黑。他不仅彬彬有礼,而且态度也大大方方的。

我把他俩向大伙儿逐一作了介绍,他们刚要坐下,却发现座位不够,于是,我们全都转移到靠墙的那张大桌子上去喝咖啡了。迈克点了一瓶芬达多酒②,并且给每个人要了一只酒杯。接下来就醉话连篇了。

"告诉他,我认为从事写作是最没出息的,"比尔说,"说吧,跟他说呀。告诉他,我很惭愧我是个作家。"

佩德罗·罗梅罗坐在勃莱特身边,在听她说话。

"说呀。告诉他呀!"比尔说。

罗梅罗笑吟吟地抬起头来看了看。

"这位先生,"我说,"他是一位作家。"

罗梅罗顿时肃然起敬。"这里还有一位,他也是。"我说,并朝科恩指了指。

"他长得很像比利亚尔塔,"罗梅罗说,眼睛望着比尔,"拉斐尔,你说他长得像不像比利亚尔塔呀?"

"我看不出哪儿像。"那位评论员说。

---

① 此处原文为西班牙语:"Borracho! Muy Borracho!"意为"醉汉!十足的醉汉!"
② 芬达多酒(Fundador),西班牙语出产的一种白兰地。该词在西班牙语中的原意为"缔造者",用以纪念最早生产白兰地的酒坊。

"真的，"罗梅罗用西班牙语说，"他长得非常像比利亚尔塔。那位喝醉了酒的先生是干什么的？"

"什么也不干。"

"是不是因为这个他才喝醉的？"

"不是。他在等着跟这位女士结婚呢。"

"告诉他，公牛都没长鸡巴蛋！"迈克醉意十足地在桌子另一头朝这边叫喊着。

"他在说什么？"

"他喝醉了。"

"杰克，"迈克高喊着，"告诉他，公牛都没有鸡巴蛋！"

"你听得懂吗？"我说。

"听得懂。"

我敢肯定他没听懂，所以怎么说也没关系。

"告诉他，勃莱特就想看他是怎么穿上那条绿裤子的。"

"别再胡说八道啦，迈克。"

"告诉他，勃莱特死活想知道那条裤子他究竟是怎么穿上去的。"

"别再胡说八道了。"

在这期间，罗梅罗一直在用手指头拨弄着他的酒杯，跟勃莱特交谈着。勃莱特说的是法语，他说的是西班牙语，中间夹杂着一点儿英语，两人有说有笑。

比尔在不停地往大家的酒杯里斟酒。

"告诉他，勃莱特就想走进——"

"嗨，别再胡说八道了，迈克，看在基督的分儿上！"

罗梅罗抬起头来笑了笑。"'别再胡说八道！'这句我懂。"他说。

偏偏就在这时，蒙托亚走进屋来。他刚要朝我微笑致意，却忽然看见了佩德罗·罗梅罗，见他手里端着一大杯科涅克白兰地，正嘻嘻

218

哈哈地坐在我和一个肩膀袒露的女人之间，而且满桌都是醉汉。他甚至连头都没有点一下。

蒙托亚拔脚走出了餐厅。迈克摇摇晃晃地站起来祝酒。"我们都来干一杯吧，为了——"他刚开了个头。"为了佩德罗·罗梅罗。"我马上接着说。大家都纷纷站起身来。罗梅罗非常认真地领受了，我们碰了杯，一饮而尽，我是故意抢上去说的，想让这事儿早一点了结，因为迈克正蠢蠢欲动地想要摊牌呢，他要祝酒的对象绝对不是这个。不过，事情总算太太平平地收场了，佩德罗·罗梅罗跟大伙儿一一握手告别之后就跟那位评论员一块儿走出了餐厅。

"我的上帝！他可真是个可爱的帅小伙儿呀，"勃莱特说，"我多么想看看他那身衣服到底是怎么穿上去的啊。他得用一个鞋拔子才行。"

"我刚要对他说，"迈克又开始说起来，"可是杰克偏偏老是打断我。你为什么不让我把话说完啊？你以为你的西班牙语说得比我好吗？"

"啊，不要再讲了，迈克。谁也没妨碍你说话呀。"

"不行，我得把这事儿做个了断。"他背过身去不再理我，"你以为你有什么了不起吗，科恩？你以为你能融入到我们在座的这些人当中来吗？你是想出来痛痛快快地玩儿的那种人吗？看在上帝的分儿上，别再这样吵吵嚷嚷啦，科恩！"

"啊，住嘴，迈克。"科恩说。

"你以为勃莱特需要你在这儿吗？你以为你是来给在座的各位助兴的吗？你为什么不说点儿什么呢？"

"那天晚上，该说的话我都说过了，迈克。"

"我可不是你们这帮文人圈子里的一员。"迈克摇摇晃晃地站不稳身子，便靠在餐桌上。"我头脑是不聪明。但是我却很知趣，知道人家什么时候不欢迎我。你怎么就这么不识相,看不出人家什么时候不欢迎你呢,科恩?滚开吧。滚开,看在上帝的分儿上。带着你那忧伤的犹太人的面孔滚蛋吧。难道你认为我说得不对吗?"

他朝我们看了看。

"好啦,"我说,"大家都到'伊鲁涅'那边去吧。"

"不行。难道你认为我说得不对吗?我爱那个女人。"

"啊,不要再这样没完没了啦。别再纠缠这事儿啦,迈克尔。"勃莱特说。

"难道你认为我说得不对吗,杰克?"

科恩依然在餐桌边坐着。他的脸已经变成了土黄色,蜡黄蜡黄的,每逢受了侮辱,他的脸就会变得蜡黄,然而不知何故,他好像也挺受用的。大概是那种孩子般的、喝醉了酒之后产生出来的英雄气概吧。这毕竟是关于他和一位有头衔的夫人之间的私情啊。

"杰克。"迈克说。他几乎在呼号了。"你知道我没说错。听见没有,你!"他转身冲着科恩,"滚蛋吧!马上滚蛋!"

"我还就偏偏不走了呢,迈克。"科恩说。

"那我可要对你不客气了!"迈克绕过餐桌朝他逼去。科恩站起身来,并随手摘下了眼镜。他伫立在那儿等待着,满脸土黄色,双手微微低垂,傲气十足、毅然决然地摆好了迎候攻击的架势,准备为他心爱的女人放手一搏呢。

我一把拽住了迈克。"去咖啡馆吧,"我说,"你不能在这旅馆里揍他。"

"好哇!"迈克说,"好主意!"

我们拔脚便走。当迈克跟跟跄跄地走到楼梯口时,我回头看了看,发现科恩又重新戴上了他那副眼镜。比尔坐在餐桌边又挝上了一杯芬达多酒。勃莱特依旧坐在那儿,两眼出神地直视着前方。

外面的广场上,雨已经停了,月亮正努力钻出云层。有一阵风刮来。军乐队仍在演奏着,人群全都集中到广场的另一边去了,那位焰火设计师和他的儿子正在那边试放焰火气球呢。每一个气球都是忽闪忽闪地从斜刺里往上升起的,偏离的角度很大,所以不是被风扯破,就是被吹得撞在广场边的房屋上。有一些则掉落在人群里。镁光灯闪烁着,但焰火爆炸开来后却在人堆里乱窜。广场上没有一个人在跳舞。沙砾铺就的地面太湿了。

勃莱特和比尔一同走出来,与我们会合在一起。我们站在人群里观看焰火大王堂·曼纽埃尔·奥吉托的杰作,只见他站在一个小平台上,小心翼翼地用一根竿子把一个个气球送出去,他站在高处,身躯高于众人的头顶,好借着风儿放出气球。风把那些气球一个个全都吹落下来,堂·曼纽埃尔·奥吉托急得满脸大汗,整个人都笼罩在他自己制作的结构复杂的焰火的火光中,焰火不断掉落在人堆里,噼里啪啦地爆炸开来,在众人的腿缝里横冲直撞。每当一个新的光艳夺目的纸封罩歪歪斜斜地升起来、着了火、往下掉落时,人们就会爆发出一阵大喊大叫。

"他们在嘲笑堂·曼纽埃尔呢。"比尔说。

"你怎么知道他叫堂·曼纽埃尔?"勃莱特问。

"节目单上有他的名字。堂·曼纽埃尔·奥吉托,本城的焰火制作技师[1]。"

"'烟火气球'[2],"迈克说。"'烟火气球大展示'。那张纸头上就是这样写的。"

---

[1] 此处原文为西班牙语和英语的混合"pirotecnico of esta ciudad",意为"本城的焰火制作技师"。

[2] 此处原文为西班牙语"Globos illuminados",意为"举行庆典时放的色彩艳丽的焰火气球",颇似中国的孔明灯。下文中的"烟火气球",原文均为西班牙语。

风将阵阵军乐声吹向了远方。

"我说，哪怕放上去一个也好啊，"勃莱特说，"堂·曼纽埃尔那哥儿们都急得要暴跳如雷啦。"

"为了确定该怎样放飞这些烟火气球，使它们能在空中组成'圣福明万岁'的形状，他大概已经忙活了好几个星期啦。"

"烟火气球，"迈克说，"一组该死的烟火气球。"

"走吧，"勃莱特说，"我们不能老在这儿站着。"

"尊敬的夫人想去喝一杯啦。"迈克说。

"你真善解人意呀。"勃莱特说。

咖啡馆里面拥挤不堪，热闹非凡。谁也没有注意到我们进来。我们找不到一张空桌。满屋尽是嘈杂的喧闹声。

"走吧，我们还是离开这儿吧。"比尔说。

外面的这条林荫大道[①]直通广场的拱廊下。一些来自比亚里茨、穿着运动服的英国人和美国人散坐在几张桌子旁。其中有几个女人，在举着长柄夹鼻眼镜凝神观望着过往的行人。在此期间，我们当中已经多了一位新朋友，是比尔的一个从比亚里茨来的朋友。她和另外一个姑娘暂时还住在格兰特大酒店里。那位姑娘因为头痛，早已上床睡觉去了。

"这里有一家酒馆。"迈克说。这是米兰酒吧，是一家低级的小酒吧，你可以在这里点些饭菜吃，里屋还有人在跳舞。我们全都在同一张桌子旁坐下来，点了一瓶芬达多酒。这家酒吧没有客满。什么好玩儿的也没有。

"这是个什么鬼地方啊。"比尔说。

"来得太早了嘛。"

---

① 此处原文为西班牙语"paseo"，意为"林荫大道；散步的场所"。

"我们拿上这瓶酒,等会儿再回来吧,"比尔说,"在这样一个美妙的夜晚,我可不想在这里干坐着。"

"我们去瞧瞧那些英国人吧,"迈克说,"我特别喜欢看英国人。"

"他们有什么好看的,"比尔说,"他们都是从哪儿来的?"

"他们从比亚里茨来,"迈克说,"他们是来看热闹的,来看看这颇有点儿古趣的西班牙狂欢节最后一天的活动。"

"我去款待款待① 他们吧。"比尔说。

"你真是个漂亮得出奇的姑娘啊。"迈克转身冲着比尔的那位朋友说,"你什么时候到这儿的?"

"别胡闹了,迈克尔。"

"哇噻,她可真是个人见人爱的姑娘啊。我一直在瞎混个什么呀?我这么长时间都在眼巴巴地看什么呀?你可真是个迷人的妞儿啊。我们见过面吗?跟我和比尔走吧。我们去款待款待那些个英国人吧。"

"我去款待款待他们吧,"比尔说,"狂欢节都进行到这种时候了,他们还来这儿干什么呀?"

"走吧,"迈克说,"就我们三个人。我们去款待款待那些个该死的英国佬。但愿你不是英国人吧?我是苏格兰人。我讨厌英国人。我要去款待款待他们。走吧,比尔。"

透过窗户,我们看见他们三个人,胳膊挽着胳膊,朝那家咖啡馆走去。焰火弹不断从广场上腾空而起。

"我想在这里坐一会儿。"勃莱特说。

"我陪你。"科恩说。

"啊,不用!"勃莱特说,"看在上帝的分儿上,你到别的地方待着去吧。难道你看不出杰克和我想说会儿话吗?"

---

① 此处原文为西班牙语"festa",意为"招待;款待"。下文的"款待款待",原文均为西班牙语。

"我没看出来，"科恩说，"我就想在这里坐一会儿，因为我感觉有点儿醉了。"

"你偏要赖在这里同别人坐在一块儿，这算个什么理由啊！如果你醉了，你就上床睡觉去。赶紧上床睡觉去吧。"

"我是不是对他太粗鲁了？"勃莱特问。科恩已经走了。"我的上帝啊！我真讨厌他！"

"反正他也没有给这欢乐的气氛增添多少色彩。"

"他太让我感到压抑了。"

"他的行为很不像话。"

"简直太不像话啦。他本来有机会可以表现得更好的。"

"他现在说不定就在门外等着呢。"

"是的。他会这样干的。你知道，我非常清楚他是怎么想的。他不肯相信那种事情完全就是在逢场作戏。"

"我知道。"

"别的人谁也不会表现得像他那么恶劣。唉，这一切都让我感到腻烦透了。还有迈克尔。迈克尔也真可爱得出奇啊。"

"这件事一直让迈克很不好受呢。"

"是的。但他也没有必要恶劣得像头猪啊。"

"现如今人人都表现得很恶劣，"我说，"只要有适当的机会。"

"你就不会表现得那么恶劣。"勃莱特定定地望着我。

"我要是科恩，也会像他那样的，像一头大蠢驴。"

"亲爱的，我们就不要尽瞎说啦。"

"好啊。那就说点儿你喜欢的事情吧，随你说什么都行。"

"不要这么别扭好不好。我只有你这么一个知心朋友，而且今儿晚上我感到心里特别堵得慌。"

"你有迈克呀。"

"是的，我有迈克。难道他一直表现得很好吗？"

"唉，"我说，"这事儿也实在让迈克太不好受了，看着科恩老是在周围晃来晃去，眼睁睁地看着他老在缠着你。"

"难道我还不明白吗，亲爱的？请你别再给我添堵啦，我本来心情就不好。"

勃莱特显得很焦躁不安，我以前还从来没见过她这样呢。她的目光老是躲着我，望着前面的那堵墙。

"想出去走走吗？"

"嗯。走吧。"

我盖好那瓶芬达多酒的瓶塞，把它递给了酒吧柜台后的那名服务生。

"我们干脆再来一杯吧，"勃莱特说，"我的情绪烂透啦。"

我们每人喝了一杯这种入口比较醇和的蒙蒂拉白兰地①。

"走吧。"勃莱特说。

我们刚出门，我就看到科恩从拱廊下走了出来。

"他果然待在那儿没走。"勃莱特说。

"他离不开你嘛。"

"这可怜又可气的家伙！"

"我并不为他感到过意不去。我本人也很讨厌他。"

"我也很讨厌他，"勃莱特颤声说，"我恨他那副倒霉的受苦受难的样子。"

我们胳膊挽着胳膊沿着那条小巷往前走去，避开了广场上的人群和无数的灯火。这条小巷又黑又潮湿，我们沿着它朝城边的城防工事走去。我们路过了一家家酒馆，灯光从店门里透出来，照射在黑暗、

---

① 蒙蒂拉白兰地（amontillado brandy），西班牙出产的一种白葡萄酒。

潮湿的街道上,我们听着一阵高过一阵的乐曲声。

"想进去吗?"

"不想。"

我们漫步走过城外湿漉漉的草地,登上了城防工事的石墙。我在石墙上铺了一张报纸,让勃莱特坐下来。广袤的平原上一片黑暗,我们能够看到绵延起伏的群山。风在高空中吹拂着,驾着片片乌云掠过明月。我们脚下是城防工事的一个个黑魆魆的掩体。我们身后是一棵棵树木和大教堂的幽影,月色映衬着城市的轮廓。

"别难过啦。"我说。

"我难过极了,"勃莱特说,"我们别做声啦。"

我们眺望着平原。那两排蔚然成行的树木在月光下显得黑幽幽的。盘山公路上不时闪烁着汽车的灯光。在那座山峰上,我们看到那座古堡里有灯光射出。左下方是那条大河。由于下了这场雨,河水已经上涨,河面上漆黑一团,没有任何动静。树木黑压压的长满河道的两岸。我们坐在那儿眺望着。勃莱特两眼直视着前方。突然,她打了个寒噤。

"好冷啊。"

"想走回去吗?"

"从公园里穿过去吧。"

我们爬下石墙。天空又开始乌云密布了。公园里,一棵棵大树下黯然无光。

"你还爱我吗,杰克?"

"爱。"我说。

"因为我是个无可救药的人吧。"勃莱特说。

"怎么会呢?"

"我就是个无可救药的人啊。我迷恋上罗梅罗那小伙子了。我想,我已经爱上他了。"

"如果我是你，我就不会。"

"我是欲罢不能啊。我是个无可救药的人。我感到撕心裂肺般的难受着呢。"

"别招灾惹祸啦。"

"我是没办法啊。在这种事情上，我向来都把持不住自己。"

"你应当到此为止。"

"我怎么能到此为止呢？我控制不住这种激情啊。你摸摸看？"

她的手在颤抖。

"我浑身都在这样颤抖。"

"你不该再去招惹是非啦。"

"我没有法子啊。反正我现在就是个无可救药的人了。难道你看不出我已经变了吗？"

"没有。"

"我偏要干出点儿惊世骇俗的事情来。我偏要干出点儿我真心实意想干的事情来。我的自尊已经丧失殆尽啦。"

"你大可不必这样干嘛。"

"噢，亲爱的，不要那么别别扭扭啦。你想想，那个该死的犹太佬整天老缠着我，迈克又是那样恣意妄为，这算个什么名堂啊？"

"倒也真是。"

"我总不能老是这样成天喝得醉醺醺的吧。"

"是的。"

"啊，亲爱的，请你陪伴在我身边吧。请你陪伴在我身边，帮我渡过这一关吧。"

"一定。"

"我并不是说这样做就无可厚非。但是对我来说，这样做就是无

227

可厚非的。上帝知道,我从来没有感到这么下贱过,像个婊子似的。"

"你想让我干什么呢?"

"走吧,"勃莱特说,"我们这就去找他。"

黑暗中,我们俩一起走在公园里砾石铺就的小道上,漫步在一棵棵大树下,不一会儿便从大树下走了出来,穿过公园的大门,踏上了通往城里的那条大街。

佩德罗·罗梅罗就在那家咖啡馆里。他正坐在一张餐桌边,和其他几位斗牛士以及斗牛评论员们坐在一起。他们在抽雪茄。我们一进屋,他们就抬起头来朝我们张望着。罗梅罗微微一笑,并欠了欠身子。我们在屋子中间的一张餐桌边坐下来。

"请他过来喝一杯。"

"现在还不是时候。他会过来的。"

"我不敢朝他看。"

"他模样那么帅,看着挺赏心悦目的。"我说。

"我向来都是想干什么就干什么的。"

"我知道。"

"我真觉得自己下贱得像个婊子似的。"

"得啦。"我说。

"我的上帝啊!"勃莱特说,"女人一辈子都在受煎熬啊。"

"是吗?"

"唉,我简直觉得自己就是个婊子。"

我朝对面那张桌子望去。佩德罗·罗梅罗微微一笑。他对同桌的那些人说了句什么,然后就站起身来。他直奔我们这张桌子来了。我站起来,同他握了手。

"你不想喝一杯吗?"

"你们一定要和我干一杯才行。"他说。他无须任何言语,只是一个眼神就征得了勃莱特的允许，然后就入座了。他表现得非常有礼貌，风度翩翩。但是他不停地抽着那支雪茄。这跟他的脸庞很相称。

"你喜欢抽雪茄？"我问。

"哦，是的。我一直抽雪茄的。"

雪茄使他浑身上下平添了几分气派。这使他显得老成了几分。我留心察看了一下他的皮肤。他的皮肤清亮而又光洁，黝黑黝黑的。他的颧骨上有一块三角形的伤疤。我发现他在含情脉脉地注视着勃莱特。他已经感觉到了他们之间存在着某种微妙的关系吧。当勃莱特主动把手伸给他的那一刻，他肯定感觉到了。他此时表现得非常谨慎。我想，他已经很有把握了，他只是不想出任何差错。

"你明天上场吗？"我说。

"上的，"他说，"阿尔加贝诺今天在马德里受伤了。你听说了没有？"

"没有，"我说，"很严重吗？"

他摇了摇头。

"算不了什么。这儿。"他亮出一只手来。勃莱特伸过手去，想把他的手指头掰开。

"啊！"他用英语说，"你会看手相？"

"偶尔看看。你不介意吧？"

"不介意。我喜欢这个。"他把一只手摊开平放在桌子上，"告诉我吧，我会长生不老，还能成为百万富翁呢。"

他依然非常斯文，但是他更加自信了。"瞧，"他说，"从手相上看，我命里有牛吗？"

他嘿嘿一笑。他的手非常秀气，手腕也很细。

"有成千上万头牛呢。"勃莱特说。她这时一点儿也不烦躁不安了。她的模样看上去很可爱。

"好,"罗梅罗笑着说,"每头一千杜罗①。"他用西班牙语对我说。"再给我算算,我还会有什么。"

"这是一只很有福相的手呢,"勃莱特说,"我看他会长命百岁的。"

"这话要对我说。不要对你的朋友说嘛。"

"我刚才跟他说,你会长命百岁的。"

"这我知道,"罗梅罗说,"我永远不会死的。"

我用手指尖在桌子上轻轻叩了叩②。罗梅罗立刻明白我的意思了。他摇了摇头。

"别这样。用不着这样做。那些公牛是我最好的朋友呢。"

我把这话翻译给勃莱特听了。

"你杀害自己的朋友啊?"勃莱特问。

"历来如此,"他用英语说,并爽朗地笑了笑,"这样它们才不会把我杀死啊。"他深情地望着桌子对面坐着的勃莱特。

"你的英语挺好嘛。"

"是啊,"他说,"相当棒呢,只是偶尔说说罢了。但是,这一点我不能让别人知道。一个斗牛士要是说英语,影响会很不好的。"

"为什么?"勃莱特问。

"那样会影响不好。人民不会喜欢讲英语的斗牛士的。目前还不行。"

"为什么不行?"

"人家不喜欢呗。斗牛士不能像那样。"

"斗牛士该像什么样呢?"

他哈哈一笑,把帽子拉下来遮在眼睛上,把叼在嘴边的那支雪茄

---

① 杜罗(duros),昔时西班牙银元,1杜罗等于5个比塞塔。
② 这是西方习俗,用手指轻叩木头桌面表示吉利。因罗梅罗说了"死"这个不吉利的词语,杰克才敲了敲桌子来辟邪。

变换了一个角度,脸上也换了另一副表情。

"像坐在那张桌子边的那帮人。"他说。我朝那边扫了一眼。他把纳西翁那尔①的表情模仿得惟妙惟肖。他微微一笑,脸上的表情重归自然。"不行。我必须把英语忘掉。"

"眼前可别忘掉啊。"勃莱特说。

"别忘掉?"

"对。"

"好吧。"

他又哈哈大笑起来。

"我想要一顶像那样的帽子。"勃莱特说。

"好。我给你弄一顶。"

"行。你务必要办成这件事噢。"

"我会的。今儿晚上我就给你弄一顶来。"

我站起来。罗梅罗也跟着站起来。

"坐下吧,"我说,"我得去找找我们那几个朋友,把他们带到这儿来。"

他看了我一眼。这最后的一眼分明是来探问我是否明白的。一切尽在不言中啦。

"坐下吧,"勃莱特对他说,"你一定要教我学西班牙语。"

他坐下来,隔着桌子凝望着她。我走出了咖啡馆。斗牛士那张桌子上的人都以不悦的目光注视着我夺门而去。这滋味一点儿也不好受。二十分钟之后,我回来了,探头朝咖啡馆里面瞅了瞅,勃莱特和佩德罗·罗梅罗已经不见了。咖啡杯和我们的三只空酒杯依然摆在桌上。一名服务生拿着一块抹布走过来,收拾起杯子,擦净了桌面。

---

① 此处原文为西班牙语"Nacional",原意为"国民",这里指的是西班牙著名斗牛士胡安·安略(Juan Anllo,1898—1925)的外号。

231

第十七章

在米兰酒吧的门外,我找到了比尔、迈克和埃德娜。埃德娜是那位姑娘的名字。

"我们被人家赶出来了。"埃德娜说。

"被警察,"迈克说,"里面有些人看不上我。"

"有四次他们险些跟人家打起来,都是我给挡住的,"埃德娜说,"你得帮帮我呀。"

比尔的脸红了。

"再进去,埃德娜,"他说,"你到里面接着跟迈克跳舞去。"

"昏了头啦,"埃德娜说,"那样只会再闹出一场风波来。"

"这帮该死的比亚里茨猪猡。"比尔说。

"走,"迈克说,"怎么说,这里也是个酒馆呀。他们不可以独霸整个酒馆。"

"我的好迈克,"比尔说,"那帮该死的英国猪猡跑到这儿来,竟敢侮辱迈克,把这好端端的节庆的喜气都给破坏了。"

"他们太不像话了,"迈克说,"我恨英国人。"

"他们不可以这样侮辱迈克,"比尔说,"迈克是个了不得的大好人。他们不可以侮辱迈克。我实在容忍不下去了。谁会在乎他是个倒霉的破产者啊?"他的声音哽住了。

"谁会在乎啊?"迈克说,"我不在乎。杰克也不会在乎的。你呢,你会在乎吗?"

"不会,"埃德娜说,"你是个破产者吗?"

"我当然是个破产者啦。你也不在乎的,对不对,比尔?"

比尔伸出一只胳膊搂着迈克的肩膀。

"我巴不得自己也是个破产者呢。我要让这帮杂种看看我有多厉害。"

"他们只不过是些英国人,"迈克说,"英国人不管说什么都无关紧要。"

"这些龌龊的猪猡,"比尔说,"我去把他们都赶出来。"

"比尔,"埃德娜说,眼睛却望着我,"请你别再进去了,比尔。他们都是些蠢货。"

"就是嘛,"迈克说,"他们都是些蠢货。我早就知道他们的真面目了。"

"他们不可以像那样恶言恶语地中伤迈克。"比尔说。

"你认识他们吗?"我问迈克。

"不认识。我从没见过他们。他们说他们认识我。"

"我没法容忍下去了。"比尔说。

"走吧。我们到'苏伊佐'那边去吧。"我说

"他们这伙人是埃德娜的朋友,从比亚里茨来的。"比尔说。

"他们简直就是一帮蠢货。"埃德娜说。

"其中有一个名叫查利·布莱克曼,从芝加哥来的。"比尔说。

"我从来就没有在芝加哥待过。"迈克说。

埃德娜忽然哈哈大笑起来,笑得怎么也止不住。

"带我离开这儿吧,"她说,"你们这帮破产者。"

"到底是怎么吵起来的?"我问埃德娜。我们正穿过广场,朝对面的"苏伊佐"走去。比尔却不见了。

"我不知道究竟发生了什么事儿,我只知道有个人找来了警察,把迈克从里屋给轰出来了。他们当中有几个人在戛纳就认识迈克。迈克到底怎么啦?"

"他很可能欠人家钱了,"我说,"这种事情往往会使人结下冤仇。"

广场上的那两个露天售票亭前有两行人在排队等着买票。他们有的坐在椅子上,有的蹲在地上,身上裹着毯子或报纸。他们在等待着那两个售票窗口在翌日早上打开,好购买看斗牛的票。夜色渐渐清朗起来,月亮也出来了。队伍里有些人在打瞌睡。

在苏伊佐咖啡馆,我们刚刚坐下来,要了一瓶芬达多酒,科恩就走了过来。

"勃莱特在哪儿?"他问。

"我不知道。"

"她刚才是跟你在一起的。"

"她大概上床睡觉去了。"

"她没有。"

"我不知道她在哪儿。"

灯光下,他一脸土黄色。他身板笔直地站立着。

"告诉我,她在哪儿。"

"坐下吧,"我说,"我不知道她在哪儿。"

"你他妈的能不知道!"

"你就收起你那副嘴脸吧。"

"告诉我，勃莱特在哪儿。"

"我不会告诉你一丁点儿消息的。"

"你肯定知道她在哪儿。"

"即使我知道，我也不会告诉你的。"

"哦，你见鬼去吧，科恩，"迈克从桌子那边喊道，"勃莱特已经跟那个斗牛的小哥儿们跑啦。他们正在度蜜月呢。"

"你闭嘴。"

"啊，见鬼去吧！"迈克没精打采地说。

"她真的跟那小子跑了？"科恩转身冲着我问。

"见鬼去吧！"

"她刚才是跟你在一起的。她真的跟那小子跑了？"

"见鬼去吧！"

"我会让你告诉我的，"他向前迈出了一步，"你这该死的拉皮条的男人。"

我挥拳对准他打去，他一闪身躲开了。我看到他的脸在灯光下左右闪躲着。他一拳击中了我，打得我一屁股坐在人行道上。我正要挣扎着站起来，他又一连击中了我两拳。我仰面朝天倒在一张桌子底下。我竭力想站起来，却感到两条腿不听使唤了。我感到我必须站立起来，并设法还击他。迈克扶着我站起来。有人把一玻璃瓶冷水泼在我脑袋上。迈克用一只胳膊搂着我，我发觉自己不知怎地已经坐在了一张椅子上。迈克在拉扯着我的两只耳朵。

"哇噻，你刚才昏死过去了。"迈克说。

"你他妈的刚才跑哪儿去啦？"

"哦，我就在这儿啊。"

"你不想卷进来，是吧？"

"他把迈克也打倒在地了。"埃德娜说。

235

"他没把我打昏,"迈克说,"我只是躺在地上一时起不来了。"

"你们过狂欢节是不是每天夜里都发生这种事情啊?"埃德娜问,"难道那位就是科恩先生吗?"

"我没事儿了,"我说,"只是脑袋还有点儿晕乎乎的。"

周围站着好几名服务生和一群围观的人。

"滚开!"[①]迈克说,"滚开。走啊。"

服务生把那些围观的人驱散了。

"刚才那场面真精彩啊,值得一看,"埃德娜说,"他准是个拳击手。"

"他就是拳击手。"

"要是比尔刚才也在这儿就好了,"埃德娜说,"我就想看看比尔也被打翻在地的样子。我一直想看看比尔被人家打翻在地是个什么样儿。他块头那么大。"

"我当时真希望他打倒一名服务生,"迈克说,"然后被逮起来。我就想看到科恩先生被关进大牢里。"

"不好。"我说。

"啊,不,"埃德娜说,"这不是你的本意。"

"我偏偏就是这个意思,"迈克说,"我可不是那种心甘情愿挨人家揍的主儿。我甚至从来都不愿跟人玩游戏呢。"

迈克喝了一口酒。

"我从来不喜欢狩猎,这你知道。随时都会有被马儿撞倒的危险呢。你感觉怎么样啦,杰克?"

"没事儿了。"

"你这人不错,"埃德娜说,"你真是个破产者?"

[①] 此处原文为西班牙语:"Vaya!"意为:"滚开!走开!"

"我是个彻头彻尾的破产者,"迈克说,"我欠了不知道多少人的钱呢。难道你就不欠人家钱吗?"

"欠人家成吨的钱呢。"

"我欠下的债数都数不清了,"迈克说,"今儿晚上我还向蒙托亚借了一百比塞塔呢。"

"你他妈的这种事也做得出来。"我说。

"我会还的,"迈克说,"我这人向来都是有债必还的。"

"这就是你成了一个破产者的原因吧,对不对?"埃德娜说。

我站起身来。我听他俩在说话,那声音仿佛是从很远的地方飘过来的。眼前的一切似乎就像一出演得很糟糕的舞台剧。

"我要回旅馆去了。"我说。接着,我听到他们议论起我来了。

"他不要紧吧?"埃德娜问。

"我们最好陪他一起走。"

"我没事儿,"我说,"你们不用来。我们回头见。"

我从这家咖啡馆里走了出来。他们依然坐在桌子边。我回头看了看他们以及那几张空无一人的桌子。有一名服务生坐在其中一张桌子旁,两手托着脑袋。

缓步穿过广场返回旅馆的途中,周围的一切景物似乎全都不认识了,似乎全都变了个样儿。仿佛我过去从来就没有见过这些树木。仿佛我过去从来就没有见过这些旗杆,也没有见过这座剧院的门面。一切似乎都已面目全非了。我感到这情形很像我有一回在城外踢完足球回家时的那种感觉。我当时提着一只手提箱,里面装着我的一些足球用品,当我从城里的火车站走出来,踏上那条大街时,我生活了一辈子的这座城市里的一切在眼前似乎都变得新奇起来,好像全都不认识了一样。有人在用草笆子耙草坪,在马路上焚烧枯叶,我停下脚步,驻足观望了好一阵子。一切都是那样陌生。良久之后,我继续往前走,我的两只脚似乎已经远远离开了我,周围的一切似乎都是那样虚无缥缈,我可以听见自己的脚步声遥遥飘向了远方。我的头部在球赛刚开始时就被人踢了一脚。此时走在这片广场上的感觉就跟那时的感觉一个样。在旅馆里走上楼梯时的感觉也跟那时一个样。爬楼梯费了好大一番工夫,我感觉手里也像提着一只手提箱一样。房间里有灯亮着。比尔走出来,在过道里迎着我。

"喂,"他说,"上去看看科恩吧。他已经陷入困境了,他一直在到处找你呢。"

"让他见鬼去吧。"

"去吧。上去看看他吧。"

我不愿再爬一大截楼梯了。

"你干吗用那种眼光瞅着我?"

"我没在看你呀。上去看看科恩吧。他的状态很不正常。"

"你那会儿也喝醉了吧。"我说。

"我现在还醉着呢,"比尔说,"你还是上去看看科恩吧。他想见你。"

"好吧。"我说。不过是再多爬几阶楼梯的事儿罢了。我继续爬楼梯,提着我那只幻觉中的手提箱。我顺着过道朝科恩的房间走去。房门是关着的,我在门上敲了敲。

"谁呀?"

"巴恩斯。"

"进来吧,杰克。"

我推开门,走进屋内,放下我的手提箱。房间里没开灯。黑暗中,科恩正脸朝下横卧在床上。

"你好,杰克。"

"别叫我杰克。"

我伫立在门边。这情景就和我那次回到家里时的情景一模一样。现在,我迫切需要的是洗一个热水澡。满满一浴缸热水,仰面朝天深深地躺在里面。

"浴室在哪儿?"我问。

科恩在哭泣。他就在那儿,脸朝下趴在床上,正在哭呢。

他穿着一件白色的开领短袖马球衫,就是他在普林斯顿大学当学生时穿的那种。

"对不起,杰克。请你原谅我。"

"原谅你,真见鬼。"

"请你原谅我吧,杰克。"

我什么话也不说。我一动不动地伫立在门边。

"我当时气昏头了。你应该明白是怎么回事儿。"

"嗯,没关系。"

"在勃莱特这件事情上,我实在咽不下这口气。"

"你当时骂我是皮条客呢。"

我其实并不在乎。我需要的是洗个热水澡。我需要的是满满一浴缸热水,深深地泡在热腾腾的水里。

"我知道。请你别记恨在心。我一时气昏头了。"

"没关系。"

他还在哭。他的哭腔听上去很是滑稽。他就躺在那边,穿着他那件白色的衬衣躺在黑暗中的床上。他那件马球衫。

"我打算明天早上就走。"

他还在不出声地哭泣着。

"在勃莱特这件事情上,我实在担当不起啦。我经受了百般煎熬啊,杰克。简直就是在活受罪啊。自从我到了这儿跟勃莱特相见以来,她对待我一直就像对待一个毫不相识的陌生人一样。我实在受不了啦。我们在圣塞瓦斯蒂安还同居过呢。我想，这事儿你是知道的。这种事情我再也担当不起啦。"

他躺在那边的床上。

"得啦，"我说，"我要去洗澡了。"

"你曾经是我唯一的朋友，而我对勃莱特竟是那样一往情深。"

"得啦，"我说，"再见吧。"

"我估计一切努力都没什么用了，"他说，"我估计一切努力都彻底没用了。"

"什么？"

"一切都完啦。请你说一声你原谅我了，杰克。"

"当然，"我说，"没关系。"

"我的心情坏透了。我已经经受了这么多的痛苦啦，杰克。如今一切都完啦。一切。"

"得啦，"我说，"再见吧。我得走了。"

他翻了个身，坐在床沿上，然后又站了起来。

"再见吧，杰克，"他说，"请你跟我握握手，行吗？"

"当然行啦。怎么不行呢？"

我们握了握手。黑暗中，我看不大清他的脸。

"好啦，"我说，"明天早晨见吧。"

"明天早晨我就走了。"

"哦，对。"我说。

我走出来。科恩伫立在门口。

"你不要紧吧，杰克？"他问。

"哦，没事儿，"我说，"我还行。"

我找不着浴室了。过了好大一会儿我才找到。浴室里有个很深的石砌浴缸。我拧开水龙头，却没有水流出来。我坐在浴缸边上发愣。

当我站起来要走的时候，却发现我已经把鞋子脱掉了。我四处找鞋子，终于找着了，便拎着鞋子下了楼。我摸索着找到自己的房间，走进去，脱掉衣服，爬上了床。

我一觉醒来时，头还很疼，大街上过往的乐队鼓乐喧天。我想起了我曾答应带比尔的朋友埃德娜去看奔牛的，看牛群沿着大街奔向斗牛场的情景。我穿上衣服，走下楼来，站在室外清晨时分的冷空气中。人们纷纷穿过广场，匆匆往斗牛场奔去。广场对面，那两个售票亭前依然排着两行队伍。他们还在等着购买七点钟开始出售的票。我快步穿过马路朝那家咖啡馆走去。服务生告诉我，我那几位朋友已经来过了，又走了。

"他们是几个人？"

"两位先生和一位女士。"

这就没问题了。比尔和迈克跟埃德娜在一起。她昨天夜里还一直在担心他俩会醉得醒不过来呢。这就是她为什么指名道姓一定要我带她去的原因。我喝完咖啡，然后就混在人群里匆匆向斗牛场奔去。这时候，我已经没有那种醉酒之后浑身发软的感觉了。只是头还疼得很厉害。周围的一切看上去都很鲜明，很清晰，城里处处散发着清晨时分的气息。

从城边到斗牛场的那一段路面泥泞不堪。通向斗牛场的那道栅栏一路过去全都站满了人，斗牛场外的所有露天看台上和屋顶上也都密密麻麻的站满了人。我听到了那声信号火箭弹的爆炸声，我知道我已经来不及进入斗牛场去看群牛奔腾、冲进场内时的情景了，所以就连推带搡地从人群中挤到了栅栏边上。我被挤得紧贴着栅栏的木板条。在两道栅栏之间的甬道上，警察正在沿途驱赶着人群。他们或慢步或小跑着进入了斗牛场。随后，人们就开始奔跑起来。有一个醉汉滑了一跤,摔倒在地上。两名警察一把拽起他,把他推到了栅栏边上。这时候,人们加快脚步飞奔起来。人群中响起了震耳的呼喊声,我连忙把脑袋从板条之间的空隙里伸出去,恰好看到牛群刚刚跑出大街,冲进了这条狭长的甬道。牛群奔跑的速度很快,渐渐逼近了前面那群人。就在这时,又一名醉汉从栅栏边上冲了出来,手里挥舞着一件宽大的罩衫。他想拿它当斗篷来逗引那些公牛呢。两名警察迅疾抢上去,一把揪住他的衣领,其中一名当即给了他一警棍,接着就把他拖到栅栏边,让他全身紧贴着栅栏站得笔直,直到最后一批人和最后一批公牛从他面前跑了过去。牛群的前面有那么多的人在奔跑,人群很快就稠密起来,在通过大门进入斗牛场的时候,跑动的速度明显慢了下来,而公牛们这时已一路狂奔而来,成群结队,奔腾不息,蹄声隆隆,腰际溅满泥浆,犄角大幅度地左右晃动着,突然,有一头公牛竟发足狂奔起来,冲到了最前面,追上了奔跑着的人群,用犄角抵住了一个人的后背,把他挑在了半空中。当牛角扎进那人身体里的时候,那人的两条胳膊就耷拉在他身子的两边,脑袋向后仰着,公牛把他顶在半空中,旋即又把他摔了下来。那头公牛又选中了跑在前面的另一个人,但是那人立即闪身躲开,钻进人群不见了,那些人在公牛群的追赶下争先恐后地穿过大门,涌进了斗牛场。斗牛场的红色大门随即关上了,斗牛场外看台上的人们在拼命往里挤,发出一片呼喊声,紧接着又是一阵呼喊声。

　　被公牛挑伤的那个人脸朝下匍匐在被人踩烂了的泥浆里。人们纷纷攀爬着翻过栅栏,我看不见那个人了,因为人群已经稠密地聚集在他周围。斗牛场里传来一阵阵叫喊声。每一阵叫喊都说明有一头公牛闯进了人群。你可以根据叫喊声的强烈程度来判断刚刚发生的事情严重到了什么程度。不一会儿,信号火箭弹升上了半空,它表明莱牛已经将公牛带出斗牛场,进入围栏里了。我离开栅栏,返身朝城里走去。

一回到城里,我就去了那家咖啡馆,想再去喝杯咖啡,吃点儿涂了黄油的吐司面包。服务生们正在忙着清扫店堂、擦净桌子。有一名服务生迎上来,问我想吃点儿什么。

"把公牛赶进牛栏时①有没有出什么事儿?"

"我没有看到全过程。有一个人被牛角抵伤了②,伤得很重。"

"伤在哪儿?"

"这儿。"我把一只手放在后腰上,另一只手放在胸口上,以此来说明那只犄角好像是从这个部位穿出来的。那名服务生点了点头,用他手中的抹布擦去桌上的面包屑。

"伤得很重,"他说,"完全为了闹着玩儿。完全为了寻欢作乐。"

他走开了,旋即又回来了,拿着两把长柄咖啡壶和牛奶壶。他倒出牛奶和咖啡。牛奶和咖啡从两个很长的壶嘴里射出来,分成两股倒入一只大杯里。那服务生点了点头。

"穿透脊背,伤势很重啊。"他说。他把两只壶放在桌上,在桌边的一把椅子上坐下来。"这下被牛角伤得很厉害哩。完全是为了寻开心。仅仅是为了寻开心啊。你对这种事情是怎么看的?"

"我说不准。"

"就是这么回事儿。完全是为了寻开心。寻开心,你懂吧。"

"你不是个斗牛迷吧?"

"我吗?公牛算什么?畜生。不通人性的畜生。"他站起来,把一只手按在我的后腰上。"完全扎透脊背了。这个角伤③完全扎透脊背

---

① 此处原文为西班牙语"encierro",意为"将公牛赶进牛栏"。
② 此处原文为西班牙语"cogido",意为"被公牛用犄角抵伤"。
③ 此处原文为西班牙语"cornada",意为"斗牛士被牛角抵中而受的伤;角伤"。

243

了。就为了寻开心——你懂吧。"

他摇摇头，走开了，带走了咖啡壶。有两个人这时恰好正走过街头。那服务生朝他们高喊了一声。他们都黑沉着脸。其中一个摇了摇头。"死啦！"① 他吼了一声。

那服务生点了点头。那两个人行色匆匆地继续往前走去。他们像是有要事在身。那名服务生又走到我的桌边。

"你听见没有？死啦！死啦。他死啦。让一只牛角扎穿了他。完全是为了寻得一个早晨的开心。大有安达卢西亚人的风格呢。"②

"真遗憾。"

"我真看不懂，"那服务生说，"我真看不懂这种事情有什么好玩儿的。"

当天晚些时候我们就得悉，那个被公牛抵死的人名叫维森特·吉洛尼斯，家就住在塔法雅③城郊。第二天，我们就在报纸上看到，他现年二十八岁，经营着一个农场，有妻子和两个孩子。他结了婚之后，每年还照样赶来参加狂欢节的活动。第二天他妻子就从塔法雅赶来为他守灵了，第三天，人们在圣福明礼拜堂里为他举行了葬礼，随后，他的棺材被运到火车站，抬棺材的人是塔法雅舞蹈饮酒协会的会员们。送葬队伍由鼓手开道，长笛手吹奏哀乐，抬棺材的人后面跟着死者的妻子和他的两个孩子……在他们后面列队行进着的是来自各个城市和地区舞蹈饮酒协会的会员们，如潘普洛纳、埃斯特拉④、塔

---

① 此处原文为西班牙语："Muerto！"意为："死了！"
② 此处原文为西班牙语："Es muy flamenco。"意为："大有安达卢西亚人的风格。"此为反语。安达卢西亚位于西班牙最南端，濒临大西洋和地中海，该地区盛行斗牛。
③ 塔法雅（Tafalla），西班牙北部一古城，位于纳瓦拉省境内。
④ 埃斯特拉（Estella），西班牙北部纳瓦拉省一古城，位于潘普洛纳市西南部，距阿维拉很近。

法雅、桑盖撒①等,凡是能够在城里过夜的所有会员都赶来参加了葬礼。棺材被抬进了火车的行李车厢,那位寡妇和两个孩子三个人一起乘坐在一节敞篷的三等车厢里。火车猛然颠簸了一下就启动了,接着就平稳地向前飞驰起来,绕着高原的边缘驶下山坡,穿行在一马平川的庄稼地里,一路向塔法雅驶去,地里的庄稼随风摆动着。

害得维森特·吉洛尼斯丢了性命的那头公牛名叫"黑嘴"②,是桑切斯·塔凡尔诺公牛饲养场的第一一八号公牛,是当天下午被宰掉的第三头公牛,是由佩德罗·罗梅罗杀死的。在公众的欢呼声中,牛耳朵被当场割下来,赠给了佩德罗·罗梅罗,罗梅罗又把它转送给了勃莱特,勃莱特把那只牛耳朵包裹在一块手帕里,那块手帕原本是我的,后来,回到潘普洛纳的蒙托亚旅馆里时,她就把这两样东西,牛耳朵和手帕,连同一大堆穆拉蒂牌香烟③的烟头,统统放在一起,胡乱塞在她床边那只床头柜抽屉的最里面。

我回到旅馆时,那位值夜人正坐在大门内侧的长条凳上。他整夜值守在那儿,已经十分困倦了。我一进门,他就站立起来。有三名女服务生和我同时进门的。她们在斗牛场看完早晨的那种盛大场面之后回来了。她们嘻嘻哈哈地走上楼去。我跟在她们后面上了楼,走进自己的房间。我脱掉鞋子,上床躺下。通向阳台的窗户是敞开着的,阳光照得屋里亮堂堂的。我并不觉得困。我上床的时候,时间想必已经是三点半了,可是乐队在六点钟就把我吵醒了。我的下巴左右两侧都疼得很厉害。我用大拇指和其余几根手指头来回摸了摸疼痛的地方。

---

① 桑盖撒(Sanguesa),西班牙北部纳瓦拉省一古城,距潘普洛纳市约45公里,自中世纪以来一直是朝圣者的重要中转站,因而一直保持着中世纪的古风。
② 此处原文为西班牙语"Bocanegra",意为"黑嘴"。
③ 穆拉蒂牌香烟(Muratti cigarette),美国菲利普·莫里斯烟草公司出的一种香烟品牌。

这该死的科恩。他第一次受了侮辱当即就该动手打人，然后就一走了之才对。他那么深信不疑地认为勃莱特是爱他的。他想坚持下去，以为真正的爱情会征服一切呢。有人来敲门了。

"请进。"

进来的是比尔和迈克。他们在我床边坐下来。

"把公牛赶进牛栏，那场面了不得，"比尔说，"那场面了不得啊。"

"我说，你是不是没去啊？"迈克问，"按铃叫人送些啤酒来吧，比尔。"

"多么刺激的早晨啊！"比尔说。他胡乱抹了一把自己的脸。"我的上帝！多么刺激的早晨啊。可是，我们的杰克老弟却躺在这里。杰克老弟，整个儿一个活的练拳沙袋呀。"

"场子里的情况怎么样？"

"仁慈的上帝啊！"比尔说，"情况怎么样啊，迈克？"

"那些公牛冲进了场子里，"迈克说，"那些人就在公牛的前面奔跑着，有一个哥儿们绊了一跤，接着就倒下了一大片。"

"接着，那些公牛全都冲进了场子里，直接从他们身上踩踏过去的。"比尔说。

"我听见他们的尖叫声了。"

"那是埃德娜在尖叫。"比尔说。

"人群里不断有哥儿们蹿出来，挥舞着他们的衬衫。"

"有一头公牛沿着看台前的围栏一路奔跑着，见人就挑。"

"大约有二十来个哥儿们被送到医院去了。"迈克说。

"多么刺激的早晨啊！"比尔说，"那些该死的警察不停地抓人，把那些想冲上去在牛角下找死的哥儿们一个个全逮走了。"

"到最后，那些菜牛终于把公牛领进牛栏了。"

"这种场面持续了大约一个钟头呢。"

"实际上只有一刻钟左右吧。"迈克反驳说。

"啊,见你的鬼去吧,"比尔说,"你那时跟人家打架去了。我认为有两个半钟头呢。"

"啤酒怎么还没来呀?"迈克问。

"你们两位是怎么照顾那个可爱的埃德娜的?"

"我们刚刚把她送回家。她已经上床了。"

"她喜欢看这种场面吗?"

"非常喜欢。我们对她说,跟这一模一样的场面天天早晨都有。"

"给她留下了很深刻的印象。"迈克说。

"她还怂恿我们也下到斗牛场里去呢,"比尔说,"她喜欢玩儿刺激的。"

"我说,那样会对我的债主们很不利的。"迈克说。

"多么刺激的早晨啊,"比尔说,"夜里也很刺激呢!"

"你那下巴怎么样啦,杰克?"迈克问。

"痛着呢。"我说。

比尔哈哈大笑起来。

"你干吗不抡起一把椅子去揍他呢?"

"你就会动嘴皮子,"迈克说,"你要是在场的话,他也会把你打得晕死过去的。我根本就没有看清他是怎么击中我的。我现在才想起来,我当时看见他冲到我面前了,紧接着,突然之间,我就一屁股坐在大街上了,杰克就躺在一张桌子底下了。"

"他后来去哪儿啦?"我问。

"瞧,她来了,"迈克说,"那位漂亮的小姐送啤酒来啦。"

那名女服务生把托盘放在桌上,托盘上放着几瓶啤酒和几只玻璃酒杯。

247

"再去拿三瓶来。"迈克说。

"科恩揍了我之后到哪儿去啦?"

"这事儿难道你不知道?"迈克正在开一瓶啤酒。他拿起一只玻璃杯,把杯口凑近酒瓶,往杯子里倒啤酒。

"真的不知道吗?"比尔问。

"哎呀,他找到这家旅馆来了,找到了勃莱特和那个斗牛的小哥儿们,他俩正在那斗牛士的房间里呢,随后,他就对那可怜的、该死的斗牛士滥下杀手了。"

"不会吧。"

"真的。"

"多么刺激的一夜啊!"比尔说。

"他差点儿没宰了那可怜的、该死的斗牛士。科恩就想带着勃莱特远走高飞呢。我猜想,他大概想赶紧跟她结婚来帮她遮羞,免得她万一怀了孕而引起丑闻来吧。那情景真他妈的动人啊。"

他灌了一大口啤酒。

"他是头蠢驴。"

"后来呢?"

"勃莱特把他痛骂了一顿。她狠狠训斥了他一通。我认为她当时还是相当沉得住气的。"

"我敢断言,她当时表现得很出色。"比尔说。

"接着,科恩就情不自禁地痛哭起来,主动要跟那斗牛的家伙握手言和呢。他还想跟勃莱特握手呢。"

"我知道。他还跟我握了手呢。"

"是吗?唉,他们根本就没有一丝要跟他握手的意思。那斗牛的小子表现得相当不错。他什么话也不说,但是他每次都爬起身来,接着又被打倒在地。科恩就是没法把他打晕。那情形一定非常好玩。"

"这么详细的经过,你是从哪儿打听来的?"

"勃莱特说的。我今天早晨看见她了。"

"最后是怎么收场的?"

"那斗牛的小子当时好像就坐在床上。他已经被击倒大约十五次了,但他还是不肯罢休,还要再打下去。勃莱特按住了他,不让他再站起来。他很虚弱,可是勃莱特竟按不住他,他又站了起来。这时候,科恩说,他懒得再揍他了。说他没法再揍下去了。说他再这样揍下去就会惹出大麻烦来了。所以,那斗牛的小哥儿们就脚步踉跄、摇摇晃晃地向他走去。科恩退让着靠在墙上。

"'这么说,你不想再揍我啦?'

"'对,'科恩说,'我不好意思再揍你了。'

"于是,那斗牛的小子就使足全身力气照着科恩的脸狠狠揍了一拳,然后就一屁股坐在地上。勃莱特说,他已经爬不起来了。科恩想上去搀他起来,扶他到床上去。他说,要是科恩来扶他,他就会杀了他,还说,如果科恩今天早上不滚出这座城市,他就会想尽一切办法置他于死地。科恩哭了,勃莱特又教训了他一通,可他还想跟他们握手。这一节我刚才已经告诉过你了。"

"把剩下的都讲出来嘛。"比尔说。

"好像那斗牛的小哥儿们一直就坐在地板上。他在养精蓄锐呢,等蓄足了力气再站起来揍科恩。勃莱特根本就没有要跟科恩握手的意思,而科恩则一直在哭,一边哭,一边向她诉说着,说他是多么地爱她,可她却告诉他,叫他不要痴心妄想,做一头十足的蠢驴。于是,科恩就俯下身去要跟那斗牛的小子握手。你知道,那是没有歹意的。完全是为了祈求宽恕。可那斗牛的小子又是狠狠一拳打在他脸上。"

"那小子倒是个好样儿的。"比尔说。

"他把科恩彻底打垮了,"迈克说,"你知道,我认为科恩从此再

249

也不想到处随意动手打人啦。"

"你什么时候看见勃莱特的?"

"今天早上。她回自己房间来取些东西的。她正在照顾罗梅罗那小子呢。"

他又倒空了一瓶啤酒。

"勃莱特感到非常痛心。但是她特喜欢照顾人。这正是我们当初渐渐搞到一块儿的原因。她悉心照顾过我。"

"我知道。"我说。

"我已经喝得相当醉啦,"迈克说,"我觉得我应当一直保持着这种相当醉的状态。这件事说起来特别可笑,但是叫人不太愉快。我觉得不太愉快。"

他喝光了啤酒。

"你知道,我把勃莱特臭骂了一顿。我说,如果她老是跟犹太人和斗牛士这号人招摇过市,她准会遇到麻烦的。"他探过身来,"我说,杰克,你介不介意我把你那瓶也喝了?她会给你再送一瓶来的。"

"请吧,"我说,"反正我也没打算喝。"

迈克立即动手开那瓶酒。"还是劳驾你来把它打开吧,行吗?"我一使劲儿,拧开了带着一根拉环的瓶盖,给他倒上了酒。

"你知道,"迈克接着说,"想当初,勃莱特这人还是相当不错的。她向来就相当好。因为跟犹太人、斗牛士以及诸如此类的人来往的事儿,我曾经给过她一顿极其严厉的臭骂,可是,你知道她是怎么说的:'是啊。我傍上了那位英国贵族,度过了一段幸福得要命的生活呢!'"

他喝了一口酒。

"这话说得相当好哇。阿什莱,就是给她带来贵族头衔那个家伙,是个航海家。第九代从男爵。他每次回到家里,都不肯睡在床上。总是逼着勃莱特睡在地板上。最后,他竟然变得丧心病狂了,经常在她面前扬言说他要杀死她。睡觉时总是带着一支子弹上了膛的军用左轮手枪。勃莱特常常在他睡着了之后偷偷把子弹取出来。她,勃莱特,并没有过上那种幸福美满的生活。也真他妈的遗憾啊。她就是这样享受人生的快乐的。"

他站立起来。他的手在瑟瑟发抖。

"我要回房间去了。尽量睡一会儿吧。"

他微微一笑。

"在这喧闹不已的狂欢活动中,我们闹腾得太久啦,已经有好长时间没睡过觉了。我打算从现在开始,要好好睡它个够。最他妈的叫人难受的事情就是睡不着觉。弄得人格外神经紧张。"

"我们中午在伊鲁涅咖啡馆再见吧。"比尔说。

迈克走出房门。我们听得见他在隔壁房间里的动静。

他按了铃。那名女服务生来到他门前,敲了敲他的房门。

"送半打啤酒和一瓶芬达多酒来。"迈克在吩咐她。

"是,少爷。"①

"我要去睡觉了,"比尔说,"可怜的迈克老兄啊。昨天夜里,为了他的事儿,我跟人家大闹了一场呢。"

"在什么地方?在那家米兰酒吧吗?"

"对。那里有个家伙曾经在戛纳帮勃莱特和迈克还过一次债,就那么一次。那家伙真他妈的卑劣。"

"这件事情的原委我知道。"

"我并不知情啊。但是谁也没有权利像那样恶言恶语地中伤迈克。"

---

① 此处原文为西班牙语:"Si, Senorito." 意为:"是,少爷。"

251

"这正是世风日下的原因所在。"

"他们不该享有任何胡作非为的权利。但愿他们千万别他妈的拥有任何权利。我要去睡觉了。"

"斗牛场里出人命了吗?"

"我看没有。只有受了重伤的。"

"斗牛场外的甬道上有个人被牛挑死了。"

"是吗?"比尔说。

第十八章

　　中午时分，我们都到了那家咖啡馆。咖啡馆里挤满了人。我们吃着小虾，喝着啤酒。整个城市都挤满了人。大街小巷全都挤得满满当当。从比亚里茨和圣塞瓦斯蒂安开来的大型汽车源源不断驶进城来，停在广场的四周围。一辆辆大型汽车把人们运进城来观看斗牛。那些观光汽车也到了。有一辆观光汽车里坐着二十五名英国妇女。她们坐在那辆豪华型的白色汽车里，用望远镜观赏着这狂欢节的风光。那些跳舞的人全都喝得酩酊大醉了。这就是狂欢节最后一天的景象。

　　狂欢节的氛围就是人如潮涌，到处都挤得水泄不通，但是那些大型汽车和旅游观光汽车旁边依然聚集着犹如一座座小孤岛般的观光客。等到汽车空了，那些观光客就会融入人群之中。你便再也见不着他们了，只有在咖啡馆的桌子边，在密密麻麻的穿着黑色罩衫的农民中间，你才能见到他们那格外显眼的运动服。狂欢节的洪流甚至淹没了那帮从比亚里茨来的英国人，因此，如果你从某一张桌子旁边走过去，要是不靠得很近，你就看不到他们。大街上始终鼓乐喧天。鼓声隆隆不绝,笛声高亢激越。在咖啡馆里,人们要么双手抓着桌子,要么互相搂着肩膀,都在直着嗓门放声歌唱。

"瞧,勃莱特来了。"比尔说。

我抬眼望去,见她正穿过广场上的人群朝这边走来,她迈着轻盈的步子,高高地昂着头,仿佛这狂欢节的庆祝活动是为了向她表示敬意才举行的,而她却觉得这一切既很惬意,又很好笑。

"你们好啊,哥儿们!"她说,"我说,渴死我啦。"

"再来一大杯啤酒。"比尔对服务生说。

"还要虾吗?"

"科恩走了吗?"勃莱特问。

"走啦,"比尔说,"他雇了一辆出租汽车。"

啤酒上来了。勃莱特伸手去端那只大玻璃酒杯,她那只手在颤抖着。她发觉自己的手在颤抖,便微微笑了笑,然后俯身向前喝了一大口。

"好酒啊。"

"非常好的啤酒呢。"我说。我心里正在为迈克感到惴惴不安。我认为他根本就没有睡过觉。他肯定一直在闷头喝酒,不过,看他那样子似乎还能把持住自己。

"我听说科恩把你打伤啦,杰克。"勃莱特说。

"没有。把我打昏过去了。仅此而已。"

"我说,他真动手把佩德罗·罗梅罗打伤了,"勃莱特说,"他真把他打伤了,伤得还不轻呢。"

"他现在怎么样啦?"

"他会好起来的。他不愿走出那个房间。"

"他看上去状况很不好吗?"

"非常不好。他真的伤得很重。我对他说,我想快去快回,来看看你们哥儿几个。"

"他还打算上场吗?"

"当然啦。我想跟你一起去,如果你不介意的话。"

"你那位男朋友怎么样啦?"迈克问。勃莱特刚刚说的那番话,他压根儿就没听见。

"勃莱特搞上了一名斗牛士,"他说,"她还有一个名叫科恩的犹太人呢,没想到他后来表现得太糟糕了。"

勃莱特站起身来。

"我不想再听你说这种蠢话了,迈克尔。"

"你男朋友怎么样啦?"

"好得很,"勃莱特说,"今天下午好好看看他的表现吧。"

"勃莱特搞上了一名斗牛士,"迈克说,"一个模样英俊的、该死的斗牛士。"

"劳驾你陪我走回去,行吗?我有话要对你说,杰克。"

"把你那位斗牛士的事儿全告诉他吧,"迈克说,"啊,让你那斗牛士见鬼去吧!"他把桌子一掀,于是,满桌的啤酒杯、啤酒瓶、那碟小虾全都被掀翻在地上,稀里哗啦摔了个粉碎。

"走吧,"勃莱特说,"我们离开这种地方。"

挤进人群中穿过广场时,我说:"情况怎么样?"

"午饭后到他上场之前,我不打算见他。他的侍从们要到房间来给他着装。他说,他们见了我会非常生气的。"

勃莱特春风满面。她很开心。太阳出来了,这是个阳光明媚的日子。

"我觉得自己完全变了,"勃莱特说,"你想象不到啊,杰克。"

"你有什么需要我做的吗?"

"什么也没有,就想叫你陪我看斗牛。"

"我们到吃午饭的时候再跟你碰头吗?"

"不。我跟他在一起吃。"

我们此时已站在旅馆门前的拱廊下。他们正在往外搬桌子,把桌子铺设好,摆放在拱廊下面。

"想不想拐个弯儿到那边的公园里去走走?"勃莱特问,"我暂时还不想上楼。我估计他还在睡觉。"

我们沿着拱廊一路走过去,经过那家剧院,出了广场,穿过集市上临时搭建起来的那些简易棚屋,夹在拥挤不堪的人流中走在两排售货亭之间。我们走上了一条通向萨拉萨特步行街的小街。我们可以看到人们正成群结队地在那条步行街上散步,穿着入时的男男女女全在那儿。他们在绕着公园北边那一带散步。

"我们就不到那边去了,"勃莱特说,"我眼下还不想让人盯着看。"

我们在阳光下站着。雨过天晴、海上来的云团消散之后,天气虽然很热,但很宜人。

"我希望风势能有所减弱,"勃莱特说,"刮风对他很不利。"

"我也这样希望。"

"他说那些公牛都不错。"

"都是好牛。"

"那就是圣福明礼拜堂吗?"

勃莱特打量着那座小教堂的黄颜色的墙。

"是的。星期天的游行就是从那儿出发的。"

"我们进去看看吧。你不介意吧?我很想为他做个祷告什么的。"

我们走进一扇包着皮革的门,那扇门虽然很厚实,但开起来却非常轻巧。小教堂里光线很暗。有许多人在做祷告。你要等眼睛慢慢适应了那晦暗的光线,才能看得清他们。我们跪在一个长条木凳前。过了一会儿，我发觉勃莱特在我身边挺直了身躯，只见她正两眼直勾勾地凝视着前方。

"走吧，"她用低沉的嗓音悄声说，"我们赶紧出去吧。这地方让我心里直发慌。"

到了外面，在烈日当空、阳光普照的大街上，勃莱特抬头凝望着随风摇曳的树梢。看来祈祷没起到多大作用。

"我真不明白我在教堂里为什么总是这么紧张不安，"勃莱特说，"祈祷对我从来就起不到任何作用。"

我们沿着大街一路走下去。

"是我不好，跟宗教氛围太他妈的格格不入了，"勃莱特说，"我这张脸天生就长得不对头。"

"你知道，"勃莱特说，"我根本不为他担心。我只是为他感到幸福。"

"好。"

"不管怎么说，我盼望风会刮得小一点儿。"

"风势往往会在五点钟左右减弱的。"

"让我们抱着这样的希望吧。"

"你可以祈祷呀。"我笑着说。

"祈祷对我根本就无济于事。我祈祷的无论什么事情，从来就没有得到过应验。你得到过吗？"

"哦，得到过的。"

"啊，瞎说，"勃莱特说，"祈祷对某些人来说也许灵验，不过，看你这副样子好像并不怎么虔诚嘛，杰克。"

"我很虔诚的。"

"啊，瞎说，"勃莱特说，"你今天就别动脑筋来劝诱人家信教啦。今天这个日子看来是够倒霉的。"

自从她上次和科恩一起私奔以来到现在,我还是头一次看到她又像过去那种快快乐乐、无忧无虑呢。我们返身回到旅馆的门前。此时,所有的餐桌都已摆放好了,有几张桌子已经有人在坐着吃饭了。

"请你务必看好迈克,"勃莱特说,"别让他太放肆了。"

"你的朋友们已经上楼了。"那位德国籍的大堂领班[①]用英语说。他是个一贯喜欢偷听别人说话的家伙。勃莱特转身对他说:

"谢谢你,太谢谢了。你还有什么话要说吗?"

"没有了,夫人。"

"好。"勃莱特说。

"给我们留一张可以坐三个人的桌子。"我对那德国人说。他那张贼眉鼠眼、白里透红的脸上绽出了一丝笑容。

"夫人要在这里用餐吗?"

"不。"勃莱特说。

"那么,我认为,一张双人餐桌就足够了。"

"别跟他啰嗦,"勃莱特说,"迈克的心情肯定不会好。"她在楼梯口说。在上楼的时候,我们迎面碰到了蒙托亚。他躬身致意,但脸上没有一丝笑意。

"我们咖啡馆里再见吧,"勃莱特说,"谢谢你,非常感谢,杰克。"

我们已经走到我们的房间所在的那层楼。她顺着过道径直走进了罗梅罗的房间。她没有敲门,直截了当地推开房门,走了进去,然后又随手关上了门。

我站在迈克的房门前,敲了敲门。毫无反应。我扭了扭门把手,门开了。房间里一片狼藉。所有旅行包全都敞开着,衣服扔得到处都

---

① 此处原文为法语"maître d'hôtel",意为"大堂领班,服务生总管"。

是。床边全是空酒瓶。迈克躺在床上,他那张脸活像他死后翻制的石膏面膜。他睁开眼睛朝我看了看。

"你好,杰克,"他有气无力慢吞吞地说,"我想睡一小……小会儿觉。有好长时间了,我总想……想睡一小……小会儿觉。"

"我给你盖上被子吧。"

"不用。我觉得很热。"

"你别走。我还没……没……睡……睡着过呢。"

"你会睡着的,迈克。别发愁啦,伙计。"

"勃莱特搞上了一个斗牛……士,"迈克说,"可是,她那个犹太人却一走了之了。"

他扭过头来望着我。

"天大的好事情啊,是吧?"

"是的。现在你赶快睡觉吧,迈克。你该好好睡一会儿啦。"

"我这就……就……睡。我是想……想睡一小……小会儿觉的。"

他闭上了眼睛。我走出房间,轻轻带上了门。比尔在我的房间里看报。

"看见迈克没有?"

"看见了。"

"我们去吃饭吧。"

"有那个德国大堂领班在,我就不想在楼下吃了。我扶迈克上楼的时候,他那副酸溜溜的样子简直他妈的讨厌极了。"

"他对我们也是那副前倨后恭的样子。"

"我们到外边去吃,进城吃去。"

我们走下楼来。在楼梯口,我们跟一名正往楼上去的女服务生擦身而过,她端着一个蒙着餐巾的托盘。

"瞧,勃莱特的午餐来了。"比尔说。

"还有那小子的。"我说。

到了外面,在拱廊下的露台上,那名德国大堂领班迎上前来。他那红扑扑的两颊神采奕奕的。他此时显得挺客气。

"我已经为你们两位先生预留了一张双人餐桌。"他说。

"留给你自己坐去吧。"比尔说。我们理也不理径直走了出去,奔向了马路的对面。

我们在远离广场的一条小巷子里找了一家餐馆吃饭。这家餐馆里的食客清一色的全都是男人。屋子里烟雾弥漫,所有的人都在开怀畅饮,引吭高歌。饭菜很好,酒也很好。我们很少说话。饭后,我们去了那家咖啡馆,在那儿观看狂欢节达到沸腾的高潮时的情景。勃莱特吃完午饭后很快就来了。她说她刚刚顺路去迈克的房间里看了一下,他已经睡着了。

当狂欢活动达到沸腾的高潮并转向斗牛场的时候,我们随着人流涌向了那里。勃莱特坐在斗牛场的最前排,坐在比尔和我两人当中。我们的正下方便是那条甬道①,就是位于看台和环绕着斗牛场的红色围栏之间的那条狭窄的甬道。在我们身后,一层层混凝土看台上早已密密麻麻坐满了人。在我们正前方,在红色围栏的另一侧,斗牛场中的沙土地已被碾压得平平整整,黄灿灿的。因为下了雨,场地看上去有点儿泥泞,不过太阳一晒就干爽了,显得既坚实,又平整。负责帮斗牛士持剑的助手们和斗牛场的勤杂工们顺着甬道鱼贯走进场内,肩上扛着柳条筐,柳条筐里装着斗牛时用的斗篷和穆莱塔②。斗篷和穆莱塔上全都血迹斑斑,叠得板板整整,一层层地放在柳条筐里。负责持剑的助手们打开了一个个沉甸甸的皮剑鞘,把剑鞘倚在栅栏边,那

---

① 此处原文为西班牙语"callejon",意为"甬道;小巷",此处指斗牛场的专用通道。
② 穆莱塔(muleta),斗牛士在刺杀公牛时用以逗引公牛前来攻击而挂在短杖上挥动的红布。

些裹着一束束红布的剑柄赫然在目。他们抖开一块块沾满黑色血污的红色法兰绒穆莱塔，装上短杖，把这套东西撑开来，并预留出可让斗牛士用手握住的地方。勃莱特目不转睛地注视着这一切。她被这套具有专业技术特色的细节深深吸引住了。

"那些斗篷和穆莱塔上全都印着他的名字呢，"她说，"他们为什么把这些东西叫做穆莱塔呢？"

"我也说不清。"

"真不知道他们会不会把这套东西拿去洗一洗。"

"我看是从来不洗的。洗了可能会褪色吧。"

"血迹会让这些东西变得硬邦邦的。"比尔说。

"真奇怪，"勃莱特说，"人们怎么会对血迹毫不在意呢。"

在看台下方那条狭窄的专用通道上，负责帮斗牛士持剑的那些助手们已将一切准备工作安排就绪了。看台上所有的座位都已坐满了人。看台上方，所有的包厢里也都坐满了人。全场没有一个空座，唯有主席①的包厢里还空着。等主席一入席，斗牛赛就开始了。在斗牛场平平整整的沙土地的对面，在高大的通向牛栏的门洞里，斗牛士们已经站在那儿了，他们把胳膊裹在斗篷里，一边聊着天，一边等待着列队进场的信号。勃莱特举起望远镜仔细眺望着他们。

"给，你想看看吗？"

我透过目镜望去，看见了那三位斗牛士。罗梅罗居中，贝尔蒙蒂②在他的左侧，马西亚尔在他的右侧。站在他们身后的是他们的随从，在那些手持彩色短镖的助手的身后，在后边的甬道和牛栏之间的

---

① 按照惯例，每场斗牛都会邀请达官贵人作为仪式的主持人，坐在最显要的包厢里。
② 胡安·贝尔蒙蒂（Juan Belmonte García，1892—1962），西班牙最负盛名的斗牛士之一，与何塞利托齐名，是现代斗牛风格的创始人。贝尔蒙蒂也是本书作者的好朋友，海明威在《死在午后》(Death in the Afternoon，1932）一书中也浓笔重墨地描写了这位在西班牙喻户晓的斗牛士。与海明威一样，贝尔蒙蒂最终也是用猎枪自杀的。

空地上，我看到了那些手执长矛骑在马上的斗牛士的副手们。罗梅罗穿着一件黑色的斗牛服。他的三角帽扣得很低，遮在他眼睛的上沿。我看不清他掩在帽子下面的脸庞，但是看得出他的脸伤得不轻。他两眼笔直地望着前方。马西亚尔把一支香烟捏在手心里，在小心翼翼地抽着。贝尔蒙蒂两眼直视着前方，他的面孔毫无血色，蜡黄蜡黄的，长长的狼下巴向外翘着。他目光茫然，对一切都熟视无睹。无论是他，还是罗梅罗，似乎都跟别的人毫无共同之处。他们茕茕孑立，超然绝俗。主席入场了；我们上方的大看台上传来了鼓掌声，我把望远镜递给了勃莱特。全场响起了一片热烈的掌声。开始奏乐了。勃莱特透过目镜仔细观望着。

"给你，把望远镜拿去吧。"她说。

透过目镜，我看到贝尔蒙蒂在跟罗梅罗说话。马西亚尔挺直身躯，扔掉了香烟，接着，这三位斗牛士全都直视着前方，头向后昂着，整齐地甩动着他们空闲着的那只手臂，开始登场了。紧跟在他们身后的是整个队列，进场后立即向两边展开，全体迈着正步，所有的斗篷都是卷起来的，每个人都整齐地摆动着空闲着的那只手臂，他们的后面是骑在马上手执刺牛长矛的副斗牛士，那阵势犹如倒提着长矛的轻骑兵。最后压阵的是两列骡子和斗牛场的勤杂工们。斗牛士们用手按着头上的帽子，在主席的包厢前鞠躬致意，然后就朝我们下方的围栏走来。佩德罗·罗梅罗脱下他那件沉甸甸的织有金线浮花的织锦斗篷[1]，把它交给了站在栅栏这边的他的一名助手。他对那名助手说了几句话。因为离得很近，就在我们正下方，我们看见罗梅罗的嘴唇是肿胀着的，两只眼睛都是乌青的。他的脸上也有几处乌青，肿得老

---

[1] 这是斗牛士在入场式上披的斗篷。入场后一般由随从送给看台上特定的来宾临时保管，如斗牛士本人所爱慕的人或其他来宾。斗牛时则另用普通的红色斗篷。

高。那名助手接过斗篷,抬头看了看勃莱特,然后走到我们跟前,把斗篷递了上来。

"把它展开,放在你的面前吧。"我说。

勃莱特向前探过身去。斗篷用金线绣成,沉重而挺括。那名助手回头看了看,摇了摇头,嘴里说了句什么。坐在我旁边的一个男人朝勃莱特侧过身来。

"他不要你展开斗篷,"他说,"你应当把它叠好,放在你的膝头上。"

勃莱特叠起沉甸甸的斗篷。

罗梅罗没有抬头看我们。他在跟贝尔蒙蒂说话。贝尔蒙蒂已经将他的礼仪斗篷送给了他的几个朋友。他抬头朝他们望去,微微笑了笑,他笑起来也像狼,只是张张嘴,脸上是没有笑意的。罗梅罗趴在栅栏上要水罐。那名助手递上了水罐,罗梅罗将水浇在他斗牛时用的斗篷的高密度精纺棉布上,然后用穿着平底鞋的脚在沙土地上来回践踏着斗篷的下摆。

"那是在干什么?"勃莱特问。

"给它增加分量,免得被风吹得飘起来。"

"他脸色很不好啊。"比尔说。

"他的自我感觉也非常不好,"勃莱特说,"他应当卧床休息才是。"

第一头公牛该由贝尔蒙蒂来对付。贝尔蒙蒂固然非常出色,但是,由于他每次的出场费高达三万比塞塔之多,而人们通宵达旦地排着长队以求购得一票,目的就是为了来看他,因此,观众理所当然地要求他有更加出色的表现。贝尔蒙蒂的一大看点就是他始终力求与公牛靠得很近。在斗牛中,人们有所谓的"公牛地带"和"斗牛士地带"这一说。斗牛士只要处在他自己的地带里,他就相对比较安全。每当他进入了公牛的地带,他就处于极大的危险之中了。贝尔蒙蒂,在他最辉煌的岁月里，总是在公牛地带里表演的。这样，他就给人一种即将发生悲剧的强烈效应。人们来看斗牛就是为了来看贝尔蒙蒂，就是为了来领受那种具有悲剧色彩的强烈效应，甚或是为了亲眼目睹贝尔蒙蒂之死。十五年前曾流传着这样一种说法：如果你想看贝尔蒙蒂，那你就得赶紧去，趁他现在还活着。从那时起，他已经杀死了一千多头公牛。他退隐之后①，人们把他传得神乎其神，说他的斗牛技艺是如何如何的了得，他后来重返斗牛场时，公众大失所望，因为没有一个凡人能够做到像传说中的贝尔蒙蒂那样离公牛贴得那么近，毫无疑问，即使是贝尔蒙蒂本人也做不到。

此外，贝尔蒙蒂还提出了种种过分的条件，并且坚决要求公牛的个头不能太大，牛角长得也不能有太大的危险性，这样一来，引发悲剧性的轰动效应所必须具备的因素也就不复存在了，而公众呢，他们却要求已是疾病缠身、长了瘘管的贝尔蒙蒂做到他过去所能够做到的三倍，现在就不免感到有些受骗上当了，于是，贝尔蒙蒂的下巴在屈辱中就撅得更高了，脸色也变得更加蜡黄，由于疼痛加剧，在场上的动作更是举步维艰，最后，观众愤然以行动来反对他，而他则干脆采取了全然蔑视和漠然置之的态度。他本来以为今天下午会是他大显身手的好时光，没想到迎来的却是整整一个下午的讥笑和高声辱骂，最后，坐垫、面包片、瓜果蔬菜，如同枪林弹雨般一齐向他飞来，落在他身上，落在他当年曾在这里取得过莫大胜利的场子里。他的下巴只是撅得更高了些。有时候，当观众的叫骂声特别不堪入耳时，他就转过身来，拉长下巴，龇牙咧嘴地报以一笑，然而每一个动作所带来的痛苦却变得愈加剧烈了，到最后，他那发黄的脸就变成了羊皮纸的颜色，等他杀死了第二头公牛，而观众席上的面包和坐垫也扔完了之

---

① 贝尔蒙蒂曾于1922年退出斗牛界，1925年又重返斗牛场，但技艺已大不如前。

后，他便撅起狼下巴带着他惯常的微笑和鄙视的目光去向主席行礼，把他的剑递过围栏，让人擦干净，放回剑鞘，然后就走进了甬道，倚在我们座位下方的栅栏上，脑袋埋在臂弯里，什么也不看，什么也不听，只顾忍受着痛苦的折磨。最后，他抬起头来，要了点儿水。他咽了几口，漱了漱嘴，吐掉水，拿起他的斗篷，又返身走进了斗牛场。

观众因为反对贝尔蒙蒂，所以就转而拥戴罗梅罗了。从他离开看台前的围栏走向那头公牛的那个时刻起，观众就在为他热烈鼓掌。贝尔蒙蒂也在密切注视着罗梅罗，表面上装着不看，其实一直在看。他并没有把马西亚尔放在心上。马西亚尔这种人的本事他是了如指掌的。他重返斗牛场的目的就是为了跟马西亚尔一比高低，满以为这是一场胜券在握的比赛。他企望能跟马西亚尔以及在斗牛史上的这一衰落时期①里脱颖而出的其他斗牛明星们比一比，况且他也知道，他唯有在斗牛场里亮相，在衰落时期的斗牛士们的那套虚张声势、华而不实的花架子的衬托下，他对斗牛事业的那颗赤诚之心才能彰显出来。想不到他这次退隐后重返斗牛场的举动被罗梅罗给破坏了。罗梅罗总是干得那么得心应手、泰然自若、动作优美，而他，贝尔蒙蒂，如今也只偶尔才能使自己做到这一点。场上的观众感觉到了，甚至从比亚里茨来的那些美国人也感觉到了，最后连那位美国大使也看出来了。这场竞赛贝尔蒙蒂真不愿参加，因为结果只能落得个被牛角挑成重伤或者当场死去的下场。贝尔蒙蒂已经不再精力充沛了。他在斗牛场上叱咤风云的辉煌时刻已经不会再有了。他不敢相信自己是否还能再创什么辉煌。时过境迁，如今生命也只能偶尔闪现出如昙花一现般的风采了。他还有几分昔日斗牛时的风采，不过已经毫无价值，因为当他走出汽车，倚在栅栏上，审视着他的一位饲养公牛的朋友的牧场上的

---

① 这里指的是 1920 年何塞利托不幸去世后的一段时期。

牛群，从中挑选了几头不会有什么风险的公牛时，他事先就已经使自己的风采打了个折扣。他挑选的是两头体形不大、犄角也不太大、比较容易对付的公牛，因此，当他感到豪气重现时，那不过是依然残存在他身上的一点儿豪气罢了，因为他一直在饱受着病痛缠身的折磨，就这么一丁点儿豪气也还是事先已经打了折扣才出盘的，所以，这点儿豪气并没有给他带来一丝美好的感觉。这的确是他当年的那种豪气，但是再也不能使斗牛在他身上重现光彩了。

佩德罗·罗梅罗的身上却具有这种凛然的豪气。他热爱斗牛，我甚至觉得他热爱那些公牛，我甚至还觉得他在热恋着勃莱特。那天的整个下午，他把斗牛表演中凡是他能够控制住地点的每一个招式全都控制在勃莱特座位的前面。他一次也没有抬头看她。他这样做所传达出的情感就更加强烈，他这样做不仅是为了她，也是为了他自己。因为他没有抬头用目光去探询对方是否满意，而是在内心里把全副精力放在他自己的斗牛表演上，这就增强了他的信心，然而他这样做也是为了她。但是他并没有为了她而损害自己的形象。那天的整个下午，他因此而占了上风。

他的第一次"相当惊险的招式"就是在我们座位的正下方完成的。每当那头公牛向手执长矛骑在马上的那位副斗牛士发起冲击后，三位斗牛士就轮番上去逗引那头公牛。贝尔蒙蒂排在第一位。马西亚尔排在第二位。最后才轮到罗梅罗。他们三人都站在马的左侧。那位副斗牛士，帽子压在眼眉上，手提那杆刺牛的长矛直指那头公牛，用靴刺踢着胯下的马儿，夹紧马儿的两肋，左手提着缰绳，策马向前直逼那头公牛。公牛盯着看。表面上它似乎在盯着那匹白马，但实际上它在盯着那杆刺牛长矛的三角形钢尖。罗梅罗注视着，发现那公牛有想掉头的架势。它看来并不想发起冲击。罗梅罗迅速抖动他的斗篷，斗篷的红色吸引了公牛的视线。公牛出于条件反射猛冲过来，再一冲,结果发现它面前并不是红色的斗篷在闪耀,而是一匹白马,还有一个人从马背上远远探过身来,将那杆山胡桃木长矛的钢尖飞快地扎进了公牛肩胛部位那团隆起的肌肉里,然后再以刺牛长矛为枢轴,调转他胯下的马儿朝斜刺里横冲过去,划开了一处伤口,再使劲儿将钢尖深深刺进公牛的肩胛,使公牛流出血来,为贝尔蒙蒂再上场做好准备。

那公牛在钢尖下没有坚持抵上去。它其实并不真想攻击那匹马儿。它转过身去,和骑在马上的副斗牛士断然分开了,罗梅罗赶上前去,用他的斗篷把公牛逗引开。他动作轻柔、得心应手地把牛引开,然后就停下了脚步,坚毅果敢地伫立在那公牛的面前,向牛伸出斗篷。公牛竖起尾巴猛冲过来,罗梅罗在公牛面前挥动手臂,旋转着身躯,脚跟站得很稳。潮湿的、因沾满泥沙而加重了分量的斗篷以强劲的节奏哗地一声张开,犹如鼓足了风的满帆,罗梅罗就当着那公牛的面擎着斗篷就地转动着身躯。这个回合刚一结束,他们又面对面地站住了。罗梅罗微微一笑。那公牛又想上来较量一番,于是罗梅罗的斗篷再次迎风张开,这一次是朝着另一个方向的。他每次都让那公牛贴得很近地与他擦身而过,以至于人、牛和那鼓足了风在公牛面前旋转着的斗篷完全融为一体,宛如一幅轮廓鲜明的群像。那幅画面中的所有动作都是那么舒缓,拿捏得恰到好处,仿佛他是在轻轻摇动着那头公牛,哄着它入睡似的。他就像这样把这一整套动作[①]做了四遍,最后再加上一遍,只做了一半,让自己的后背朝着那公牛,迎着热烈的掌声走去,一只手按着臀部,斗篷挽在胳膊上,那公牛瞅着他渐去的背影。

[①] 此处原文为法语"veronicas",指"斗牛士用斗篷逗引牛从自己身边冲过去的一整套闪转腾挪的动作"。

在对付他自己的那两头公牛时,他表现得完美无缺。他的第一头公牛视力不佳。用斗篷逗引它两个回合下来之后,罗梅罗便已十分清楚它的视力损伤到了什么程度。他随即根据这一点做了相应的调整。这场斗牛并不特别精彩。只不过是一场美轮美奂的表演而已。观众要求换一头公牛。他们大吵大嚷起来。和这么一头看不清诱导物的公牛斗,是斗不出什么名堂来的。但是主席不让换。

"他们为什么不让换呢?"勃莱特问。

"他们在它身上花了钱呢。他们不愿白白丢了这笔钱。"

"这样做对罗梅罗未免也太不公平了吧。"

"你注意看他是怎么对付一头看不清颜色的公牛的。"

"这种事情我不爱看。"

如果你对正在斗牛的人儿或多或少有些放心不下的话,看斗牛就没有什么乐趣可言了。碰上这么一头既看不清斗篷的颜色,也看不清猩红法兰绒穆莱塔的公牛,罗梅罗只好以自己的血肉之躯来同这头公牛周旋了。他不得不靠得那么近,使公牛看清他的身躯,让它朝自己扑过来,然后才把公牛的攻击目标引向那块法兰绒穆莱塔,以传统的方式结束了这一回合。从比亚里茨来的那帮观众不喜欢这种方式。他们以为罗梅罗害怕了,所以他才会朝旁边躲开一小步,把公牛的每次冲击从他自己的身躯引向那块法兰绒红布的。他们宁愿看贝尔蒙蒂模仿他自己从前的架势,或者看马西亚尔模仿贝尔蒙蒂的架势。在我们身后的那排座位上就坐着这样三位来自比亚里茨的人。

"他为什么怕这头公牛呢?这头公牛笨得只能跟在那块布后面瞎转悠嘛。"

"他只不过是个年幼无知的斗牛士。斗牛的本事还没有学到家呢。"

"我倒觉得他先前耍斗篷的那一手还是挺中看的。"

"没准他现在感到紧张了。"

在斗牛场的正中央，罗梅罗，只身一人，还在表演着同样那套动作，他靠得那么近，让那公牛可以清清楚楚地看见他，他主动将身躯迎上去，接着又向前靠近了一点儿，那头公牛还是在呆呆地望着，等到距离近得使那公牛认为可以撞倒他了，他又再次将身子凑了上去，终于引得那公牛直冲过来，就在这一瞬间，在牛角快要顶到他的时候，他把那块红布轻轻地、几乎不被人察觉地朝公牛抖了抖，那公牛就随着红布跟了过去，这个动作又激起了比亚里茨来的那帮斗牛行家们的一阵吹毛求疵的非难。

"他就要下杀手了，"我对勃莱特说，"那头公牛力气还很足。它不想把劲儿都使光呢。"

在斗牛场的正中央，罗梅罗侧身站定、面对着公牛了，他从穆莱塔的褶皱里抽出利剑，踮起脚尖，目光顺着剑锋向前瞄准着。就在罗梅罗纵身挺剑向牛刺去的当儿，那公牛也同时发足朝他猛冲过来。罗梅罗左手向下一压，将穆莱塔罩在公牛的口鼻部位，蒙住了它的眼睛，他左肩一晃，身子插进公牛的两只犄角之间，与此同时，那柄利剑也刺进了公牛的身躯，在那极短暂的一瞬间，他和那公牛融为一体了，罗梅罗高踞在公牛的正上方，右臂暴伸之处，那柄利剑尽数没入公牛的肩胛之间，直至剑柄。定格霎时解体，人与牛分开了。罗梅罗身形微微一晃，闪避开去，随即站定身子，一手举起，面对着公牛，他的衬衣袖子从腋下被撕裂开来，白色的布片儿随风飘忽着，而那公牛呢，红色的剑柄牢牢插在它的肩胛之间，它脑袋低垂下来，四腿也在往下沉。

"瞧，它就要倒下来了。"比尔说。

罗梅罗就近在咫尺，所以那公牛看得见他。他那只手依旧高举着，他在对牛说话呢。那公牛浑身猛然震颤了一下，然后脑袋向前一冲,身子慢慢歪斜过去,接着突然一个趔趄,然后就四蹄朝天,倒翻在地。

他们把那柄利剑递给了罗梅罗,他一手倒提着那柄剑,一手拿着穆莱塔,径直走到主席的包厢前,向他鞠躬致意,然后直起身来,走向看台前的围栏边,把剑和穆莱塔递了过去。

"这头牛真不中用。"那名助手说。

"它弄得我出了一身汗。"罗梅罗说。他擦去脸上的汗水。助手把水罐递给了他。罗梅罗抹了一下嘴唇。从水罐里喝了口水之后,他感到嘴唇很疼。他没有抬头朝我们这边看。

马西亚尔这天大获成功。直到罗梅罗的最后那头公牛上场了,观众还在对他热烈鼓掌。就是这头公牛,在早晨牛群狂奔的时候突然蹿出来抵死了一个人。

在罗梅罗与他的第一头公牛展开较量的过程中,他那被打伤了的脸庞显得非常惹眼。他所做的每一个动作都使他脸上的伤痕显露出来。在他集中全部精力与这头视力不佳的公牛十分棘手地周旋时,他脸上的伤痕也暴露无遗了。跟科恩打的这一仗并没有挫伤到他的锐气,但是却毁了他的面容,伤了他的身体。他现在正在把这一切影响消除干净。等到这第二头公牛上场时,他的每一个动作都在消除一分这种影响。这是一头很出色的公牛,一头身躯庞大的公牛,尤其那两只犄角十分了得,它的转身和轮番攻击都很敏捷、很矫健。它正是罗梅罗所向往的那种公牛。

当他完成了全套动作,亮起穆莱塔,准备屠牛的时候,观众要求他把这套动作接着再表演一番。他们还不想让这头公牛就这样被杀死,他们还不想让这场斗牛就此结束。罗梅罗继续表演了。那情景就好比在上一堂斗牛课。他把每一个回合都串并在一起,做得十分完整,十分认真,庄重而又洗练,一气呵成。不耍花招,不故弄玄虚。

没有任何草率的动作。每一个回合在达到最高潮时，都会使你突然涌起一阵揪心般的紧张感。观众巴不得这场斗牛永远不要结束。

公牛叉开四条腿直立在场中等待被杀，于是，罗梅罗就在我们座位的正下方完成了刺杀。他杀死这头公牛的方式并不像他杀死上一头公牛那样是出于无可奈何，而是按照他自己喜欢的方式进行的。他侧身站定，直接面对着公牛，从穆莱塔的褶皱里抽出利剑，目光顺着剑锋瞄准过去。公牛紧盯着他。罗梅罗对那公牛说着话，把一只脚在地上轻轻一跺。公牛猛冲过来，罗梅罗正迎候着它这一冲呢，他放低穆莱塔，目光顺着剑锋瞄准过去，两脚稳如磐石。紧接着，没有向前挪动一步，他就和那公牛合二为一了，那柄利剑已经刺进了公牛高高隆起的肩胛之间，公牛刚才还在跟踪着那块在低位舞动着的法兰绒红布，随着罗梅罗闪身朝左侧一让，收起穆莱塔，这场斗牛就结束了。那公牛还想往前冲，但是它的四腿已开始发软，身躯左右摇晃着，愣怔了片刻，然后就膝盖瘫软下来，跪倒在地上，罗梅罗的哥哥立即从公牛的后面俯身向前，将一把短刀插进了公牛犄角跟下的脖颈里。第一次他失手了。他再次把短刀捅了进去，公牛随即跌翻在地，抽搐了几下就僵住不动了。罗梅罗的哥哥一手握着牛的犄角，一手握着那把短刀，抬起头朝主席的包厢望去。斗牛场里到处都在挥动着手帕。主席从包厢里俯身往下看，也在挥舞着他的手帕。那位做哥哥的从死牛身上割下了那只带有豁口的黑色耳朵，提着它快步朝罗梅罗走去。那头笨重的黑色公牛躺在沙地上，舌头吐了出来。孩子们从场子里的四面八方向那公牛跑去，在牛的周围站成了一个小圈子。他们围着公牛开始跳起舞来。

罗梅罗从他哥哥手里接过牛耳朵，朝着主席高高举起。主席躬身向他致意，罗梅罗立即赶在人群的前面朝我们跑来。他倚着看台前的围栏，探身向上把牛耳朵递给了勃莱特。他颔首微笑着。场子里的那些人全都簇拥着他。勃莱特把斗篷向下递来。

"你喜欢吗?"罗梅罗喊了一声。

勃莱特什么也没说。他们相视一笑。勃莱特手里拿着那只牛耳朵。

"别弄得到处是血噢。"罗梅罗笑嘻嘻地说。场子里的那群人跃跃欲试地想拽住他。有几个男孩子在朝勃莱特大声叫嚷着。那群人里有男孩子,有在翩翩起舞的人,也有醉汉。罗梅罗转过身去,试图冲出人群。人们把他团团围住,试图把他举起来,扛在他们的肩膀上。他拼命抵挡着想挣脱出来,在人群中左冲右突,然后撒开腿朝出口处跑去。他不愿意让人扛在肩膀上。但是人们抓住了他,把他举了起来。那个姿势很不舒服,他两腿叉开着,遍体疼痛。众人扛着他,簇拥着朝大门口跑去。他把一只手搭在一个人的肩膀上。他回过头来深表歉意地朝我们瞅了一眼。那群人扛着他奔跑着出了大门。

我们三个人一起走回旅馆。勃莱特径直上楼去了。比尔和我坐在楼下的餐厅里,我们吃了几只煮得很老的鸡蛋,喝了几瓶啤酒。贝尔蒙蒂已经换上了他日常外出时穿的衣服,跟他的经理人以及另外两名汉子一同从楼上走下来。他们坐在与我们相邻的那张桌子上吃饭。贝尔蒙蒂吃得非常少。他们打算搭乘七点钟那趟火车去巴塞罗那[①]。贝尔蒙蒂穿着一件蓝色的条纹衬衫和一套深色的西装,吃的是溏心鸡蛋。其他几个人则吃得很丰盛。贝尔蒙蒂不大说话。他只回答别人的问话。

比尔看完这场斗牛后感觉很疲惫。我也觉得很累。我们俩看斗牛一向都非常认真。我们坐在那儿吃着鸡蛋,我同时也在留心观察着贝尔蒙蒂以及跟他同桌吃饭的那几个人。他身边的那几个人全都一脸凶

[①] 巴塞罗那(Barcelona),西班牙东北海岸重要城市,加泰罗尼亚自治州的首府。

相、不苟言笑的样子。

"走吧，到那边的那家咖啡馆去吧，"比尔说，"我想去喝杯苦艾酒。"

这是狂欢节期的最后一天。外面的天色又开始阴沉下来。广场上人山人海，焰火专家们正在忙着准备夜里用的焰火装置，并用山毛榉树枝把它们全都盖上。孩子们凑在一旁看热闹。我们从几个用长竹竿搭成的焰火发射架旁边走了过去。咖啡馆外面早已聚集了一大群人。音乐声依旧不绝于耳，歌舞仍在继续进行。巨人和侏儒们仍在招摇过市。

"埃德娜去哪儿啦？"我问比尔。

"我不知道啊。"

我们注视着狂欢节期这最后这一夜黄昏时分的渐渐来临。苦艾酒使得眼前的一切显得更加美好起来。我用滴杯不加糖就直接喝着[1]，酒的味道苦得很爽口。

"我真替科恩这人感到难过，"比尔说，"他这段日子过得很不舒心啊。"

"咳，让科恩见鬼去吧。"我说。

"你估计他去了哪儿？"

"北上，去巴黎了。"

"你估计他会去干什么呢？"

"咳，让他见鬼去吧。"

"你估计他会去干什么呢？"

---

[1] 苦艾酒是一种烈性酒，浓度达七八十度，当时在很多国家都是明令禁止制售的，只有西班牙例外。在饮用时，人们一般先用滴杯将苦艾酒斟入大杯，加糖、加水稀释后再喝。

"也许找他过去的情人重温旧梦去了。"

"谁是他过去的情人?"

"一个名叫弗朗西丝的女人。"

我们又要了一杯苦艾酒。

"你什么时候回去?"

"明天。"

过了一会儿,比尔说:"嗯,今年的狂欢节真够精彩的。"

"是啊,"我说,"一刻也没闲着。"

"你简直不敢相信。就像是做了一场妙不可言的噩梦似的。"

"那还用说,"我说,"我这人是什么都信的。包括噩梦。"

"怎么啦?心情不好?"

"心情坏透啦。"

"再来一杯苦艾酒吧。喂,服务生!给这位先生再来一杯苦艾酒。"

"我感到难受极了。"

"把这杯酒喝了吧,"比尔说,"悠着点喝。"

天色渐渐暗下来。狂欢活动仍在继续。我开始有了些醉意,可是我的心情却不见有任何好转。

"你感觉怎么样啦?"

"糟透了。"

"再来一杯吗?"

"再来一杯也无济于事。"

"试试看呗。你也说不准的,也许这一杯正好就管用呢。嗨,服务生!给这位先生再来一杯苦艾酒。"

我不是把酒慢慢滴在杯中,而是把水直接倒在酒里搅拌起来。比尔往酒中放了一大块冰块。我用一把勺子在这浅褐色的浑浊的混合物里搅动着那块冰。

"味道怎么样?"

"很好。"

"别喝得那么快嘛。喝得太快你就要呕吐了。"

我放下酒杯。我本来就没有打算喝得那么快。

"我感觉已经喝醉了。"

"你这样喝哪有不醉的。"

"你是成心要把我灌醉吧,是不是?"

"是啊。一醉方休嘛。化解你那该死的抑郁症嘛。"

"得啦,我已经醉了。你不就是想让我醉吗?"

"坐下。"

"我不想坐了,"我说,"我要回旅馆去了。"

我醉得很厉害。我醉得比以往哪一次都厉害。到了旅馆,我走上楼去。勃莱特的房门是开着的。我把脑袋探进门里。迈克正坐在床上。他举着一只酒瓶子朝我晃了晃。

"杰克,"他说,"进来呀,杰克。"

我进屋坐下。要是不盯着某个固定的地方看,我就感到整个房间都在东倒西歪。

"勃莱特,你知道。她跟那个斗牛的小哥儿们私奔啦。"

"不可能。"

"怎么不可能。她刚才到处在找你,想跟你告辞呢。他们乘七点钟那趟火车走的。"

"他们真走啦?"

"这事儿干得也太不像话啦,"迈克说,"她不该这么干啊。"

"喝一杯么?等一等,让我揿铃叫人送些啤酒来。"

"我已经喝醉啦,"我说,"我想进屋去躺下了。"

"你已经醉得睁不开眼了吗？本人早就醉得睁不开眼睛啦。"

"是的，"我说，"我已经醉得睁不开眼了。"

"好吧，那就算了，"迈克说，"去睡一会儿吧，杰克老兄。"

我走出房门，走进我自己的房间，在床上躺下。床像一叶扁舟在飘飘荡荡地驶向远方，我赶紧在床上坐起来，两眼盯着那堵墙，想止住这种感觉。外面的广场上，狂欢节的庆祝活动仍在进行。那一切对我来说已经没有什么意思了。后来，比尔和迈克来到我的房间，想叫我下楼和他们一块儿吃饭去。我假装睡着了。

"他睡着了。还是别打扰他为好。"

"他已经醉得一塌糊涂啦。"迈克说。他们走了出去。

我起了床，走到阳台上，眺望着在广场上仍在翩翩起舞的人们。那种天旋地转的感觉已经没有了。一切都变得非常清晰、明亮，只是边缘还有点儿模糊不清。我洗了脸，梳了梳头发。我照了照镜子，居然连自己都不认识了，然后就下楼去了餐厅。

"瞧，他来了！"比尔说，"好哇，杰克老弟！我就知道，你还不至于醉得起不了床。"

"你好啊，你这个老酒鬼。"迈克说。

"我肚子一饿就醒过来了。"

"喝点儿汤吧。"比尔说。

我们三个人坐在桌子边，感觉就像一下子少了六个人似的。

第三部

第十九章

　　清晨时分,一切都过去了。狂欢节已宣告结束了。我一觉醒来已是大约九点钟,我洗好澡,穿上衣服,走下楼来。广场上空荡荡的,大街小巷不见一个行人。有几个小孩子在广场上捡焰火杆儿。咖啡馆刚刚开门,服务生们正忙着把一张张舒适的白色柳条椅子搬到拱廊下的阴凉处,摆放在那些大理石台面的桌子周围。有人在清扫马路,拖着水龙头沿街洒水。

　　我坐在一张柳条椅子里,仰靠着椅背,觉得很舒坦。服务生并没有忙不迭地迎上来。写在白纸上、预告释放公牛出笼细节的那些通告和大张大张的加班火车运行时刻表依然贴在拱廊的柱子上。有一名系着蓝色围裙的服务生走出来,拎着一桶水,拿着一块抹布,开始揭下那些告示,把纸片一条条地撕下来,再用水擦洗掉黏在石柱上的纸头。狂欢节已经结束了。

　　我喝了一杯咖啡,过了一会儿,比尔来了。我注视着他穿过广场朝这边走来。他在桌子边坐下,要了一杯咖啡。

　　"嗯,"他说,"一切都结束啦。"

"是啊，"我说，"你什么时候走？"

"我还说不准。依我看，我们最好去弄一辆汽车。你不打算回巴黎去吗？"

"是的。我可以在这儿再待上一个星期。我觉得我应当到圣塞瓦斯蒂安去一趟。"

"我想回去了。"

"迈克有什么打算？"

"他打算去圣让-德吕兹①。"

"我们去弄一辆汽车，大伙儿一起赶到巴荣纳再分手吧。你今天晚上就可以从那儿上火车继续北上。"

"好。我们吃好午饭后就出发。"

"行。我去雇车。"

我们吃完午饭，结了账。蒙托亚根本就没有到我们这边来。账单是一名女服务生送来的。汽车已经等在门外。司机把旅行包堆放在车顶上，用皮带扎好，把其余的行李放在车前座他自己的身边，我们随后上了车。汽车开出广场，穿过几条小巷，行驶在蔚然成行的大树下，然后驶下山坡，离开了潘普洛纳。这段路程似乎并不算特别长。迈克带来了一瓶芬达多酒。我只喝了两三口。我们翻过几座山岭，出了西班牙国境，沿着白色的公路向前驶去，穿行在绿叶如盖、湿润、葱郁的巴斯克地区，最后开进了巴荣纳。我们把比尔的行李寄存在火车站，他买好了去巴黎的车票。他乘坐的那趟列车当晚七点十分开。我们走出了车站。我们雇来的那辆汽车仍旧停在车站的大门外。

"我们怎么处理这辆车呢？"比尔问。

---

① 圣让-德吕兹（Saint Jean de Luz），法国西南部海滨城市，位于比利牛斯山脉和大西洋一线，在比亚里茨与昂代之间，是著名的旅游度假胜地。

"啊，这辆车倒真成了累赘了，"迈克说，"我们不如就留下这辆车吧。"

"行，"比尔说，"我们去哪儿呢？"

"我们到比亚里茨去喝一杯吧。"

"迈克老兄真是个挥金如土的人啊。"比尔说。

我们驶进比亚里茨城里，把车停在一家非常豪华的里茨饭店的大门外。我们走进酒吧间，坐在吧台前的高脚凳上喝了一杯威士忌加苏打水。

"这杯酒算我的。"迈克说。

"我们还是掷骰子来决定吧。"

于是，我们用一个很深的皮制的骰子筒来掷扑克骰子。第一轮比尔赢了。迈克输给了我，就把一张面额为一百法郎的钞票递给了那名酒吧服务生。威士忌每杯十二法郎。我们又轮流掷了一回骰子，迈克又输了。他每次给那名服务生的小费都很丰厚。吧台旁边的一个房间里有一支挺不错的爵士乐队在演奏。这是一家令人愉快的酒吧。我们又赌了一轮。我第一个出手，掷出了四张老K，因而就稳操胜券了。比尔和迈克对掷。迈克第一次就掷出了四个J而赢了这一轮。比尔赢了第二轮。在决定胜负的最后一轮里，迈克掷出了三个老K，然后就保持着这个成绩不想再掷了。他把骰子筒递给了比尔。比尔把骰子筒摇得哗哗直响，一下子掷出了三个老K、一个A、一个Q。

"这次就由你来买单啦，迈克，"比尔说，"迈克老兄，你可真是个赌棍啊。"

"很抱歉，"迈克说，"我没法再玩下去啦。"

"怎么啦？"

"我没钱了，"迈克说，"我一分钱也没有啦。我只剩下二十法郎了。给你，把这二十法郎拿去吧。"

比尔的脸色有点儿变了。

"我的钱刚好仅够付给蒙托亚。也算运气好,当时身上还有这笔钱。"

"开张支票,我兑给你现钱。"比尔说。

"那就太谢谢你啦,不过你也明白,我不能开支票了。"

"那你打算用什么办法来解决钱的问题呢?"

"哦,有一笔款子就要到了。我有两个星期的生活费该汇到这边来。在圣让-德吕兹那家酒店,我可以赊账。"

"你说说看,这辆汽车该怎么办?"比尔问我,"还想留着继续使吗?"

"怎么都可以。看来确实有点儿弱智了。"

"来吧,我们再来喝一杯吧。"迈克说。

"好哇。这杯我来买单,"比尔说,"勃莱特身边有钱吗?"他转身对迈克说。

"照我看,她身边不一定有钱。我付给蒙托亚老兄的钱几乎全是她拿出来的。"

"她手头居然会一点儿钱也没有?"我问。

"照我看,她手头大概没什么钱吧。她每年有五百英镑的收入,但是其中有三百五十英镑得作为利息费付给那些犹太人呢。"

"我估计他们是直接从中扣除的。"比尔说。

"你说的一点儿没错。实际上他们并不是犹太人。我们只是这样称呼他们。他们是苏格兰人,据我所知。"

"她手头当真一点儿钱也没有吗?"我问。

"我想,可以这样说吧。她走的时候把她身边的钱统统都给了我。"

"罢了,"比尔说,"我们不妨再喝它一杯吧。"

"这主意太好啦,"迈克说,"空谈钱财也解决不了任何问题。"

"那当然。"比尔说。比尔和我又掷了两轮骰子。比尔输了,便由他掏了腰包。我们出来朝那辆汽车走去。

"你有没有什么特别想去的地方啊,迈克?"比尔问。

"我们随便兜兜风吧。没准还能提高我的信贷能力呢。我们就在附近这一带随便兜兜吧。"

"好哇。我想到海边去看看。我们干脆照直开到昂代去吧。"

"在沿海这一带我就没有什么信贷能力可言啦。"

"这也很难说。"比尔说。

我们顺着滨海公路向前驶去。沿途风光旖旎,田间畦头的空地上绿草如茵,白墙红瓦的乡间别墅交相辉映,一片片树林疏密有致,正值落潮时的大海蔚蓝蔚蓝的,海水依偎在远处的海滩边缘。我们驶过了圣让-德吕兹,穿行在一座座村落之间,沿着海岸线一路向南驶去。我们行驶在起伏不平的原野之中,回头望去,我们可以看到我们从潘普洛纳来时越过的那些崇山峻岭。公路继续向前延伸。比尔看了看手表。我们该往回走了。他敲了敲车窗玻璃,吩咐司机调转车头往回开。司机打倒车退到路边的草地上,调过车头。我们后面是一片郁郁葱葱的树林,下方是一片如茵的草甸,再过去就是大海了。

在圣让-德吕兹,我们把车停在迈克准备下榻的那家旅馆的门前,他下了车。司机把他的旅行包送进了旅馆。迈克伫立在车子的一侧。

"再见啦,哥儿们,"迈克说,"这个狂欢节过得真他妈的愉快呀。"

"再见吧,迈克。"比尔说。

"我们很快就能见面的。"我说。

"别惦记着钱,"迈克说,"你把车钱付了,杰克,我的那份我会寄给你的。"

"再见啦,迈克。"

"再见,哥儿们。你们可真他妈的够朋友啊。"

我们一一同他握手。我们在车子里向迈克挥手告别。他伫立在大路上目送着我们。我们赶到巴荣纳时,火车就要开了。一名行李工从行李寄存处取来了比尔的旅行包。我一直把他送到车站内通向铁轨的检票口。

"再见啦,老伙计。"比尔说。

"再见,老弟!"

"这个狂欢节过得真痛快。我这次玩儿得真痛快。"

"你会在巴黎待些时日吗?"

"不。我十七号就得上船啦。再见吧,老伙计!"

"再见,老弟!"

他穿过检票口朝列车走去。那名行李工提着他的旅行包走在他前面。我注视着列车缓缓驶出站台。比尔站在一个车窗口。车窗一闪而过,整列火车开走了,铁轨上空荡荡的。我返身走出车站,奔向那辆汽车。

"我们该付给你多少钱?"我问司机。我们当初就已谈妥,到巴荣纳的价钱是一百五十比塞塔。

"两百比塞塔。"

"要是你在回去的路上顺便捎我去圣塞瓦斯蒂安,还要加多少钱?"

"五十比塞塔。"

"别蒙我。"

"三十五比塞塔。"

"这个价钱太贵啦,"我说,"送我去帕尼尔·弗洛里旅馆吧。"

到了旅馆门口,我付了司机车钱,并给了他一笔小费。车身灰扑扑的布满了尘土。我擦去钓竿袋上的尘土。这尘土看来是联结我和西班牙及其狂欢节的最后一样东西了。司机发动起车子,沿着大街绝尘而去。我目送车子拐了个弯,驶上了那条通向西班牙的公路。我走进旅馆，他们给我开了一个房间。还是原来那个房间，当初比尔、科恩和我来巴荣纳的时候，我就是睡在这个房间里的。这似乎是很久以前的事了。我洗漱一番，换了一件衬衣，就走出旅馆进城去了。

在一家书报亭里，我买了一份纽约的《先驱报》，坐在一家咖啡馆里看起来。重返法国使人感到很生疏。这里有一种宛如置身于郊区的安全感。要是我当时和比尔一起北上去了巴黎，那该多好啊，可惜巴黎意味着更多的寻欢作乐。我暂且对声色犬马已无兴趣。圣塞瓦斯蒂安应当很清静。那里的旅游旺季要到八月份才正式开始。我可以在旅馆开一个好房间，看看书，游游泳。那边有一处景色宜人的海滩。沿着海滩上面的海滨大道一带有许多非常好看的树木，在旅游旺季到来之前，有许多孩子在保姆的陪同下在那儿嬉戏玩耍。到了晚间，马里纳斯咖啡馆①对面的树林里常有乐队在那儿举行音乐会。我可以坐在马里纳斯咖啡馆里听听音乐。

"那里面的饭菜口味怎么样？"我问服务生。这家咖啡馆里面有一个餐厅。

"很好。非常好。饭菜的口味非常好。"

"好。"

我走进餐厅去吃晚饭。就法国来说，这顿饭算得上一顿很丰盛的大餐了，但是吃过西班牙的饭菜之后，就觉得这里的菜肴仿佛是经过非常精心的搭配而成的。我喝了一瓶葡萄酒解闷儿。这是一瓶出自玛尔戈庄园②的上等葡萄酒。不急不忙地喝着，细细地品味着，独斟独

---

① 此处原文为法语"Cafe Marinas"，意为"海滨咖啡馆"。为方便阅读，姑且音译为"马里纳斯咖啡馆"。
② 玛尔戈庄园（Château Margaux）为法国四大著名葡萄酒酿造庄园之一，位于法国西南部纪龙德省的波尔多城，创办于 1885 年。波尔多地区以盛产葡萄酒而闻名遐迩，其产品统称波尔多葡萄酒。但真正上等的葡萄酒则往往以酿酒商的葡萄种植园来冠名。玛尔戈庄园出产的葡萄酒属高档葡萄酒，价格昂贵。

饮着，真可谓其乐无穷啊。一瓶美酒抵得上一群好友呢。这瓶酒喝完之后，我要了一杯咖啡。服务生向我推荐了一种叫做"伊扎拉"的巴斯克地区出产的利口酒。他拿来了一瓶，斟了满满一杯这种利口酒。他说"伊扎拉"酒是用比利牛斯山上的鲜花酿造的。是名副其实的比利牛斯山上的鲜花呢。这种酒看上去像生发油，闻起来像意大利的斯特雷加甜酒①。我让他把这比利牛斯山上的鲜花拿走，给我来一杯陈酿烧酒②。这种陈酿烧酒口味很好。喝完咖啡之后，我又要了一杯这种陈酿烧酒。

在比利牛斯山上的鲜花这件事情上，我好像有点儿把这位服务生给得罪了，所以我就多给了他一点儿小费。这使他很高兴。处在一个用如此简单的办法就能让人高兴起来的国度里，倒也不失为一件令人挺快慰的事儿。在西班牙，你根本就没法预料一名服务生是否会对你心存感激。在法国，一切都是以这种赤裸裸的金钱关系为基础的。生活在这样的国家里是再简单不过的事儿了。谁也不会为了任何说不清道不明的原因来跟你交朋友，从而把许多事情弄得很复杂。如果你想让人家喜欢你，你只要略微破费一点儿就行了。我花了一点儿小钱，这位服务生就喜欢我了。他很欣赏我这种可贵的品质。他会高高兴兴地欢迎我再来的。有朝一日，我要是再来这儿用餐，他就会欢迎我，要我坐到由他负责伺候的餐桌上去。这种喜欢是真诚的，因为有坚实的基础嘛。我确实回到法国了。

第二天早晨，为了交更多的朋友，我给旅馆的每一个服务生都多付了一点儿小费，然后就动身去赶早晨那趟火车前往圣塞瓦斯蒂安了。在火车站，我付给那位行李工的小费并没有超过我该付的数目，

---

① 斯特雷加甜酒（Liquore Strega），一种意大利产的利口酒，用70余种草药酿制而成，酒精含量40%，有健胃补脾功效，一般在饭后饮用。

② 此处原文为法语"vieux marc"，意为"陈酿烧酒"。

因为我并不指望以后还会再见到他。我只希望在巴荣纳有几个法国好朋友,万一我下次再去那儿的时候,好让他们能够欢迎我。我知道,只要他们能记得我,他们的友谊就会很忠诚。

在伊伦①,我们得换火车,并出示护照。我真不愿离开法国。在法国,生活是多么地简单啊。我觉得我这样兴冲冲地要再到西班牙去简直就是个大傻瓜。在西班牙,不管什么事情你都捉摸不透。我觉得自己就像个傻瓜一样,竟然还想再到西班牙去,然而我还是拿着我的护照排在队伍里,为海关官员打开我的旅行包,买了一张车票,通过检票口,爬上了火车,走了四十分钟、穿过八条隧道之后,我来到圣塞瓦斯蒂安了。

即便在大热天,圣塞瓦斯蒂安也具有一定的清晨时分的气息。树上的绿叶似乎永远露水未干。街头巷尾给人的感觉就像刚刚洒过水一样。在最炎热的日子里,总归也有几条街道很阴凉。我径直去了城里我过去曾经小住过一段时日的那家旅馆,他们给我开了一间带阳台的房间,阳台上视线很开阔,可以俯瞰城里的屋顶。越过屋顶可以看到远方翠绿的群山。

我打开旅行包,把我随身带来的书籍堆放在靠近床头的那张桌子上,取出我的剃须用具,把几件衣服挂在大衣橱里,把要洗的衣服打了个包。收拾好之后,我在浴室里冲了个淋浴,然后下楼去吃午饭。西班牙还没有改为夏令时间,因此我来早了。我重新设置了手表。来到圣塞瓦斯蒂安,我找回了一个小时呢。

我走进餐厅的时候,看门人拿出了一张警察局发的表格给我,要我填写。我签好名之后,向他要了两张电报稿纸,写了一份发给蒙托

---

① 伊伦(Irun),西班牙边境城市,也是西班牙巴斯克地区的历史文化名城,位于西班牙与法国的交界处,是连接西班牙和法国的重要铁路枢纽。

亚旅馆的电文,请他们把我的所有信件和电报转到我现在这个住处来。我计算了一下我将在圣塞瓦斯蒂安住多少天,然后拟出了一份发给编辑部的电文,请他们保管好我的邮件,但是六天之内的所有电报都要给我转到圣塞瓦斯蒂安来。拟好这两份电文后,我走进餐厅去吃午饭。

午饭后,我上楼来到自己的房间,看了一会儿书,然后睡了一觉。等我一觉醒来,时间已经是四点半了。我找出我的游泳衣,连同一把梳子一起裹在一条毛巾里,然后下了楼,沿着大街朝孔查湾走去。海潮这时差不多刚退了一半。海滩平坦而坚实,沙粒黄灿灿的。我走进浴场的更衣室,脱掉衣服,换上游泳衣,走过平坦的沙滩到了海边。赤着脚踩在沙滩上,感到热乎乎的。海水里和海滩上都有不少人。远远望去,孔查湾两边的岬角几乎相连,因而形成了这个海湾,岬角外是一层层白花花的细浪和开阔的海面。尽管此时正在退潮,海面上还是有一些姗姗而来的浪头。这些浪头起初翻卷而来时很像汹涌起伏的波涛,水势越来越大,掀起层层浪头,到后来就变成了平稳的细浪冲刷在温暖的沙滩上。我涉水向海里走去。海水很凉。当一个浪头打过来时,我乘势潜入水中,然后从水底泅出,在水面上游着,这时寒气全消了。我游向远处的木筏,撑起身子爬了上去,躺在滚烫的木板上。木筏的另一头有一对男女青年。那姑娘解开了她的游泳衣的背带,正趴在那儿让她的脊背享受日光浴,小伙子脸朝下卧在木筏上和她说着话儿。他不知说了句什么,引得她咯咯地笑起来,然后朝着太阳转过她那晒黑了的脊背。我躺在木筏上晒太阳,直到全身都晒干了。然后,我跳了几次水。有一次,我潜得很深,一直向海底游去。我在水中睁开眼睛游着,周围全是绿莹莹、黑魆魆的。木筏在海底投下一片幽影。我在木筏旁边钻出水面,爬上木筏,然后憋足气,又一次跳入水中,潜泳了很长一段距离,然后向岸边游去。我躺在沙滩上，直到把全身晒干，这才起来走进浴场的更衣室，脱掉游泳衣，用淡水冲去身上的泥沙，擦干身子。

我在树荫下顺着港湾朝卡西诺娱乐场走去，从那儿拐上一条阴凉的街道，慢步走向马里纳斯咖啡馆。咖啡馆里有一支管弦乐队正在演奏，天很热，我坐在外面的露台上享受着沁人心脾的凉意，喝了一杯加刨冰的柠檬汁，然后又喝了一大杯加苏打水的威士忌。我在马里纳斯咖啡馆门前的露台上久久地坐着，一会儿看看书，一会儿瞅瞅过往的行人，听听音乐。

后来，当天色渐渐暗下来时，我顺着港湾溜达了一圈，然后沿着海滨大道漫步向前走去，最后再返身走回旅馆去吃晚饭。当地有一场自行车拉力赛正在进行，是"环绕巴斯克地区"的自行车比赛，赛手们当晚都在圣塞瓦斯蒂安过夜。在餐厅里，在靠内的一侧，有一张长条桌边坐满了那些自行车赛手，他们正和他们的教练以及经纪人坐在一起吃饭。他们全都是法国人和比利时人，正在专心致志地享用着他们的饭菜，不过，他们看上去都挺开心的。坐在长条桌上首的是两个年轻貌美的法国姑娘，富有巴黎蒙马特郊区街所特有的风韵。我弄不清她们是谁的女朋友。他们那张长条桌上的人彼此在交谈时用的全都是俚语，许多笑话都很隐晦，只有他们自己能听得懂，坐在长条桌另一头的人讲了一些笑话，当两位姑娘也要听听他们在说什么时，他们却不肯再重复了。自行车拉力赛将于次日凌晨五点钟继续进行，跑完从圣塞瓦斯蒂安到毕尔巴鄂[①]的最后一段路程。这些自行车赛手们喝了大量的葡萄酒，皮肤被太阳烤灼得黑黝黝的。他们唯有在彼此之间才认真对待竞赛。他们彼此之间经常举行比赛，所以对谁取得优胜并

[①] 毕尔巴鄂（Bilbao），西班牙北部一海滨城市，也是西班牙重要的工业城市，位于伊比利亚半岛北端，濒临比斯开湾，是巴斯克地区西疆的最大城市，比斯开省的首府。

不太在意。尤其到了外国。钱可以商量着分配嘛。

在比赛中领先了大约两分钟的那个人身上长了疖疮，痛得很厉害。他翘着半片屁股坐在椅子上。他的脖颈红通通的，金黄色的头发被太阳晒枯了。其他几个自行车赛手在拿他的疖疮开玩笑。他气得用叉子敲打着餐桌。

"听着，"他说，"明天我要把鼻子紧紧地贴在自行车把手上，这样，唯一能碰到我身上这些疖疮的东西就只有那一阵阵令人心旷神怡的微风啦。"

其中一位姑娘在餐桌的那一头朝他打量着，他咧开嘴笑了笑，脸涨得通红。那些西班牙人，他们说，根本就不懂得蹬车的技巧。

我在外面的露台上与一名赛车经纪人坐在一起喝咖啡，此人是一家规模很大的自行车制造厂赛车队的领队。他说，这是一次成绩可喜可贺的比赛，要不是博泰齐亚[1]一到潘普洛纳就弃权的话，这场竞赛还是很值得一看的。灰尘太重，不过西班牙的公路比法国的好。世上只有自行车越野拉力赛才算得上真正的体育运动，他说。我是否曾追踪报道过"环绕法国"的自行车拉力赛？只在报纸上看到过。"环绕法国"的自行车拉力赛是世界上规模最大的体育赛事。跟随并组织自行车越野拉力赛，使他对法国有了更深的了解。很少有人了解法国。整个春季、整个夏季、整个秋季，他都是和自行车越野拉力赛的赛手们一起在公路上度过的。你瞧瞧，现在只要举行一场自行车越野拉力赛，就会有这么多小轿车跟随在自行车赛手们后面一个城市接一个城市地追踪报道呢。法国是个有钱的国家，体育运动[2]一年比一年兴

---

[1] 博泰齐亚（Ottavio Bottecchia，1894—1927），意大利籍自行车赛手，曾获得"环绕法国"自行车拉力赛的冠军。后来在一次比赛中被人发现死在路边，其死亡原因至今仍是一个不解之谜。

[2] 此处原文为法语"sportif"，意为"体育运动"。

旺。它会成为世界上体育运动最发达的国家的。要想达到这个目标，就要靠自行车越野拉力赛。这项运动，再加上足球。他对法国很了解。"体育强国法兰西嘛。"① 他对自行车越野拉力赛也很懂行。我们喝了一杯科涅克干邑白兰地。不管怎么说，回巴黎终究不是件坏事。毕竟只有一个巴拿姆② 嘛。这也就是说，全世界只此一个。巴黎是全世界体育运动最兴旺的城市。我知道那家"黑人酒家"③ 在哪儿吗？我怎么会不知道。有朝一日，我会在那里与他重逢的。我当然会的。我们要再次共饮白兰地④。我们肯定会的。他们将在明天清晨六点差一刻出发。我要不要起早来送行呢？我一定尽可能做到。需要他来叫醒我吗？这事儿实在太有趣了。我会让服务台来叫醒我的。他倒是不嫌麻烦，很乐意来叫醒我。我哪能麻烦他亲自来叫我呢。我会让服务台的人来叫醒我的。我们说了声明天早晨见，就分手了。

　　第二天早晨，我一觉醒来时，那些自行车赛手和那些一直尾随着他们的小汽车早已上路三个小时之久了。我在床上喝了杯咖啡，看了几份报纸，然后穿上衣服，拿着我的游泳衣下楼去了海滩。清晨时分，一切都很清新、凉爽、湿润。保姆们穿着统一样式的服装或者按着农家的打扮，带着孩子们在树荫下散步。西班牙的孩子们都长得很漂亮。有几个擦皮鞋的正围坐在一棵大树下跟一名士兵聊天。那士兵只有一只胳膊。此时正值涨潮期，阵阵和风扑面而来，层层浪花拍击着海滩。

　　我在一间海滨浴场更衣室里换好衣服，走过狭长的沙滩，蹚进海水之中。我游了出去，努力穿过层层浪头，但是有时候也不得不潜入

---

① 此处原文为法语"La France Sportive."，意为"体育强国法兰西"。
② 巴拿姆（Paname），法语俚语，指巴黎。源出 20 世纪初叶巴黎男性常戴的巴拿马草帽。
③ 此处原文为法语"Chope de Negre"，是巴黎一家酒店的名称。
④ 此处原文为法语"fine"，意为"白兰地"。

深水中。后来，在清静的海水里，我翻过身来，浮在海面上。漂浮在海面上时，我看到的只有天空，我感受到的是汹涌的波涛的起伏。我转身去冲浪，脸朝下，乘着一个巨浪游向岸边，然后又转身向外游去，尽量使自己保持在波谷之中，不让波涛淹没头顶。在波谷中，我游累了，便转身向木筏游去。海水的浮力很大，水也很冷。那种感觉就像你永远也不会沉下去一样。我悠然自得地在水中畅游着，仿佛伴随着涨潮做了一次痛快淋漓的远距离的畅游，良久之后，我撑起身子爬上了木筏，浑身水淋淋地坐在被骄阳晒得滚烫的木板上。我环顾四周，眺望着海湾、古城、卡西诺娱乐场、海滨大道上蔚然成行的树木，以及那些有白色门廊和金字招牌的豪华宾馆。远远望去，右前方是一座青山，山上有一座古堡，几乎封住了这片港湾。木筏随着海浪颠簸着。在通向辽阔大海的狭长出海口的另一侧，高高耸立着另一座海岬。我心念一动，要是我来它个横渡海湾该多好啊，可是我担心我的腿会抽筋。

我坐在骄阳下，注视着那些在海滩上晒日光浴的人们。他们显得很渺小。过了一会儿，我站起身来，用脚趾头钩住木筏的边缘，趁着木筏由于我的重量向一边倾斜时，干净利落地扎进水中，向大海深处泅去，然后在越来越亮的海水中慢慢游上来，浮出水面，甩掉头上咸涩的海水，这才从容不迫、四平八稳地游向了岸边。

穿好衣服、付了海滨浴场更衣室的钱之后，我慢步走回旅馆。那些自行车赛手们扔下了好几本《汽车》杂志，我在阅览室里把它们归拢在一起，把它们随身带出了阅览室，坐在阳光下的安乐椅上阅读起来，想赶紧补上一课，掌握点儿法国人体育生活方面的情况。我正在那儿悠闲地坐着，那位看门人走了出来，手里拿着一个蓝色的信封。

"有你的一份电报，先生。"

我把手指头插进信封被粘住的封口，展开电报看起来。这份电报

是从巴黎转过来的:

  你可否来马德里蒙大拿旅馆　我处境不佳　勃莱特

  我给了看门人一点儿小费,把这份电文又看了一遍。一名邮差正沿着人行道朝这边走来。他转身走进了旅馆。他蓄着大胡子,看上去颇有军人气质。他又从旅馆里走了出来。那位看门人紧跟在他身后出来了。
  "这里又是一份你的电报,先生。"
  "谢谢你。"我说。
  我拆开电报。这份电报是从潘普洛纳转来的。

  你可否来马德里蒙大拿旅馆　我处境不佳　勃莱特

  看门人站在一边不走,或许是在等第二笔小费吧。
  "什么时候有火车开往马德里?"
  "今天早上九点钟就开出了。还有一趟慢车,发车时间为十一点;'南方快车'[①]的发车时间为今晚十点钟。"
  "给我买一张'南方快车'的卧铺票。要现在就给你钱吗?"
  "随你的便,"他说,"我把这笔钱记在账上吧。"
  "就这么办吧。"
  唉,看来圣塞瓦斯蒂安之行算彻底完蛋啦。我估计,我早已模模糊糊地预料到会发生这种事情。我看见那看门人正在门洞里站着。
  "请给我拿一张电报稿纸来。"

[①] 此处原文为法语"Sud Express",意为"南方快车"。

他拿来了,我掏出自来水笔,用印刷体拟定了一份电文:

马德里蒙大拿旅馆　阿什莱夫人
乘南方快车明日到达
爱你的杰克

这样处理看来是可以解决问题的。就这么办吧。送一个姑娘跟一个男人一起去私奔。把她介绍给另一个男人,让她和他一起去私奔。如今又要去把她接回来。而且还在电报的落款上写着"爱你的"。事情原本就是这样的。我走进旅馆去吃午饭。

那天夜里,在"南方快车"上,我没怎么睡觉。第二天早晨,我在列车的餐车里一边吃早饭,一边观赏着从阿维拉到埃斯科里亚尔之间①的那一段山石嶙峋、长满松树的原野。我眺望着车窗外沐浴在阳光中的埃斯科里亚尔古建筑群②,灰暗、狭长,泛着寒光,却压根儿无意去欣赏它。我看到马德里在大平原上迎面扑来,在天空的映衬下,高大、密集的城市建筑群的白色轮廓线耸立在远方一个不高的峭壁上方,中间隔着被骄阳烤灼得硬邦邦的原野。

马德里的北站是这条铁路线的终点。所有的列车到了这里就不再往前走了。它们不再继续开往任何地方了。车站外停着许多出租马车和出租汽车,还站着一长溜各家旅馆在此拉客的人。那情景活像一座

---

① "南方快车"于20世纪初叶建成通车,为欧洲著名的夜行特快列车,早期只连接巴黎和里斯本这两座城市,经由圣塞瓦斯蒂安,一直向西南,中途转向东南,穿过横贯阿维拉和埃斯科里亚尔之间的瓜达拉马山脉,从西北方进入首都马德里。

② 埃斯科里亚尔古建筑群(Escorial),位于西班牙中部,距马德里约45公里,包括众多寺院、旧时的西班牙王宫,以及博物馆和学校,占地面积长约780英尺,宽约620英尺,由腓力二世在16世纪晚期所兴建。早在1984年,联合国教科文组织就已将其列入"世界自然与文化遗产双名录"之中。

乡下的小镇。我雇了一辆出租汽车，我们一路上坡，驶过了几座花园，经过了那座如今已门庭冷落的旧王宫，以及那座耸立在峭壁边缘、至今尚未竣工的教堂，然后再继续向上驶去，直到进入了那座矗立在高原上的、热浪逼人的、现代化的新城区。出租汽车顺着一条平坦的街道向下滑行，来到太阳门广场，然后再穿行在车水马龙的道路上，进入了圣耶罗尼莫大街。家家店铺都拉下了遮阳篷来抵挡暑热。街面上向阳一侧的所有窗户全都关上了百叶窗。出租汽车在人行道边停下来。我看见"蒙大拿旅馆"的招牌在二楼挂着。出租汽车司机把旅行包搬进了旅馆，放在电梯旁边。我没法让电梯运行，只好步行上楼。二楼上挂着一块雕花的黄铜招牌："蒙大拿旅馆"。我按了按门铃，没有人出来开门。我又按了一遍门铃，一名女佣满脸不高兴地把门打开了。

"阿什莱夫人在吗？"我问。

她呆呆地望着我。

"有一位英国妇女住在这里吗？"

她转过身去，朝里面的人叫了一声。一个非常肥胖的女人来到门前。她头发花白，抹过发乳，梳成一个个小波浪，垂挂在脸庞两侧。她五短身材，但骨子里透着威严。

"你好，"① 我说，"有一位英国妇女住在这里吗？我想见见这位英国女士。"

"你好②。是的，这里是有一个英国女人。如果她愿意见你的话，你当然可以去看看她。"

"她愿意见我。"

"我叫这小姑娘去问问她。"

---

①② 此处原文为西班牙语"Muy buenos"，意为"你好"。

295

"天气非常热啊。"

"马德里的夏天是非常热的。"

"可是冬天却又那么冷。"

"是的,冬天非常冷。"

我自己是否也要在蒙大拿旅馆住下呢?

这事儿我一时还拿不定主意,不过,我倒很乐意有人帮我把旅行包从一楼拎上来,免得被人偷走。蒙大拿旅馆迄今还没有发生过旅客物品被偷盗的现象。在别的客栈里,这种事情时有发生。这里没有。根本没有。这家旅馆的所有工作人员都经过非常严格的挑选。这一点我听了很满意。然而,我还是很乐意有人把我的旅行包拿上来。

那名女佣进来说,英国女人愿意见英国男人,马上就见。

"好,"我说,"你瞧。和我刚才说的一样吧。"

"这是明摆着的嘛。"

我跟在女佣身后沿着一条长长的、昏暗的过道走下去。到了尽头,她在一扇门上敲了敲。

"喂,"勃莱特说,"是你吗,杰克?"

"是我。"

"进来。进来。"

我打开门。女佣随即在我身后把门关上了。勃莱特在床上躺着。她刚才准是在梳理她的头发,那把梳子还拿在她手里呢。房间里凌乱不堪,只有那些平日里有佣人侍候惯了的人才会弄成这样。

"亲爱的!"勃莱特说。

我走到床边,张开双臂把她搂在怀里。她吻着我,虽然她在亲吻着我,我却能够感觉到她心里在想着别的事情。她的身子在我的怀里颤抖着。我觉得她仿佛一下子瘦弱了许多。

"亲爱的!我这段日子过得可真苦啊。"

"告诉我是怎么回事儿。"

"没什么可说的。他昨天刚走。是我要他走的。"

"你为什么不留住他呢?"

"我也说不清。一个人不应该干这种事。我想,我总算还没有做出什么让他伤心的事情来。"

"对他来说,你大概是再合适不过的人了。"

"他这个人不应该和任何一个人生活在一起。我忽然悟出了这个道理。"

"不会吧。"

"啊,真见鬼!"她说,"我们不说这个了。这事儿我们永远也别再提了。"

"好吧。"

"他竟然觉得我跌了他的面子,这下对我的打击可不小啊。你知道,他有一段时间觉得我跌了他的面子呢。"

"不会吧。"

"啊,是真的。我猜想,他们在咖啡馆里拿我来取笑他了。他要我把头发留起来。我,留个长发。那我像个什么怪模样啊。"

"真滑稽。"

"他说,那样会使我更有女人味儿。我要是那模样,倒真成了个怪物了。"

"后来呢?"

"哦,这一点他想通了。他不再为我感到跌面子了。"

"那你所说的'处境不佳'指的是什么?"

"我当时还不知道我能不能把他打发走,再说,我当时身边连一分钱也没有,没法撇下他自己走。他要给我一大笔钱呢,你知道。我对他说,我有的是钱。他知道我那样说是在撒谎。我不能拿他的钱呀,你知道。"

"是的。"

"唉,我们不谈这个了。反正有不少荒唐的事儿。给我来支烟吧。"

我给她点了一支烟。

"他的英语是在直布罗陀当服务生的时候学的。"

"对。"

"最后,他竟然提出要和我结婚了。"

"真的吗?"

"当然是真的。可我甚至连迈克都不想嫁呢。"

"他也许以为,这样一来,他就能成为阿什莱爵爷了。"

"不。事情并不是这样的。他是真心想和我结婚的。他说,结了婚,我就不能抛弃他了。他要确保我永远也不能抛弃他。当然,那得等我变得更有女人味儿了才行。"

"你应该感到高兴才是啊。"

"我的确感到很高兴。我已经重新振作起来了。他把那个该死的科恩赶走了。"

"好。"

"你知道,要不是因为我意识到这样下去对他没好处,我就会跟他一起生活下去了。我们相处得可好呢。"

"除了你自己的这副打扮。"

"哦,这一点他会慢慢习惯的。"

她掐灭了香烟。

"我已经三十四岁啦,你知道。我可不想做一个糟蹋年轻人前程的坏女人。"

"可不是嘛。"

"我不能那样做。我现在感觉很好,你知道。这样做使我感到很坦然。"

"好。"

她别过脸去躲开了我。我还以为她想再找支香烟呢。紧接着,我就发现她在哭泣。我能感觉到她在哭泣。哭得浑身乱颤,哭成了一个泪人儿。她不肯抬起头来。我双臂合拢紧紧搂着她。

"我们千万别再提这事儿了。求求你,我们永远也不要再提这事儿了。"

"亲爱的勃莱特。"

"我要回到迈克身边去。"我紧紧拥抱着她,我能感觉到她还在哭泣。"他是那么和蔼可亲,又是那么令人敬畏。他才是我中意的那种人啊。"

她不肯把头抬起来。我抚摸着她的头发。我能感到她的身子在颤抖。

"我不想成为一个道德败坏的女人啊,"她说,"可是,啊,杰克,求求你,我们千万别再提这事儿啦。"

我们离开了蒙大拿旅馆。那位胖女人,她其实就是经营这家旅馆的老板,执意不让我付账。这笔账已经有人结过了。

"噢,好吧。那就由它去吧,"勃莱特说,"反正现在也无所谓了。"

我们乘着一辆出租汽车来到"皇宫宾馆",把旅行包寄放在宾馆里,预定了两张当晚的"南方快车"的卧铺票,然后走进宾馆的酒吧间,要了一份鸡尾酒。我们坐在吧台前的高脚凳上等候着,吧台里的那位服务生摇晃着一个镀镍的大号调酒器,在为我们调制马丁尼鸡尾酒。

"真有趣,你怎么一进大宾馆的酒吧间,浑身就透着一股迷人的

299

高雅气质呢。"我说。

"如今只剩下酒吧间里的调酒师和赛马场里的职业骑师还懂点儿礼貌啦。"

"无论怎么粗俗的旅馆,酒吧间总是很高雅的去处。"

"这一点倒是挺奇怪的。"

"酒吧里的服务生向来很有风度。"

"你知道,"勃莱特说,"这是千真万确的。他才十九岁啊。叫人难以置信吧?"

我们碰了碰并排摆放在吧台上的两只玻璃酒杯。酒杯冰凉,杯壁结满了水珠。拉着窗帘的窗外却是马德里的炎炎酷暑。

"我喜欢在马丁尼酒里加一枚橄榄。"我对服务生说。

"你说得完全对,先生。这就给你加。"

"谢谢。"

"瞧你说的,我应该事先问你一下才对。"

酒吧服务生走向吧台的另一头,远远避开了我们,这样他就听不到我们在说悄悄话了。马丁尼酒杯摆放在木质吧台上,勃莱特凑上去抿了一口。然后,她端起了酒杯。喝下第一口酒之后,她的手就不再哆嗦了,能够端稳酒杯了。

"这酒好哇。这家酒吧还算雅致吧?"

"所有的酒吧都挺雅致的。"

"你知道,起初我根本就不敢相信呢。他是1905年出生的。那时候,我已经在巴黎上学了。你想象不到吧。"

"你还有什么要我来想象的?"

"别犯傻啦。你就请一位淑女喝杯酒吧,好不好?"

"我们想再来两杯马丁尼。"

"还是刚才那种吗,先生?"

"刚才那两杯酒非常好。"勃莱特朝那服务生嫣然一笑。

"谢谢你,夫人。"

"好,祝你健康。"勃莱特说。

"祝你健康!"

"你知道,"勃莱特说,"在我之前,他只跟两个女人相好过。他以前除了斗牛,对什么都不感兴趣。"

"他还年轻,有的是时间。"

"我真不明白。在他心目中,我就是一切。对一般的出头露面的活动,他一概都不感兴趣。"

"嗯,你就是一切。"

"真的。我就是一切。"

"我还以为你当真永远不再提这事儿了呢。"

"我能不提吗?"

"你要是再这样说下去,你就会深陷其中而难以自拔啦。"

"我只不过随便说说罢了。你知道,现在,我的心情已经好得很啦,杰克。"

"你应该这样嘛。"

"你知道,一个人要是下定决心再也不当婊子一样的人了,她心里不知有多舒坦呢。"

"是啊。"

"我们就该有这种做人的准则,无需去依靠上帝。"

"有些人还是信奉上帝的,"我说,"为数还不少呢。"

"上帝从来就没有好好眷顾过我。"

"我们要不要再来一杯马丁尼?"

那名服务生摇动调酒器,为我们又调制了两杯马丁尼鸡尾酒,分别倒入两只新换上的酒杯里。

301

"我们去哪儿吃午饭?"我问勃莱特。酒吧间里很凉快。然而,即便隔着窗户,你也能感觉到外面的炎炎暑热。

"就在这里?"勃莱特问。

"这家宾馆里的饭菜烂透啦。你知道一家叫'博廷'的饭店吗?"我问那服务生。

"知道,先生。你需要我帮你写下地址吗?"

"谢谢你。"

我们在"博廷"饭店的楼上吃的午饭。这是世界上最好的饭店之一。我们点了烤乳猪,喝的是里奥哈-奥尔塔葡萄酒[①]。勃莱特吃得不多。她向来吃得不多。我却享用了一顿非常丰盛的大餐,喝了三瓶里奥哈-奥尔塔葡萄酒。

"你觉得怎么样,杰克?"勃莱特问,"我的上帝啊!你这顿饭吃了多少啊!"

"我感觉很好。你要不要来道甜点?"

"我的老天,不要。"

勃莱特在抽着香烟。

"你就喜欢吃,对不对?"她说。

"对,"我说,"我喜欢干的事情多着呢。"

"你喜欢干的是哪些事情呢?"

"啊,"我说,"我喜欢干的事情多得很。你要不要来道甜点?"

"你已经问过我一回啦。"勃莱特说。

"对,"我说,"我是问过你了。我们再来一瓶里奥哈-奥尔塔葡萄酒吧。"

[①] 此处原文为西班牙语"rioja alta"。里奥哈为西班牙北部一省份,以盛产优质葡萄酒而闻名。里奥哈地区出产的葡萄酒又以"里奥哈-奥尔塔葡萄酒"最为上乘,并因其始终保持着独特的"老派"口味而闻名遐迩。

"这酒很好。"

"你还没怎么喝呢。"

"我喝了不少啦。你没注意就是了。"

"我们再来两瓶吧。"我说。两瓶酒来了。我往自己的杯子里倒了一点儿,然后给勃莱特斟了一杯,最后把我自己的酒杯倒了满满一杯。我们举杯碰了碰。

"祝你健康!"勃莱特说。我一口喝干了我杯中的酒,随即又倒了一杯。勃莱特伸手按住了我的胳膊。

"别喝醉了,杰克,"她说,"你犯不着这样。"

"你怎么知道?"

"别这样,"她说,"你的一切都会好起来的。"

"我还没到喝醉的地步嘛,"我说,"我不就是喝了一点儿葡萄酒嘛。我喜欢喝葡萄酒。"

"别喝醉了,"她说,"杰克,别弄得醉醺醺的。"

"想不想乘车去兜兜风?"我说,"想不想乘车去城里兜兜风?"

"行啊,"勃莱特说,"我还没好好看过马德里呢。我应该好好看看马德里才是。"

"等我把这杯酒干了吧。"我说。

我们走下楼来,穿过一楼的餐厅,来到外面的大街上。一名服务生帮我们叫出租汽车去了。外面很热,阳光灿烂。沿街过去有一个面积很小的广场,广场上有树有草,出租汽车都停在那儿。有一辆出租汽车沿街开来,那名服务生半个身子探出车窗外悬在车子的一侧。我给了他小费,吩咐司机朝什么地方开,然后钻进车内,在勃莱特身边坐下。司机发动起车子,沿着大街向前驶去。我仰靠在座位里。勃莱特挪过身来紧靠着我。我们紧紧依偎着坐在一起。我伸出一只胳膊搂着她,她很惬意地靠在我身上。天气很热,阳光灿烂,房屋白得耀眼。我们拐上了那条大马路。

"啊,杰克,"勃莱特说,"我们要是能一起来度过如此快活的人生,那该多好啊。"

前方有一名身穿卡其布制服的骑警在指挥交通。他举起警棍。汽车猛然减速,使勃莱特结结实实地压在我身上。

"是啊,"我说,"这么想想不是也挺美吗?"

现实与灵魂间的沟通
——海明威《太阳照常升起》的元话语解读

◎吴建国

引 言

20世纪二十年代的巴黎游荡着这样一批卓尔不群的英美青年才俊：他们亲身经受了所谓"以战争来结束一切战争"的第一次世界大战炮火硝烟的洗礼，在枪林弹雨的战场上与死神擦肩而过，带着肉体上的创伤和幻想破灭后的失意灵魂，背井离乡、自我流放在这座世界级的孵化着各种新思想的"自由和艺术的王国"里。对于从战争的腥风血雨中走来的这一代人来说，传统的西方基督教文明的大厦已然坍塌，陈旧而又虚妄的价值判断体系已分崩离析，"所有的上帝都已统统死光，所有的仗都已统统打完，人们心中所有的信仰都已统统完蛋。"[1] 在他们眼中，权威已不复存

---

[1] F.Scott Fitzgerald, *This Side of Paradise*, New York: Charles Scribner's Sons, 1996, p.249.

在，善恶是非观念已被全然颠倒，父辈的规约等于枷锁，前人的成就形同粪土。他们是战后"迷惘的一代"，是"道德荒原"里的漂泊者。这群迷惘的才子对传统的否定偏激到了极点，对价值取向的选择也随意到了极点。在传统的文化形态正朝着现代模式转型的过渡时期里，他们以各自的审美体验、敏锐的艺术知觉力和原创精神孜孜以求地探寻着艺术真理，创造着现代文学的各种样式。他们是20世纪世界文坛上的一支独具魅力的艺术大军，他们突破了传统的桎梏，以自己的艺术成就铸造了美国文学的"第二次繁荣"，并对20世纪世界文学的走向产生了重大影响。

在当年侨居在巴黎的"流亡者文艺集团"里，欧内斯特·海明威是一位后来者。从文学创作这个角度上说，二十年代初叶是他文学生涯中最为重要的一个阶段——实现由一名撰写新闻报道的记者过渡到从事文学创作的职业作家的跨越。诚然，在这一时期，他还没有发表过多少有影响的作品，但他已显露出非凡的文学天赋和他在审美取向上的独创性。在巴黎学艺阶段，他得到了格特鲁德·斯泰因、舍伍德·安德森、艾兹拉·庞德等名家的悉心指点和帮助。在广泛阅读和定向汲取的基础上，他经常思考的一个问题是，"怎样才能写出一句真实的句子……写出一句你所知道的最为真实的句子……一句简单而又真实的陈述性句子。"[1] 这是他为自己定下的文学创作的审美标准，因为他懂得，要想挑战权威，超越前人，就要在更高层次上去表现他对生活经验的独特审视，去寻找不同于他人的叙事手段。在他看来，"描写不是创作"。"对于一个真正的作家来说，他应该永远尝试去做那些从来没有人做过或者他人没有做成的事情。"[2] "一个认真的作家

---

[1] Ernest Hemingway, *A Moveable Feast*, New York: Charles Scribner's Sons, 1960, p.12.
[2] 董衡巽：《海明威谈创作》，北京：文化生活译丛，1986年，第25页。

要同死去的作家比高低。"[1] 他在默默地思索着，不断地寻找着真正属于他自己的东西。

1925年4月底的一天，在巴黎街头的"丁戈"酒吧，海明威与他早有所闻、却素未谋面的斯各特·菲茨杰拉德相见了。[2] 菲茨杰拉德与海明威年龄相仿，却早已蜚声文坛，此时正值菲茨杰拉德的第三部长篇小说《了不起的盖茨比》刚刚出版两周。两位文坛巨擘一见如故，惺惺相惜。这次邂逅不仅使他们结下了终身的不解之缘，也为他们同时代的人以及后人留下了许多佳话、谈资。当海明威谈起他手头正在创作的一部长篇小说以及眼前所面临的困境时，菲茨杰拉德便鼓励他尽快摆脱原已签约的那家名不见经传的小出版社，并答应为他牵线搭桥，将他推荐给以出版名人名作为主要特色的美国权威出版机构——查尔斯·斯克里布纳父子出版公司（Charles Scribner's Sons）。在菲茨杰拉德的大力举荐和多方努力下，海明威于1926年2月带着他刚刚脱稿的这部长篇小说来到纽约，与斯克里布纳出版公司的资深编辑麦克斯韦尔·帕金斯相见了。慧眼独具、以扶持新人而口碑极佳的帕金斯对海明威的才气颇为赏识，当即一口承诺接受他的这部新作和另一部长篇小说，并给以优厚的稿酬。在帕金斯的力主之下，斯克里布纳出版公司于1926年10月推出了海明威的这部会"石破天惊、举国震撼的长篇小说"，[3] 这部小说便是《太阳照常升起》（*The Sun Also Rises*）。从此，海明威便以崭新的姿态跻入了名家的行列，他日后创作出的几乎所有重要作品也都是由帕金斯亲任编辑、由斯克里布纳公司出版的。一颗耀眼的文坛新星、一部不朽的经典之作就这

---

[1] 董衡巽：《海明威谈创作》，北京：文化生活译丛，1986年，第123页。
[2] Jefferey Meyers, *Scott Fitzgerald*, New York: Cooper Square Press, 2000, p.133.
[3] Carlos Baker, *Ernest Hemingway: A Life Story*, New York: Charles Scribner's Sons, 1969, p.162.

样横空出世了!

在《太阳照常升起》几经修润、即将付梓之际,海明威将书稿的清样送给菲茨杰拉德过目,并恳请他提出批评意见。菲茨杰拉德通读了全书,对小说的前几章提出了十分中肯且极有见地的批评:"为什么不删除那些毫无必要的对科恩这个人物来历的细枝末节的交待呢?他的第一次婚姻其实是无关紧要的。许多人都可以像这样长篇大论地写下去。这个部分写得过于冗长拖沓了。我很难想象你在写前二十页时怎么会如此漫不经心?"[1] 他的这番话很有说服力,海明威虚心接受了他的批评,"立即动手或修改、或删除了小说前十五页中的那些不必要的繁文缛节——包括完全删除了对勃莱特·阿什来和迈克·坎贝尔这两个人物的生平来历的交待,以及小说的叙事者杰克·巴恩斯对自己生平的自我交待。"[2] 他的这一做法,以及他此后的创作活动,足以验证海明威从起步阶段起对小说艺术精益求精的严谨态度和他不断在自我提升的审美取向。

关于卷首题铭

海明威在《太阳照常升起》的卷首同时引用了两个题铭。

第一个题铭引自格特鲁德·斯泰因曾经说过的一段话:"你们统统都是迷惘的一代"。海明威晚年在其《流动的盛宴》(*A Moveable Feast*, 1964)一书中详细记述了"迷惘的一代"这一说法的来龙

---

[1] Matthew J.Bruccoli, *F.Scott Fitzgerald: A Life in Letters*, New York: Simon & Schuster Inc. 1995, p.144.
[2] Carlos Baker, *Ernest Hemingway: A Life Story*, New York: Charles Scribner's Sons, 1969, p.170.

去脉：

  斯泰因小姐的那番关于"迷惘的一代"的言论，是在我们刚从加拿大回来时发表的，那时候我们就住在香圣母院路，斯泰因小姐与我依然还是好朋友。她当时开的那辆老式福特牌轿车的点火装置好像出了点儿毛病。在那家汽车修理铺里打工的那个年轻人在战争的最后一年当过兵，他不知是技术不熟练的缘故，还是没有打破先来后到的规矩优先去修理斯泰因小姐的福特牌轿车，不管怎么说，反正他的工作态度不够认真，斯泰因小姐向老板告了他一状，老板便狠狠教训了他一顿。老板对他说："你们这些人全都是迷惘的一代。"

  "你们就是这种人。你们全都是这种人，"斯泰因小姐接着说，"你们这些在这场战争中当过兵的所有的年轻人统统都是这种人。你们是迷惘的一代。"

  "是吗？"我说。

  "当然是啦，"她一口咬定，"你们就是'迷惘的一代'。你们对什么都无所谓。你们嗜酒如命，醉生梦死……"

  ……

  "你别跟我争了，海明威，"斯泰因小姐说，"争也没用。你们统统都是'迷惘的一代'，跟那位车铺老板说的一模一样。"①

  斯泰因的这番言论一语中的，指出了第一次世界大战结束后年轻的一代人放浪不羁的言行和严重失衡的心态：在遭受过血与火的战争

---

① Ernest Hemingway, *A Moveable Feast*, New York: Charles Scribner's Sons, 1960, p.29.

的蹂躏和名誉扫地、期望落空之后，他们的理想和信念已被残酷的现实打得粉碎，传统的道德底线已全然崩溃，精神世界一片荒芜，感情无所归依，身心皆已疲惫，对周围的一切都感到厌倦。在浅薄浮躁、物欲横流、享乐主义之风盛行的二十年代，他们随波逐流，漫无目的地寻欢作乐，过着"今朝有酒今朝醉"的混乱无序的生活。《太阳照常升起》以至情至理的艺术真实，深刻揭示了这个时代的社会风貌的本质特征，展示了这一代人的现世生活的原生质状态。小说出版后，"迷惘的一代"这一说法立即流传开来，且越传越广，继而演化为一个概念化的文学术语——它既代表着战后年轻一代作家的主要创作倾向，也成为指称这一代人的思想情绪的标记语。

小说卷首的第二个题铭引自《圣经·旧约全书·传道书》：

> 一代过去，一代又来；地却永远长存……日头出来，日头落下，急归所出之地……风往南刮，又向北转；不住地旋转，而且返回转行原道……江河都往海里流；海却不满；江河从何处流，仍归还何处。①

在这段题铭中，"日头出来"四字，在《圣经》钦定英译本中的原文为"The sun also ariseth"，海明威将其改成了现代英语的写法"The Sun Also Rises"，借用此语作为这部小说的篇名，意在说明，不管这纷扰的世界如何风云变幻，不管人世间有多少纠结纷争，一切都如过眼烟云，大自然会照常按其自己的规律运转。题铭中"大地永存"与"人生苦短"构成了鲜明的对比反观。"一代过去，一代又来"，尽管他们这一代人或许就是"迷惘的一代"，但人类终将会找回

---

① 《圣经·旧约全书·传道书》第751页。

失落的自我，遵循大自然的法则去继往开来。这就是书名《太阳照常升起》的寓意所在。

从某种意义上说，引自《圣经》的这段题铭也蕴含着一种乐观向上的人生哲理和对未来的寄托。如果说引自斯泰因的话语中的那句题铭传达的是对这一代人感到悲观失望的情绪，这第二个题铭则如同一剂解药，在一定程度上缓解了第一个题铭所造成的负面效应。"按海明威的原意，他同时引用这两个题词，含有'平衡'的意思。"[①]此外，这段引文也隐喻着对"春回大地，万象复苏"的期盼，从另一个层面映射着书中人物希望"恢复元气，重振雄风"的本能欲念。这种结晶式的"盼春归"的情结始终弥散在这部小说之中，对人物性格的形成和故事情节的展开起着至关重要的作用。

展示生活原生状态精神结构的艺术真实

文学作为美的最高形态之一，应当追求艺术的真实性。艺术真实是文学的基本品格，是文学的生命所在。[②]艺术真实赋予了文学作品以真正的历史品格，使人们能够更加感性、更加具体逼真地认识历史时代的普遍性和人类的精神结构。在《太阳照常升起》中，海明威以自己的切身体验为素材，以严峻的态度和凝练的笔触，生动展现了曾在第一次世界大战中浴血奋战过或亲身经历过这场灾难性浩劫的一代人在心理世界、道德取向和社会生活中所发生的深刻变化。小说以1924年至1925年这一历史时段和名城巴黎为背景，围绕一群在感情

[①] 董衡巽：《海明威评传》，杭州：浙江文艺出版社，1999年，第54页。
[②] 童庆炳：《维纳斯的腰带》，北京：中国人民大学出版社，2009年，第95页。

或爱情上遭受过严重创伤、或者在战争中落下了严重心理或生理机能障碍的英美男女青年放荡不羁的生活以及发生在他们之间的情感纠葛而展开，反映了这代人意识觉醒后却又感到无路可走的痛苦、悲哀的心境。作者对这一历史时期原生状态的社会生活和精神风貌的主要特征的准确把握，以及他独具匠心的叙事艺术、直陈式的语言风格和他隐埋在小说话语结构中的真切的感受、真挚的情感和真诚的理念，最大限度地拉近了作者——文本——读者之间的时空距离，使作品中人格被异化了的男女主人公的形象和虚幻的故事情节呈现出真实的人生历练和历史的可感性，因而能激发读者对现实生活的联想和对人生意义的思考，并在一代又一代人的心灵上产生共鸣。高度的艺术真实使这部作品获得了一种令评论家难以还原到概念上来的持久的艺术张力和生命力。

《太阳照常升起》以第一人称为叙事视角，描写一群年龄和经历大致相仿、性格和思想却迥然不同的青年知识分子漂泊在巴黎的生活图景。主人公杰克·巴恩斯——故事的叙述者和中枢人物，出生于美国堪萨斯城，参加过第一次世界大战，战争结束后以一名记者的身份侨居在巴黎，书中出现的几个主要人物都是和他关系密切的挚友或熟人。巴恩斯曾在意大利前线的一次战役中身负重伤，由于受伤的部位偏巧是他胯下的生殖器，使他从此落下了性功能障碍的后遗症，因此他虽有性爱的欲望，却没有做爱的能力，无法同他心爱的女人在一起过正常的生活。这是郁积在他心中的最大的症结，是他的一切烦恼和不可名状的痛苦的罪魁祸首，也是这部小说的核心主题。巴恩斯深爱的女人是故事的女主人公勃莱特·阿什莱，勃莱特也深爱着他，两人相识已久，然而残酷的现实却注定让他们无法结为夫妇。由于自己性无能，巴恩斯只能坐视、容忍勃莱特和别的男人寻欢作乐；由于对勃莱特爱之入骨，他愿意满足她的一切要求，甚至可以撮合她跟别的男人幽会,眼睁睁地让她成了他人的未婚妻或情人,然而他灵魂深处却在咀嚼着难以言说的悲酸和痛苦,这种矛盾复杂的滋味是不言而喻的——有内疚,有心痛,有妒忌,有失意,有孤独,有无奈,有苦闷,有空虚,有屈辱,有无处宣泄的愤恨……种种禁锢了精神并使之痛苦的东西全都纠结在一起,使他"感觉像在做一场噩梦,噩梦中的所有景象都在反复重演,这一切我已经备受煎熬地挺过来了,然而现在我还得从头再来一遍"。这种令人心碎的痛楚不是常人所能忍受的。在小说中,海明威以他对人性的洞察力,通过内心独白、视角转换、意识流、人物对话等叙事手段,将一个男性青年的内心世界真实地展示在读者眼前。

巴恩斯不是英雄,而是海明威精心塑造的一位形象丰满的"反英雄",是一个保持着"重压之下的优雅风度"、"打不垮的"的类型化角色。无法治愈的战争创伤、难以实现的爱情、不可言说的隐痛、破碎的理想……凡此种种,都没有摧垮他的意志力,使他颓废沉沦,随波逐流。他是一个被命运"打败"的人,但是他"败而不垮"。他能用坚忍的毅力冷静地克制自己,采取现实的态度面对发生在周围的一切。他对生活和爱情有自己的一套人生哲学:"我并不在乎这个世界怎么样。我一心只想弄明白究竟该如何生活在其中。假如你果真弄懂了如何在这个世界上生活,你说不定也就能由此而得知这个世界到底是怎么回事了。"从认识论角度说,海明威在此提出的这个哲学命题的本质并不是拒绝向命运低头,而是拒绝命运被他人所操纵。在现实生活中,我们或许会认为,我们的命运是上帝安排好的或是由我们自己创造的,却意识不到它有时竟是被他人所操纵的。意识不到这一点的人会乐于向命运低头,但是一旦人意识到了,他就会气愤难忍。海明威创造的这个"打不垮的"形象,正是从这个认识中脱胎而来的。对上帝低头,对自己的选择认输,这无损男子汉的尊严,但是任由别人插手自己的命运，这就不可忍受。世上总是有人要把手插在你的口袋里，把脚踩在你的肩膀上，把路修筑在你的土地上，或者总是要求你为他们的事业去献身，让"你用某种方式付出代价，去换取一切似乎对你多少有点儿好处的东西"，然后再赏给你一个让你再也无法享用的"勋章"。只有在这种人面前，这个"打不垮"的硬汉子形象才真正熠熠生辉，具有真正的价值，使人真正懂得"自由""独立"和"人格尊严"的意义所在。这种"打不垮的"形象后来在《老人与海》中得到了完美的升华。

小说中的巴恩斯其实就是被拔高了的现实中海明威自己的影子。像海明威一样，巴恩斯也向往大自然的秀丽景色，喜爱钓鱼和西班牙斗牛，并对西班牙斗牛有自己独到的见解。他每年夏天都会专程去西班牙旅游，在一座山明水秀的小镇附近的湖区里钓鱼，去潘普洛纳参加每年一度的圣福明狂欢节，观看狂野的公牛群沿街奔逐冲向斗牛场的壮观场面，借此来寻找释放情感的空间，抚慰被伤害的灵魂，并希望能在充满原始野性的大自然的怀抱中恢复活力，重振雄风。西班牙斗牛是这部小说中描写得十分细腻、具有丰富象征意义的精彩内容。巴恩斯之所以迷恋斗牛，不仅是因为斗牛这项运动体现了一种猛烈、阳刚的男性生命力之美，更为重要的是在斗牛过程中体现出的斗牛士与公牛之间的那种极为特殊的关系，一种在迷恋与伤害之间游移不定的微妙关系。对于这层关系，高明的斗牛士都深谙其道，就像这部小说中所塑造的年轻的西班牙斗牛士佩德罗·罗梅罗那样。罗梅罗对公牛怀有一种特殊的爱，但他在斗牛场上却时时处在要么被公牛抵死，要么主动杀死公牛的危险、荒谬的境地之中，而斗牛活动最吸引人的地方也在于此，一旦斗牛士注意到了个人安危，刻意回避他与公牛之间的"危险地带"，斗牛也就没有什么看头了。此外，斗牛士和公牛之间还存在着一种逗引和被逗引的关系。这一切都很像我们人类赖以繁衍生息的一种最为重要的关系——男人和女人、逗引和被逗引、伤害和被伤害。这也隐喻化地对应了小说人物巴恩斯、迈克、科恩和勃莱特之间的关系，以及勃莱特和罗梅罗之间的关系。

如果说巴恩斯是战后"迷惘的一代"的典型代表，女主人公勃莱特·阿什莱夫人则是这个动荡不定的时代造就出的具有强烈反叛精神的"新女性"的生动写照。勃莱特天生丽质，冶艳迷人，出生于英国，战争中是英国一家红十字会医院的护士，巴恩斯因伤势严重从意大利转至她所工作的那家医院接受治疗时，她与他相识，并在精心护理他的过程中渐渐对他产生了恋情。她很爱巴恩斯，两人情投意合、心心相印，但她拒绝向他做出任何道义上的承诺，因为她不能接受没有性爱的婚姻。勃莱特也是一名战争受害者，她的第一任丈夫在大战中死于痢疾，之后她很快就把自己嫁给了一个她不爱的英国贵族。她虽然获得了贵族头衔，这段婚姻却毫无爱情可言。小说开始时，她正在与她的第二任丈夫闹离婚，准备嫁给苏格兰人迈克·坎贝尔——另一个也在战争中当过兵、打过仗、家财散尽、希望落空的战争受害者。但是她真正心爱的人还是巴恩斯，认为他是一个非常可爱、值得信赖的人。她把他当作自己精神上的支柱和生活上的依靠，凡遇难处，她总是求助于他，因为只有他才能对她真诚相待，给她以宽宏、友善的帮助。可悲的是，战争遗留的创伤却让这对有情人终难成为眷属。

勃莱特是海明威创造的个性化特征最为鲜明的女性形象。她热爱生活，向往自由和独立，追求个性解放和男女平等，对新鲜事物充满好奇，有自己特立独行的价值取向，是一个敢说敢为、根本不受传统伦理准则和社会习俗约束的现代女性。她从发型、穿着打扮，到行为举止，处处都透露着与传统女性截然不同的个性魅力。她喜欢标新立异，引领着时尚的潮流，所到之处总是众人瞩目的中心，使别的女性黯然失色。然而她风流、洒脱的外表下却掩盖着满腹的悲苦。她在战争中失去了第一次爱情，战后又失去了一次爱情，她觉得自己一生的幸福都被这场可恶的战争毁掉了，因而对过去的一切都深恶痛绝，崇尚叛逆。在性爱问题上，她采取的也是极端自我放纵的态度。她可以一时兴起，同任何一个她喜欢的男人上床，事后只把它看成逢场作戏，全然不放在心上。她爱恋着巴恩斯，又是迈克的未婚妻，但她竟能以情侣身份陪同罗伯特·科恩去西班牙名城圣塞瓦斯蒂安度假，事后又厌恶他而对他置之不理；她爱慕年轻、英俊、阳刚之气十足的斗牛士罗梅罗，主动向他投怀送抱，以身相许；然而当罗梅罗正式向她求婚时，她又态度坚决地拒绝了他，因为她觉得自己已经丧失了自尊、无药可救了；年龄差距也使她"不想做一个糟蹋年轻人前程的坏女人"。由此可见，她表面上虽然十分任性、放荡，骨子里却是一个有良知、有自己的道德评判标准和做人底线的现代知性女性。她个性张扬，敢于反叛传统去追求女性的独立、解放和幸福，但她内心却在咀嚼着无可奈何的悲凉。

罗伯特·科恩是这部小说中的另一个具有典型代表意义的重要人物，但他是海明威刻画的一个"反面角色"。科恩是美籍犹太人，毕业于普林斯顿大学，读书期间曾获得过该校中量级拳击比赛的冠军。他刚与第一任妻子离婚，来巴黎的目的是为了体验生活，寻找文学创作的素材。他在纽约出版的第一本书给他带来了成功的喜悦，然而第二本书的写作却茫无头绪，毫无进展。他的第二任未婚妻也跟随他从纽约来到巴黎，并牢牢控制着他，但他最终还是狠心抛弃了她，转而去追逐勃莱特了。他是在一次酒会上邂逅勃莱特的，当即就被她艳丽的容貌和高雅的气质迷恋得神魂颠倒，没多久便偷偷携她去圣塞瓦斯蒂安同居了一个星期。他满以为勃莱特从此就是他的人了，以为真正的爱情能够征服一切，还想跟她正式结婚，岂料勃莱特只是逢场作戏,事后便对他厌恶至极,视他为"一头十足的蠢驴",甚至不屑于同他握手。这使他深感困惑,并为此而伤心欲绝。

在巴恩斯的朋友圈中,科恩是一个特例。他没有参加过残酷的战争,没有经受过精神磨难的考验,更为可笑的是,他依然还恪守着战前传统的价值观,对生活和爱情抱有不切实际的幻想,是个陈腐的浪漫主义者和虚妄的理想主义者,与巴恩斯这伙人根本不是"一路人",因此,他处处都显得不合时宜,甚至令人讨厌。海明威之所以在这部小说中不惜笔墨地描绘这个人物,目的就是要用他的"传统"来反衬巴恩斯这些人的"现代",因为他所留恋的东西,恰恰正是巴恩斯他们弃之如垃圾或刻意回避的东西。在他身上,我们首先看到的是一个事业顺利、生活得意的人,然而他后来不仅彻底垮掉了,而且垮掉得丑陋无比。他虽然是拳击高手,在体力上是强者,但在精神上却是个弱者。他可以揍晕巴恩斯,击倒迈克,把罗梅罗打得爬不起来,但在勃莱特和巴恩斯这些人眼里,他却一败涂地,最后只好灰溜溜地走了。他是个不折不扣的爱情奴隶,但他不是被命运打垮的,而是被勃莱特打垮的,勃莱特之所以能打垮他,是因为他缺少内在的骨气,是一个可以轻易被任何人打垮的角色,一个可怜可悲又可笑的家伙而已。

海明威的叙事技巧是非凡的,科恩这个人物的心理被他从头至尾表现得淋漓尽致,虽然书中对科恩和勃莱特之间究竟发生了什么没有任何正面的描述,但他们之间所发生的事情却让人感到非常清晰,这是因为海明威在描述科恩的那些怪异、反常的举动时描述得非常真实。科恩临走前在旅馆里与巴恩斯有如下一场对话:

> 他还在不出声地哭泣着。
>
> "在勃莱特这件事情上,我实在担当不起啦。我经受了百般

煎熬啊，杰克。简直就是在活受罪啊。自从我到了这儿跟勃莱特相见以来，她对待我一直就像对待一个毫不相识的陌生人一样。我实在受不了啦。我们在圣塞瓦斯蒂安还同居过呢。我想，这事儿你是知道的。这种事情我再也担当不起啦。"

他躺在那边的床上。

"得啦，"我说，"我要去洗澡了。"

"你曾经是我唯一的朋友，而我对勃莱特竟是那样一往情深。"

"得啦，"我说，"再见吧。"

"我估计一切努力都没什么用了，"他说，"我估计一切努力都彻底没用啦。"

"什么？"

"一切都完啦。请你说一声你原谅我了，杰克。"

"当然，"我说，"没关系。"

"我的心情坏透了。我已经经受了这么多的痛苦啦，杰克。如今一切都完啦。一切。"

这场对话是科恩对自己的彻底失败发出的痛苦的悲鸣，也是这部小说矛盾、冲突的一个高潮。从某种意义上说，科恩充其量就是一位旧时代的遗少：在一切爱情已经死亡的时代，他居然还在扮演忠于爱情的骑士；在一切精神价值已经丧尽的时代，他还在苦苦追求不着边际的浪漫幻想；在一切英雄已经消亡的时代，他居然还想当什么英雄。"他是这个时代的最后一位骑士英雄，是陈腐信仰的最后一位捍卫者。"[1] 他的荒唐表现与时代格格不入，因此他的惨败也是必然的。

---

[1] 董衡巽：《海明威评传》，杭州：浙江文艺出版社，1999年，第60页。

斗牛士佩德罗·罗梅罗是海明威在这部小说中塑造的一位他心目中的真正的英雄。罗梅罗才 19 岁，却英姿勃勃，举止不凡，浑身散发着年轻人的昂然朝气。他精于斗牛，技艺超群。在斗牛场上，他以自己精湛的技艺和优雅的风度赢得了众人的崇拜。在社交生活中，他为人坦诚，谈笑自然，从不扭捏作态。他身上既没有"迷惘的一代"的颓废，也没有科恩那以英雄自居的虚假派头。为了自己心爱的女人勃莱特，他与科恩进行了一场力量悬殊的决斗。在拳击上，他固然不是科恩的对手，一次又一次被击倒，但他在精神上却始终是胜利者，最终以顽强的拼搏精神打垮了科恩，维护了自己的尊严，也赢得了勃莱特的信任和钟情。罗梅罗是海明威小说中经常出现的"打不垮的"硬汉形象的代表：无论面临多大压力，始终都保持着优胜者的风度。

假如我们将巴恩斯的形象投射到科恩身上，这种"打不垮的"真谛即可凸显出来，因为从科恩身上反射出的正是巴恩斯对生活的认识，对"打不垮的"精神的认识——压力再大，痛苦再深，也不能损害"硬汉子"的精神品格和人的尊严；而罗梅罗与科恩之间的这场决斗则把"打不垮"的硬汉子精神的本质展现得更加彻底：这两人一个是斗牛士，一个是拳击手，斗牛士用斗牛的那种不屈精神面对拳击手的凶悍，最后的结局是，拳击手比公牛难斗，斗牛士比拳击手顽强，由此可见，"打不垮的"本质不是凶悍，而是顽强。当然，海明威一贯喜爱的两个主题："拳击"和"斗牛"，在这部小说中也撞击出了耀眼的火花。

海明威在描绘这些神形各异的人物群像时准确把握住了他们的主要特征。"'特征'是组成本质的那些个别标志"，是"艺术形象中个别细节把所要表现的内容突出地表现出来的那种妥帖性"。[①] "特征"

---

① 黑格尔：《美学》，北京：商务印书馆，1979 年，第一卷，第 22 页。

是生活的一个凝聚点，现象与本质在这里相连，个别与一般在这里重合，形与神在这里链接，意与象在这里聚首，情与理在这里交融。①应当说，海明威在这部小说中所塑造的这些类型化的人物的外在形象是具体、生动而又独特的，而通过这些外在形象表现出来的人性的内在本质也是极其深刻和丰富的，因此，这些艺术形象能给人以鲜活的真实感。海明威通过对这些人物的言谈动作的丰富性、心理世界的复杂性、生活环境的驳杂性的记述和描写，也向我们展示了那个特定时代社会生活的原生状态，展示了生活的立体化世相，因而赋予了这部作品以高度的艺术张力和弹力。时至今日，它的清新感依然没有消失。

蕴涵在主题结构中的元话语

一部完整的文学作品就是一个完整的话语结构，在这个话语结构的背后深藏着一种力，这种力始终在牵引着、控制着、指挥着作者的思想走向，他对作品篇章和语境的构建、他对读者的阅读期待，以及他与读者之间的心灵互动和交流，这种力就是"元话语"。

"元话语"是一个具有包容性的术语，它涵盖了所有自我反射式的表现形式，用于沟通文本中具有互动作用的一切意义，帮助作者表达某种观点，并使读者作为某一特定社群的成员参与其间……它强调的是"评价"（Evaluation）、"态度"（Stance）、"参与"（Engagement）等各种人际意义，是一个由一系列开放性语

---

① 童庆炳：《维纳斯的腰带》，北京：中国人民大学出版社，2009年，第112页。

言项目所实现的意义系统。①

在文学话语中,"元话语"是指那种深藏在作品话语体系背后的深层意蕴。所谓"元者为万物之本",是说"元"兼有"开始"和"根本"这两层意思,"元话语"就是作为一个完整的话语体系的作品的起始和根本,是作品全部话语的起点和归宿点。"它是基于作家刻骨铭心的生命体验而延伸出来的内在精神结构,它体现出一个作家赖以维持其创作成就的精神根基。"②它超越了作品的主题结构和内容,又蕴涵在作品的主题结构和内容之中。

《太阳照常升起》是一部涉及多主题的现代小说。首当其冲的主题无疑是战争在生理、心理、伦理等方面对"迷惘的一代"所造成的严重损害。这部"情绪结晶式小说"不以情节取胜,而在于着力表现这一代人在生活方式、价值取向上所发生的深刻变化,在于宣泄他们的情绪,展示他们复杂矛盾的心态和心理发展历程,并由此深入挖掘和直接表现他们对世界的认识。这一代人所有的梦想、信念和单纯都已被战争和现实的残酷打得粉碎,人生的目标已经死亡,他们在毫无节制的酗酒和纵乐中品尝着内心的绝望和悲哀。小说中的巴恩斯集中体现了"迷惘的一代"的主要特征:他虽然头脑冷静、性格沉稳,但他已变得漠视一切,不再相信任何价值观念和伦理规范,不再相信诸如亲情、友情、爱情、宗教信仰等等这些传统的希望之源,唯有纵酒宴乐能给他带来一时的快慰和解脱感,即便是富有闲情雅趣的旅行,也每每成为豪饮的借口。酗酒是这部小说中出现频次最高的话语题材,这不仅是因为这伙饱经磨难的才子们常常"借酒浇愁"或"以酒

---

① Ken Hyland: *Metadiscourse*,北京:外语教学与研究出版社,2008 年,第 37 页。
② 童庆炳:《维纳斯的腰带》,北京:中国人民大学出版社,2009 年,第 135 页。

会友",在酣饮烂醉中暂且忘却伤痛,或借此来发泄心中的愤懑,更因为这种酗酒行为本身就是对美国政府当年所颁布的"禁酒令"的公然蔑视和对抗,对父辈所遵从的宗教文化和道德说教的讥讽和反叛。小说中唯有自命清高的科恩从不酗酒,因而与他们不是"一路人"。责任感的缺失、"对什么都无所谓",是"迷惘的一代"的另一特征:巴恩斯有一份稳定的工作,但他对工作毫无激情,总是漫不经心;尽管他偶尔也去教堂,却怀疑上帝的存在;他从不愿过问任何是非纷争,即便对能够出手相助的事情,他也漠然置之,袖手旁观。例如,在对待科恩与勃莱特之间的情爱问题上,他始终无动于衷,科恩为情所困而痛不欲生,他却不屑一顾,反应冷淡。勃莱特则常常随心所欲地玩弄男性于股掌之间,尤以挫伤有钱男人的自尊为乐。她的未婚夫迈克对她更是放任自流,他自己也置事业与家庭不顾,常常举债酗酒,长醉不醒。海明威在感同身受地记述和批评"迷惘的一代"追求享乐、灵魂空虚的精神状态的同时,对这一代人也寄予了深厚的同情和理解,并希望世人能以此为鉴,放眼未来。

雄性被阉割、阳刚之气被弱化、性无能是现代社会男性的一大心病,也是贯穿于这部小说的一条主线。海明威在"迷惘的一代"身上看到的一个显著变化就是被战争所摧毁、继而被现实生活的无奈所逼迫而发生了严重变异的男性性心理。在巴恩斯身上体现出的正是这种雄性被阉割而导致阳刚之气被弱化的男性性心理:他的生理缺陷使他无法实现正常的性爱,根本不可能满足风韵十足且生性风流的勃莱特,两人虽然情深意切,却注定无法实现这场原本十分美好的姻缘。尽管他时时牵挂着她,甘愿听命于她,却也总是无可奈何地被她左右着。科恩纵然有性能力,但他始终被一个接一个的强悍的女人牢牢攥在手心儿里,"即便想不被她攥在手心儿里也根本没法找到任何机会"。在巴黎的一个舞会上,巴恩斯甚至还遭到一群竞相搂着他的女人跳舞的同性恋男青年的威胁,这伙人其实并不想与她发生性行为,但却百般挑逗她,巴恩斯只能忍气吞声躲在一边喝闷酒,因为从体力上说,这伙人比他更像"男人"。他虽是一名"光荣负伤"的退伍军人,如今却只能在一家报馆供职,把美好的青春时光浪费在他并不感兴趣的觥筹交错的浮华社交中。他敬佩西班牙斗牛士,尤其喜爱罗梅罗,因为这位年轻的斗牛士比他更具英雄气概和男人味儿。尽管罗梅罗稚气未脱的相貌比巴恩斯还要女性化,但他符合海明威心目中的"英雄准则",因为他能面对死亡而泰然处之,保持着海明威一贯的"重压之下的优雅风度"。巴恩斯也经受过死亡的严峻考验,但他从战场归来时,雄性器官已被炮火阉割,这使他从肉体到性情都失去了男性应有的阳刚之气,只能独自向天悲叹。

泛性主义和西班牙斗牛是这部小说主题结构中并行不悖的两个组成部分,泛性主义主要体现在勃莱特身上,尤其表现在她的性爱取向上。她视自己为荷马史诗《奥德赛》中的女魔喀耳刻,迷人的姿色使她能游刃有余地在男人堆里周旋——在希腊伯爵米比波波勒斯面前放肆地开怀畅饮、打情骂俏;信誓旦旦地要嫁给迈克;和科恩私奔;最后又勾引罗梅罗和她上床做爱。她要追求的显然是她一心向往、但从巴恩斯身上却得不到、从前两次毫无爱情的婚姻中也未曾获得的真正完整的爱情。然而放纵不等于"个性解放",肉欲不等于爱情。这位离经叛道的"新女性"终究未能逃脱世俗的樊篱。

值得一提的是,海明威在小说中多次隐喻化地借用斗牛的场景来映射勃莱特的性爱,在两者之间进行往复式的比拟。勃莱特曾明确告诉巴恩斯,她不可能对他做出任何承诺,因为"我肯定会瞒着你跟别人发生关系。这一点你会受不了的"。这就是说,她不可能恪守妇道对他"忠贞不渝",这也意味着她很善于耍手段巧妙地让男人乖乖就范而又不惹火烧身。这一点和罗梅罗的斗牛十分相似:罗梅罗也手段高超,能巧妙地让野性十足的公牛乖乖就范而不被公牛所伤。在斗牛场上,罗梅罗总是先将公牛引诱到自己身边,然后立即抽身闪开,躲过公牛对他的致命攻击,很像勃莱特与男人之间的那种若即若离的关系。罗梅罗在关键时刻会将他那柄象征着性器的利剑刺入公牛体内,而勃莱特则会在她认为合适的时机对她中意的男人以身相许。罗梅罗在斗牛的开始阶段颇似一个含羞躲闪的女性,在紧要关头则迅疾突变为一个刚猛暴烈的男性,这与勃莱特在男性面前的举动也颇为相像。此外,巴恩斯和科恩也很像斗牛场上的那两头菜牛(在性成熟之前已被阉割的牛犊),迈克甚至直接大骂科恩就是一头菜牛:巴恩斯很像融入公牛群中的那头菜牛——虽阳刚之气不足,仍能强作欢颜与他那群比他性力旺盛的朋友打成一片;科恩则像那头受伤之后孤独地呆立在一旁的菜牛——费尽心机一味追逐勃莱特,结果反被勃莱特所伤,落了个遭所有朋友蔑视、被所有女人抛弃的可悲下场。

  回归自然、呼唤脱胎换骨的新生是这部小说的另一主题。大自然在海明威的笔下风光旖旎,生机盎然,充满画面感的山川原野犹如人间天堂。每当巴恩斯置身于远离都市和女人的原生态的大自然中,尤其在富有田园野趣的溪边或湖畔钓鱼时,他就感到精神振奋,活力勃发。和作家比尔结伴外出钓鱼时,两人更可以敞开心扉,手提酒瓶畅所欲言地谈古论今,痛快淋漓地针砭时局,即便比尔讥笑他钓来的鱼不及他的大,他也不计较,尽管他心里明白,比尔是在影射他的性功能远不及他的壮伟。在圣福明狂欢节期间,热烈的节日氛围、盛大的庆典场面、浓厚的宗教色彩、淳朴友好的西班牙乡民,使巴恩斯深受感染,也激活了他对生活的信念。小说接近尾声时,巴恩斯在圣塞瓦斯蒂安的孔查海湾中畅游,他时而在海面上迎风破浪,时而深深潜入海底,他既是在经受体力、耐力和勇气的考验,也是在接受大自然对他的洗礼。在小说结尾处,巴恩斯深情地拥着回到他身边的勃莱特,眺望着前方高举警棍在指挥交通的骑警,心中在无限遐想地憧憬着未来。

命运弄人也是弥散在小说中的一个主题。战争、环境、机缘,如同古希腊神话中的三大命运女神,似乎总是在捉弄巴恩斯和勃莱特,处处都跟他俩过不去。尽管巴恩斯并不是一个爱发牢骚、怨天尤人的人,但他也难免会时常回想起自己倒霉的遭遇:"我一边脱衣服,一边在床边大衣柜的镜子里打量着自己的形象……浑身上下,怎么偏偏就伤在这个最伤不得的部位呢。我估计伤在这种地方会让人觉得好笑的。"一位意大利籍的上校联络官来医院探视他时,也设身处地地对他说:"你奉献出了比生命更加宝贵的东西呢……多么不幸!多么不幸啊!"即便是表面看来十分幸运的好事情,落到巴恩斯身上也成了厄运:"要不是他们后来用船把我运到了英国,使我有缘认识了勃莱特,我也许永远都不会有任何烦恼的。"命途多舛,他们的一切不幸似乎早已是命中注定的,纵然抗争,也回天乏术。

小说中有一个值得一提的细节:科恩在与巴恩斯闲聊时说,

"再过大约三十五年,我们就死掉啦,你知道吗?"
"胡说什么呀,罗伯特,"我说,"纯属一派胡言。"

就在《太阳照常升起》问世三十五年后的一天早晨,它的作者悲怆地用猎枪结束了自己的生命。不知这是偶然的巧合,还是天意所致,抑或海明威当初便在冥冥之中获得了神灵授意,留下此言来验证命运的不可抗拒?

上述这些主题在这部小说中既自我反射,又相互作用、互为映衬,构成了这部作品话语体系和主题结构的立体式框架,而隐藏在这个框架的背后、支撑并维系着这个框架的整体性的"元话语",就是

"迷惘的一代"理想幻灭后对现实生活的理解,以及"打不垮的"硬汉子品格。在战后"迷惘的一代"眼中,这个世界已经不存在他们可以为之而奋斗的东西,已经不存在有任何价值的精神支柱。他们的一切牢骚和不满,一切消沉与无奈,一切不负责任的行为,都由此而来。但是他们并没有放弃对历史和意识形态的追问,不肯在理想与现实、光明与黑暗、善与恶、美与丑的冲突中轻易认输。他们保持着"重压之下的优雅风度",在灵魂深处顽强地抗争着,试图颠覆传统,建立新的价值体系,沟通现实与灵魂之间的鸿沟。这就是这部作品的"元话语",是这部作品内在的"精神结构",这个"精神结构"与作品所展示的那个特定时代社会生活的精神结构形成了一种同构对应的关系,将一幅真实、完整的历史画卷栩栩如生地呈现在我们眼前。

结　语

《太阳照常升起》与菲茨杰拉德的《了不起的盖茨比》十分相近:两部小说均以"喧腾的二十年代"为时代背景,以第一人称为叙事视角,讲述的都是一个出类拔萃的美国青年在享乐主义盛行的社会环境中追求可望而不可即的爱情的人生故事,堪称异曲同工,交相辉映,是"迷惘的一代"小说中最具典型意义的两部代表作。《太阳照常升起》是海明威的成名之作,出版以来一直深受具有前卫心理和逆反心理、渴望独创艺术、渴望更加开放的心灵空间的年轻读者群的青睐。在这部小说中,海明威不仅着力表现了"迷惘的一代"在失落和绝望中放浪形骸,向醉生梦死、浮躁喧闹的生活方式寻求刺激和慰藉的精神状态,同时也不动声色地注解了这群目空一切、否定一切、愤世嫉俗的"荒原人"在困境中为寻找新的出路所做出的努力,揭示了他们坚韧不拔地追求自由、公正、个性解放和人格独立的精神实质。小说凝结、汇聚了年轻的海明威自己的思想、情感、理智、痛苦和他对未来的窥望,是海明威自己的人生体验和哲学思考的深度延伸。

  海明威曾把创作比喻为"冰山":"冰山在海里移动很是庄严宏伟,这是因为它只有八分之一露在水面上。"[1]在《太阳照常升起》中,他的"冰山原理"、叙事艺术的独创性、简约凝练的语言风格就已崭露头角,他对小说中的生活场景、环境、对话、氛围的描写都很有节制,他不评论人物的行为,也不分析人物的"心理世界",他把想要告诉读者的内容都隐匿在海平面下的那"八分之七"之中了,见诸笔端的只有"八分之一",但读者却能强烈感受到蕴涵在这"八分之一"背后的分量。在今天的文化语境下重读这部经典小说,它依然能给我们以清新感和亲切感。它是海明威最优秀的长篇小说之一。

2012 年 2 月 17 日于维多利书斋

---

[1] 董衡巽:《海明威谈创作》,北京:文化生活译丛,1986 年,第 4 页。